作家出版社

自序

一位年轻董事长给大学生的三十条忠告

1、一个年轻人，如果三年的时间里，没有任何想法，他这一生，就基本这个样子，没有多大改变了。

2、成功者就是胆识加魄力，曾经在火车上听人谈起过温州人的成功，说了这么三个字，“胆子大”。这其实，就是胆识，而拿得起，放得下，就是魄力。

3、这个世界，有这么一小撮的人，打开报纸，是他们的消息，打开电视，是他们的消息，街头巷尾，议论的是他们的消息，仿佛世界是为他们准备的，他们能够呼风唤雨，无所不能。你的目标，应该是努力成为这一小撮人。

4、如果，你真的爱你的爸妈，爱你的女朋友，就好好的去奋斗，去拼搏吧，这样，你才有能力，有经济条件，有自由时间，去陪他们，去好好爱他们。

5、这个社会，是快鱼吃慢鱼，而不是慢鱼吃快鱼。

6、这个社会，是赢家通吃，输者一无所有，社会，永远都是只以成败论英雄。

7、如果你问周围朋友词语，如果十个人，九个人说不知道，那么，这是一个机遇，如果十个人，九个人都知道了，这就是一个行业。

8、任何一个行业，一个市场，都是先来的有肉吃，后来的汤都没的喝。

9、这个世界上，一流的人才，可以把三流项目做成二流或更好，但是，三流人才，会把一流项目，做的还不如三流。

10、趁着年轻，多出去走走看看。读万卷书，不如行万里路，行万里路，不如阅人无数。

11、与人交往的时候，多听少说。这就是，上帝为什么给我们一个嘴巴两个耳朵的原因。

12、记得，要做最后出牌的人，出让别人觉得出其不意的牌，在他们以为你要输掉的时候，这样，你才能赢得牌局。

13、不要装大，对于装大的人，最好的办法就是，捡块砖头，悄悄跟上去，一下子从背后放倒他。

14、不要随便说脏话，这会让别人觉得你没涵养，不大愿意和你交往。即使交往，也是敷衍。因为他内心认定你素质很差。

15、想要抽烟的时候，先问下周围的人可不可以，要学会尊重别人。少在女生面前耍酷抽烟，你不知道，其实她们内心很反感。

16、买衣服的时候，要自己去挑，不要让家人给你买，虽然你第一第二次买的都不怎么样，可是，你会慢慢有眼光的。

17、要想进步，就只有吸取教训，成功的经验都是歪曲的，成功了，想怎么说都可以，失败者没有发言权，可是，你可以通过他的事例反思，总结。教训，不仅要从自己身上吸取，还要从别人身上吸取。

18、学习，学习，再学习，有事没事，去书店看看书，关于管理，金融，营销，人际交往，未来趋势等这些，你能获得很多。这个社会竞争太激烈了，你不学习，就会被淘汰。中国2008年底，有一百多万大学生找不到工作。竞争这么激烈，所以，一定要认识一点，大学毕业了，不是学习结束了，而是学习刚刚开始。还有，我个人推荐一个很好的视频节目，《谁来一起午餐》。

19、如果你不是歌手，不是画家，也不是玩行为艺术的，那么，请在平时注意你的衣着。现在这个社会，衣着能表现出你属于哪一个群体，哪一个圈子。

20、记住，平均每天看电视超过三个小时以上的，一定都是那些月收入不超过两千元的，如果你想要月收入超过两千，请不要把时间浪费在电视上。同样的道理，那些平均每天玩网络游戏或聊天超过三个小时以上的，也都是那些月收入不超过两千的。

21、因为穷人很多，并且穷人没有钱，所以，他们才会在网络上聊天抱怨，消磨时间。你有见过哪个企业老总或主管经理有事没事经常在

QQ群里闲聊的？

22、无论你以后是不是从事销售部门，都看一下关于营销的书籍。因为，生活中，你处处都是在向别人推销展示你自己。

23、平时的时候，多和你的朋友沟通交流一下，不要等到需要朋友的帮助时，才想到要和他们联系，到了社会，你才会知道，能够认识一个真正的朋友，有多难。

24、如果你想知道自己将来的年收入如何。找你最经常来往的六个朋友，把他们的年收入加起来，除以六，就差不多是你的了。这个例子，可以充分的说明一点，物以类聚。

25、不要听信身边人的话，大一不谈恋爱，好的女孩子就被别人都挑走了。想想，刚上大一就耐不住寂寞，受不住诱惑，而去谈恋爱的女孩子，值得自己去追吗？大学里，可以有一场爱情，可是，不要固执地认为，刚上大一，就必须要谈恋爱。

26、大学里不是一定要经历恋爱的，除了恋爱，还应该有其他更值得自己去做的事情，比如，去参加一些兼职或校内代理一些东西，去图书馆多看一些书，可以的话，去组织并领导一个团队，做点有意义的事情。

27、关于爱情，有这么一句话，没有面包，怎么跳舞？无论什么时候，你决定去好好爱一个人的时候，一定要考虑给她你能给予的最好的物质生活。

28、给自己定一个五年的目标，然后，把它分解成一年一年，半年半年的，三个月的，一个月的。这样，你才能找到自己的目标和方向。

29、无论什么时候，记住尊严这两个字，做人是要有尊严，有原则，有底线的。否则，没有人会尊重你。

30、如果，我只能送你一句忠告，那就是，这个世界上没有免费的午餐，永远不要走捷径！

说明：本文于2009年2月1日，仅发表于我的个人QQ空间，却不想仅QQ空间就被转载了数千遍，另被数千家网站转载。

1.和曲别针有关的爱情（上）

我姓张，名叫趣来。雁坛大学07级在校生。

首先声明，我个人相貌平平，成绩平平，家境也是平平。能用一个曲别针，追上系里的系花，在外人看来是件很匪夷所思的事情，在我个人看来，这也是件让我自己很瞠目结舌的事情。原来，这样也可以追上女孩子。

在很多人看来，这是很扯淡的事情。因为一个曲别针的代价太小了，小的都可以忽略不计。比起那些天天肯德基、必胜客的物质投入，曲别针，实在是小。

可是，现实生活就是这样。

或许，就像是我家隔壁做木工活的胡大叔说的吧，生活就像一碗菠菜汤，有些人不喜欢吃菜，有些人不喜欢喝汤，而我，既喜欢吃菜，又喜欢喝汤。

换句话说，我喜欢生活。

喜欢现在的生活，嗯，和胡文娜在一起的生活。

事情，还得从这学期3月份开始说起。

最初的起源，是我们宿舍里的一个赌。

那天下午，宿舍里的猴子（本名叫侯生伟，宿舍里的老五），官书记（官运辉，宿舍舍长，老大），还有橙子（陈梓，宿舍老六），加上我（宿舍里的老三，平时被戏称张老三、老三），一共四个人，在宿舍里闲聊。

男生宿舍里，大家都心知肚明的吧，平时窝在宿舍里，能聊些什么呢？那时候世界杯还没这么火热，网易也还没有运营WOW，《阿凡达》也还没有开始放映。

所以，大家又开始心照不宣地聊起了女生。

这次聊的是我们隔壁系里一个家境非常好、长相也很漂亮，但据说也很傲慢的女生，胡文娜。见过胡文娜的人都知道，那是怎样一个让人想入非非的女生。

猴子用他那来自黄土高原的、像夹生米饭一样的家乡话，在一片横飞的唾沫星子中开了场：“啧啧，胡文娜要是我女朋友就好了，那样的话，我现在绝不会和你们这几个目不识丁的家伙一样，在这里无所事事地浪费时间。我上个学期肯定也不会差点就挂科了，爱情的动力肯定能让我自强自立，成绩一路飙升。”

“嘀，就你啊，猴子，冲着你那身高体重的比例，胡文娜肯定在你追她之前，就看上我了，你知道啥叫郎才女貌吗？”官书记也不含糊。

“笑话，你俩知道吗？胡文娜是哪个省的？福建的。我呢？浙江的。再怎么说近水楼台先得月，也轮不到你们啊，并且，我还是咱校足球队的啊。”橙子也卷入了战火。

“嘀，橙子，瞅瞅你这三个月都没刷过一次的臭球鞋，不是我说你，连咱们一起生活了两年的哥们儿都对你这球鞋敬畏三分，更别说一个胡文娜了，就是来十个胡文娜，也准被你吓跑了。趣来，你觉得呢？是不是啊？”官书记撂下这句话，又意味深长地看看我。

我心里颇有不爽，心想老官啊老官，平日里我待你不薄吧，怎么这种制造人身攻击、拿别人开涮的事情，总有我一份呢？

“啊，这个事情啊，应该是这样子的……”我还没有搅入的准备，所以打算抽身而退，并且是且战且退，“你们三个都言之有理，只不过人家胡文娜，她还不知道……”

“得得得，趣来，就你平时磨磨唧唧的没完没了，你昨晚不是还跟我们讲什么追女生应该虚实结合，动静相宜，第一步，做到口中有她，心里有她；第二步，做到口中有她，心里无她；第三步，做到口中无她，心中也无她，这样三个境界吗？”官书记有点耐不住了。

“我这个‘无’并不是真的无，‘无’的意思是一种极致，‘无’的结果是处处皆有。”我皱了皱眉。昨晚我和一个平时喜好佛经的高中哥们儿，电话里交流了半个小时的思想，得出了这么个结论。

“哼，瞧你昨晚上说的理论，倒是很高深很玄奥的样子，把哥儿几个都镇住了，我现在才感觉你是把可儿几个雷倒了，你的那个理论啊，一点也不实用，很雷很山寨。你就忽悠吧，你。”官书记不依不饶。

“是你们几个在讨论胡文娜，这和我昨晚提到的爱情境界，有什么关系？”我为自己辩解。

“哈哈，爱情专家也有不知所措的时候啊。”橙子看我一本正经，忍不住笑了出来。猴子也随着笑出了声。

“岂有此理。”我心里按捺不住地气恼，“谁说自己是爱情专家了？我可没这么说过。”

“忘了吗？昨晚官书记给封的啊，今天还准备给你著书立说，广纳门徒，扬名立万，流芳百世呢。不为别的，就冲着你的那爱情三大境界。”猴子抢嘴道。

“哦，这样的啊。”我故作镇定地点点头，“如此说来，你们打算拜倒麾下了？”

“甭说，趣来，昨晚你的那三个爱情境界，当时给我的感觉真不是一般的牛。”官书记点了下头，“你这话启发了我十几分钟的思考啊。”

“牛人处处有，咱332特别多。”橙子添了句。

“哈哈。”一干人大笑起来。

“对了，刚才说到胡文娜的事，怎么又岔开了啊。”猴子问道。

“对啊。”官书记看着我。橙子看着我。猴子也看着我。

“这个事情啊。”我笑得连自己都心里有点毛。

“几位要不要听个故事？”我开始转话题。

“爱情故事？”猴子问。

“爱情悲剧故事？”官书记问。

“爱情悲剧故事——两只老虎？”橙子问。

“靠，这都被你们看出来了，就不能配合一下，等会儿戳穿？”我恨恨地骂了一句。

“讲点关于胡文娜的故事吧。”官书记看着我。

“最好是，和趣来你有关的。”猴子笑嘻嘻地看着我。

“行，你们一定要听，那我就开始讲了。”我清了清嗓子，“有水吗？”

猴子把窗台上的水杯递了过来。

我呷了两口，冲着橙子："有烟吗？"

橙子低下头，摸摸口袋，掏出一盒瘪瘪的八喜："还剩下三支了。"

"正好，官书记一支，你一支，我一支。"我说着从床头拾起火机，点着了烟，猛吸了一口，朝猴子喷了过去。

"靠，你这厮，斯文点。"猴子扇动了两下烟气。这个宿舍里六个人，就他一个人不抽烟，这可真是难为他了。

我看看三个人都很期待的样子，若无其事地笑了笑："今天给你们讲个曲别针换别墅的故事吧。"

"靠，当我们三岁小孩啊，要我们？什么曲别针换别墅？发生在胡文娜和你身上吗？"官书记把我刚才喷在猴子脸上的那口浓烟，又吐到了我的脸上。

"别别别，我这是引子，也就是前言部分，要慢慢进入正文的嘛。"我皮笑肉不笑地说。

"别整那些没用的，趣来，要不，你就拿个曲别针换爱情去吧。"橙子也有些不耐烦了。

"这主意好。"猴子点点头，"我想趣来，不，我们的三哥，曲别针一出，管他什么倚天剑，屠龙刀，无极棍，逍遥扇啊，肯定都黯然无光。三哥最后快马加鞭，掳得美人归。"

"脑子被门挤了，是吧？少在这里臭显摆你那些修真小说。"我不满地瞪了猴子一眼。

"来，来，来，说正事，老三，我觉得刚才橙子的提议不错，要不，今晚等板牙（宿舍老二，曹海强，也称板牙曹），和方片七（祁嵩，宿舍老四）回来了，我们宿舍开个卧谈会，就这个问题，大家好好商量下，拿出一个可行性的分析报告，然后你做执行总监，负责项目实施。"官书记冲着我笑道。

"官书记不愧是咱班经管专业的数一数二的好学生，连专业术语都用得这么灵活自如。对于官书记的提议，我先抢沙发了，顶一下。"橙子嘿嘿地笑道。

“我也力挺官书记。”猴子笑道。

我看了看这几个人，一个个和我苦大仇深的样子，仿佛我成了刚解放时的地主阶级，他们是被压迫久了的贫农，稍稍有了话语权，便迫不及待想将我摁倒于地的样子。

我正不知道何言以对的时候，官书记的电话响了起来，又是那句喊得很声嘶力竭的“我感动天感动地，怎么感动不了你?”

据说，官书记一直用这句话当铃声，是有原因的。有一次，他坐火车回家，遇到了一个很心动的女孩子，官书记和她聊了一路，而让他抱憾终生的，自己竟然记错了那女孩子的电话，少记了一位数。回学校后，官书记去学校论坛里发了一个月的帖子，还是没有回音。那女孩子手机铃声就是这首《感动天感动地》。于是，他把自己的彩铃和手机铃声都设置成了这首《感动天感动地》。

“喂，板牙啊，什么，今天方片七买了张彩票中奖了？这样的好事啊，他说要请客？这不废话吗？行，六点半的时候，老地方见，我这边也有好消息要给你说下，趣来说他打算明天去追建筑系的胡文娜。哈哈，到时见面谈。”

“我什么时候打算去追胡文娜了？”我有点气恼，推了一把官运辉。

“方片七中奖了？”猴子没理会我脸上的愠恼，而是眼中闪烁着惊喜。

“这方片七，真时来运转了啊，没想到还真中了。这次买的是23选5？还是35选7?”橙子也是饶有兴趣。

“我就说嘛，功夫不负有心人，一分付出一分回报，这不，中奖了吧？彩票只会中给那些买彩票的人。”官书记笑得合不拢嘴了。

“妈的，吃饱了撑的，闲着没事干，才去买什么彩票。”我恨恨地骂了这么一句。

果然，所有的人，都开始把注意力转向我了。

……

晚上宿舍哥儿几个喝得一塌糊涂，板牙一边用牙签剔着他又丑又硬的两片大板牙，一边老气横秋地跟我说："兄弟，用曲别针换爱情，你他妈的，够生猛。说吧，要哥儿几个怎么配合你？上山下海，在所不辞。"

我无奈地只有苦笑："板牙兄，你和方片七也这么看得起我趣来，兄弟我再磨唧的话，显得我太不够义气了。也罢，我张趣来明天就给大伙逗逗乐子，解解闷，这事成了的话，我就权当看你们的一场冷笑话，这事败了的话，你们就权当看我的一场笑话。毕竟这个学期刚开始，咱宿舍做什么事积极性一直都不怎么高。"

果然，一语既出，惹得众人一片叫好声。

这是我第一次松口，事情，就这么敲定了。

我拿曲别针跟胡文娜换爱情。

可是，现在要解决的，上哪儿找曲别针呢？

醉意微醺的时候，不知道谁喊了这么一句："张趣来就是这样地让人快活。"

妈的。

2.和曲别针有关的爱情（中）

橙子果然是不负众望，曲别针很容易就找到了，并且他一下子就找到了三种不同颜色的。一个红色的，一个绿色的，还有一个蓝色的。

确切地说，是在我们学校西门的那家办公用品店里买到的。

天杀的办公用品店。

我只有强打起精神，准备登台亮相了。

说实话，自打幼儿园起，被同园的一个叫卢小毛的丫头片子甩过一个嘴巴子之后，我对女生，就心有戚戚焉。说白了，一个字，怵。卢小毛和我家是前后街，她爷爷的爷爷和我爷爷的爷爷，是在一个铁匠铺里打过铁的好兄弟。所以，卢小毛和我，也算是有点历史渊源可以追溯的。

卢小毛的巴掌，是一点也不顾虑历史为前提的。甩我巴掌是因为，我说："卢小毛，昨天我看到宁哥哥在亲一个女孩子，他说亲了女孩子的话，就会变得很勇敢，我想变得勇敢一点，就可以不用怕天黑了，你可不可以让我亲你一下啊？"

并且，让我心里很气愤不平的是，我还没有采取行动，只是这么问了下卢小毛，巴掌就过来了。

这一个巴掌，彻底打出了女生的霸气，也彻底打垮了我的底气。让我自小学到初中到高中到大二，一直都没去追过任何女孩子。

而这次的曲别针换爱情，我没有宿舍哥儿几个所期待的那种摩拳擦掌跃跃欲试，而是一种且战且退的打算。

我想，自己总不能看胡文娜从教室出来，从兜里掏出曲别针，快步跟上，问她，这个是你掉的吗？这和看到一个女生，想和她搭讪，在地上捡块砖头，跟上去，问是不是你掉的，一样没有科技含量，一样欠扁。

那怎样的做法，才是有科技含量，又不失体面文雅的呢？

我至少思考了三十五种想法，包括夹在书里送给她，粘在卡片上送给她，做成手机链送给她，可是，都被宿舍几个家伙否决了。他们几个指明了，只能有一个道具，就是这个曲别针。我最后充分发挥自己的想象力，想出了一个好主意，就是先装作自己迷路了，去找她问路，再装作分不清东西南北，让她把我带到校门口。然后，在分开的时候，送她一个曲别针，说在古老的神话中，如果有人迷路了，别人领他到了目的地，那个迷路的人送领路的人一个曲别针的话，就会一生都给那个领路的人带来好运。

我把这个主意告诉官书记、猴子他们几个时，官书记笑得前仰后合，说："趣来，你真太他妈的有才了。"

橙子一边捂着肚子乐不可支地笑，一边挥着手嚷嚷："趣来，你应该说，这个古老的神话，是一个关于爱情的美丽传说，传说在3月的第一个星期，如果能得到男孩子赠送的曲别针，那个女孩子一生都会得到这个男孩子最真诚的祝福，一生都会快乐幸福的。"

"真有这回事？"我有点惊奇。

“不信的话，你敲百度就知道啦。”橙子这次很一本正经了。

“那为什么3月的第一个星期送曲别针就是送的最真诚的祝福？而不是瓜果梨枣?”我问。

“曲别针，区别于其他的针咯。我们每个人都是一根针。”橙子一副若有所思的深沉样子。

“这能叫答案吗?”我问。

“这可以叫答案。”橙子很认真地说。

“嗯，或许吧。”

于是，带着一个精心挑选的红色曲别针和一个美丽的爱情传说，我开始了追女孩子的光荣旅程。

3.和曲别针有关的爱情（下）

记得有个叫方片七的诗人曾说过这样一句话，我们每个人都会有一首歌，开始的开始，我们在听别人的歌，后来，我们在唱自己的歌。

或许，这首歌，这一生，我只会唱一次，但是，我会倾力去唱，唱到你我都刻骨铭心，唱到你我都欲罢不能。

这是我给胡文娜精心准备的告白。

方片七的话，让我原话搬过来了。方片七是个诗人，他自己这么认为的，宿舍几个人也都这么认为的，不过不是背着菜刀，看谁不爽，刷的一刀就剁过去的那种，而是那种很文文绉绉，很干净利落，无论走到哪儿，兜里都揣着个电动刮胡刀的那种。

这么准备的原因，是因为官书记密报打探到的，胡文娜是那种很有内涵很有想法的一个女孩子。真想追她的话，必须得有两把刷子的。

说实话，追胡文娜的过程，是很一波三折的。

官书记还帮我打探到的一个重要消息，就是胡文娜每周的周六下午，都会去学校图书馆六楼的外文阅览室去看书。

官书记还给了两个大胆的推测，一个是她可能在为英语六级做准备，第二个是她可能在为出国留学而准备，他建议我最好对这两方面有所耳闻并了解一二。

官书记作这两个推测的时候，猴子正把电脑音响扭到最大，声音似乎要冲破天花板，直接把四五六楼掀出去。而我正在宿舍里一只手拼命地往嘴里塞干面包，一只手握着水杯，咕咚咕咚地往嘴里灌。

不过，官书记的话，我还是听见了。

我决定，是要采取一点针对性。高中的时候，我的英语马马虎虎的还算凑合，可是，到了大学，就很少去怎么用功了。我知道隔壁宿舍阿祖，他的湖南老乡强子，是我们学校外语协会的会长。

于是，我就去找了趟阿祖，让他找老乡冯百强借了几本《疯狂英语》。然后，我走马观花了一遍。

让我所没有想到的是，当我准备把这几本《疯狂英语》还给冯百强，他让我直接去英语协会的办公室找他，正站起身打算离开的时候，竟然意外地遇到了胡文娜。

没错，是她。纯白的高领打底衫，清瘦修长的直筒牛仔裤，翘翘马尾，如花笑靥，既勾勒出靓丽的线条，又洋溢着青春的热情。

那一瞬间，我就像是发现狼群的草原藏獒一样，开始敛息静气，做出时刻蓄势爆发的样子。

这句话是我给宿舍的官书记、猴子、橙子他们交差时说的，很大义凛然、英勇无畏的样子。在官书记、猴子一行人的啧啧道好声中，旁边的板牙掷来一句："你这牛犊子，还藏獒呢，别净整些没用的，到底当时胡文娜怎么说的?"

板牙一向都是这么快人快语，说话颇有几分黑云压城之力、雷霆万钧之势。而我和猴子、方片七都是属于温吞磨唧型的。

"板牙兄，这你就有所不知了，这么美丽而浪漫的邂逅，当然得加几分渲染了。你觉得情节发展得慢了，这好办，你找个摄像机，老三的话你都录制下来，回去自个按快进键不就得了？不然的话，哪儿凉快，哪儿呆着去，别在这里瞎捣乱，败坏哥儿几个的雅兴。"方片七站出来说话了。

其实方片七的力挺我，是有原因的。他说要原汁原味的我的心里感受，回头写成一篇优美抒情的叙事诗，再往《诗刊》、《星星》上投稿试试。

方片七说这个想法的时候，我心里回应了他这么一句：到底是写诗的，真他妈的懂生活。

扪心自问下，我给官书记、猴子他们的话，应该是落差很大的。当时的真实情景应该是，我由于心虚，而两腿发软，赶紧就近找了个椅子坐下来，并顺手拿起一本刚刚放在桌上的《疯狂英语》，佯装着看书，来掩饰慌张的内心。

嗯，从现在开始，为了良心上过得去，我把接下来事情发生的经过都拧干了水分，如实相告给宿舍哥儿几个，以不辜负他们的煞费心机的倾囊而助。当然，这个囊，是锦囊的囊，不是皮囊的囊。

"冯学长，好啊。"胡文娜笑着和冯百强打招呼。嗯，冯百强是06级的。

冯百强笑着回了一个。

"嗯，这位是——"

十几平米的办公室，胡文娜很一览无余地就看到了坐在椅子上、捧着杂志正读得津津有味的我。

"噢，张趣来，07 经管的。我老乡罗宜祖的同班同学。"

"罗宜祖？就是那个头发有点卷卷的男生？"

"嗯。"冯百强点点头。

"他可真有意思，去年管理学院元旦晚会上表演的那个话剧，我还记得呢。"胡文娜说着，冲着我笑了一下，"你们管理学院人才很多的哦，不像我们建筑学院，少得可怜呢，连个元旦晚会都组织不起来。"

"妈的，天杀的方片七。"我内心骂了这么一句。

胡文娜说的那个话剧，我知道，名为《说说自习室》，讲的是大学自习室里发生的一出闹剧，有点无厘头的味道。其中最吸引人的，是剧中三个男生自发排演的一段很纠结的舞蹈动作。而罗宜祖，是三个男生中的一个。他们仨因为这个话剧，而声名鹊起，大红大紫，整个管理学院无人不知，无人不晓。

我之所以骂方片七，是因为，本来班里的团支书李紫铭找到我，让我来出演三个男生中的一个，我满口答应了。偏偏赶上方片七吃坏了肚子，得了急性结肠炎，要住院。这住院总要有人来陪床吧，而宿舍六个人，猴子和橙子在一个餐馆做兼职，板牙忙着准备他所在学生会体育部的年终报告总结，官书记呢，忙着院里元旦晚会的采购工作。于是，我就自告奋勇地找到官书记，说我去医院照料方片七。

于是，整整一个星期，我每天下午五点放学后，就直奔我们的市人民医院，晚上九点半再披星戴月地赶公交回去。当然，也就错过了这场话剧。然后，李紫铭找到了罗宜祖，让他来代替我的位置，出演三个男生中的一个。

唉！我心中说不出的沮丧。

本来这个场合，胡文娜会很容易认出我来的。

“哎，对了，我还没有介绍我自己呢，我叫胡文娜，二胡的胡，文艺的文，雅典娜的娜，07建筑专业。”

“你好，我叫张趣来。我们宿舍是这样给我释义名字的，有张某人在，趣味自然来。”我放下手中的杂志，笑着打招呼。

“这样说，你一定是个很幽默、风趣的人了。”胡文娜笑道。

“还好吧，我在的时候，他们就拿我的人开涮，我不在的时候，他们就拿我的事开涮。一不经意，就被涮了很多年，涮成了现在这样，只长骨头，不长肉。”我笑着指指自己。

我之所以这么说，是因为冯百强的两个原因。一个原因是，他和我差不多高，都在一米七五左右，而他大概有一百七十多斤的样子，而我呢，尚不足一百二十斤，相比之下，很是有特点；另一个原因，听阿祖说，他这人像弥勒佛似的，待人很大度宽容。

胡文娜笑了起来。

冯百强笑着道：“我也听阿祖说，趣来一直都是个很能活跃气氛、很乐观向上的人呢。果然，一语既出，便笑声朗朗了啊。”

“呵呵，见笑了，乐观向上，这个评价是四个字的，再给说个，别人对我的四个字的评价，挺能折腾。”

“挺能折腾?”胡文娜稍稍愣了一下。

“是啊，大一刚来时，跟着朋友先贩卖了一段时间的爆米花和贺年卡，又贩卖了一段时间的网站域名；下学期，做了一段时间的网站论文代理，同时组织了五个朋友，一起从烟台骑自行车去爬了趟泰山；帮着我隔壁宿舍的陈晨，把轮滑协会建了起来，又帮着我老乡虞加遥把梅花拳协会建了起来；再就是在我们院的学生会里，打了一圈酱油，混了个脸熟，然后出来了。大二呢，代理了厂家半年的吉他，又同时接了两个培训班招生的单，目前是办了个自娱自乐的SNS小网站，因为是从网上直接下的模板，加上没有推广，现在都半年了，注册用户才三百多个，我也就懒得管它了。”我笑着，说得很淡然不经的样子。

其实，这个台词，是我之前就打好了的。那天我在宿舍里掰着指头，看看自己大学这一年半，到底做了多少事，这一掰，才发现，还真有点小有成绩的样子。

我也才意识到，为什么周围人喜欢用“折腾”这个词来形容我了。

虽然，折腾了这么长时间，这么多事情，不过，好像没有哪件是我很引以为豪的。名没出来，钱也没赚到，有的只是些经历吧，似乎唯一的好处，就是认识了些朋友。似乎我经历的事，都是和成功，和名声，和赚钱，不大不小，无关痛痒的事情。这让我欢喜的同时，又沮丧了。

果然，胡文娜和冯百强脸上露出了我预期的惊讶。

“趣来，没想到，你身上这么富有传奇色彩啊。简直是硕果累累嘛。”冯百强先说道。

“哎，对了，你现在有没打算，开一家小店啊?”胡文娜没有理会冯百强的话，同时抢着问道。

“开店?”我愣了。

“是啊。”胡文娜点点头，很认真的样子。

“噢，这个啊，你的意思是，嗯，现在？开店？什么店?”我开始猴子起来。“猴子起来”这个词是有来历的，猴子这个人，很多事情，明明不会，明明做不来，可是还是要硬接下来，然后别人问办得什么样子了，就嗯嗯啊啊的，模糊不清，整个人就开始打太极了。

“现在有这个想法吗?”胡文娜很急切地追问道。

我看了冯百强一眼，于我的个人经历，他脸上目前还满是钦佩之色。

我脚一跺，心一横，决定豁出去了：“是啊。”

“太棒了。”胡文娜几乎兴奋得跳了起来。

那模样，让我觉得自己的回答傻极了。我心中有点后悔了，太冲动，太草率了。

我结结巴巴地补了这么一句：“你是要开个网店吗?”

“网店?”胡文娜稍稍一愣，“对了，你都自己有网站了，肯定网络经验很丰富，那我们的店铺也可以同时在网上销售啊。”

“我们的店铺?”

“呵呵，趣来你有所不知吧。”冯百强接过话来，“这段时间，胡文娜一直在找个人来合伙开店，因为她觉得自己一个人精力肯定很有限，可苦于没有遇到合适的人选。而你呢，现在来看很合适，一个是你之前就有很多经验和阅历，另外呢，你刚才也说了，你也有这个打算。”

“啊?!”我虽然早已猜到结局，可是，得到冯百强的证实，还是有点意外。

看看胡文娜，她笑嘻嘻地看着我，很是赞同冯百强的样子。我下意识地摸了下自己的口袋，结果触到了口袋里的那个曲别针。

想到自己来的目的，曲别针换爱情，登时，我的脸颊有些发烫。似乎现在的场面和之前的预料，大相径庭。

“怎么了? ”胡文娜看到我脸上的不自然，以为我一时适应不过来。

“啊?! ”我怔了一下，有些心慌：“你想过要卖什么了吗? 不会是要卖曲别针吧?”

这话一出口，不仅胡文娜愣住了，冯百强愣住了，连我自己也愣住了。

“曲别针?”胡文娜、冯百强几乎异口同声地问道。

"啊，这个——"我这才意识到自己究竟在说什么，"没什么，我刚才在书上看到一个关于曲别针的故事，印象比较深，就随口说出来了。"我赶紧打住话题，"你那个店打算什么时候开？"

"如果可以的话，我想两周后。"胡文娜很认真地看着我说。

"两周？"我算了一下，现在是3月16号，两周，也就是说，会在3月底4月初，开店营业。

"你不会要在4月1号的那天，正式开业吧？"冯百强问道。

"嗯，我也有同感。"看到胡文娜在看着我，我也点点头。

"这个，"胡文娜顿了顿，"先待定一下。"

"这话，怎么听着像是超女选拔啊。"我笑起来。

三个人同时笑出声。

4.和曲别针有关的爱情（续）

橙子精挑细选的那个红色曲别针，到底是派上用场了。

并且，和胡文娜认识的那一天，我真真正正、确确实实地迷路了。不过，给我带路的，不是胡文娜。

她也迷路了。

我们是在一起去开发区的时候。

那个下午，胡文娜说开发区有个很大的二手电脑交易市场。她的一个朋友说，我们学校，广告栏里张贴的很多学生转让二手电脑的广告，其实大部分都是二手电脑交易市场里的人张贴的，或者是那些二手电脑贩子找学生代理的。有了需要，直接去找他们拿货。

广告栏里的价格，有时候比去二手电脑交易市场的价格还要高。但是因为打了个大三、大四学生自用机转让，或是个人用机因急事处理，让大家就感觉捡了个大便宜似的。其实，他们利用的就是学生们的这点心理。

我有些惊讶。

惊讶的不是二手电脑的事，而是没有想到胡文娜这个人，真的是官书记曾经说过的，是那种很有内涵很有想法的一个女孩子。

嗯，那天，我们迷路了，找了一个七十多岁的老太太帮着带路的。老太太还领了个七八岁的小女孩。后来知道，是她的孙女，叫莎莎。

当我们俩问二手电脑交易市场怎么走的时候，老太太很乐意地说："跟我走吧，我家就住那附近。"

于是，我和胡文娜就这样同老太太及她孙女一行人左转右拐地，穿过了两条小巷，又走过了一条小街，到了二手电脑交易市场。

和老太太及她孙女分别的时候，我把红色曲别针从口袋里掏了出来，打算送给那个叫莎莎的七八岁女孩。

胡文娜看到曲别针，来了很雷人的一句："这个也可以扎头发吗？"

而那个老太太看到我手里的曲别针，脸上略带几分歉意的微笑，委婉地谢绝了："我们家里，给孙女买的扎头发的红头绳还有好几根呢。"

我就有些汗流浃背的感觉了。

于是，理所当然的，这个红色曲别针，就送给了胡文娜。

她似乎没有见过曲别针的样子，惊喜万分地刚接过来，便迫不及待地扎到头发上了。

路上，胡文娜问："张趣来，在英语协会办公室里说到的，那个在书上看到的关于曲别针的故事，讲的是什么呢？说来听听。"

"你真的要听吗？"

"是的。"

"那你得先相信，这是真的。"

"啊，什么啊？"

"先别管什么，你肯相信，这是真的吗？"

"不相信就不能知道吗？"

"是的。"

"那我可不可以，先知道一点点内容啊？"

"不可以。"

"一点点都不可以吗？"

"是的。"

"好吧，那我相信，这是真的。你说吧。"

"嗯，这个古老的神话，是一个关于爱情的美丽传说，传说在3月的第一个星期，如果能得到男孩子赠送的曲别针，那个女孩子一生都会得到这个男孩子最真诚的祝福，一生都会快乐幸福的。"

5.哪来哪去咖啡屋（上）

和胡文娜合伙开店的事，确定下来后，就紧张有序地开展了。

我很是佩服胡文娜，她是个一旦确定了目标，就坚定不移地迈进，且决不会轻言放弃的人。

嗯，胡文娜要开的，是一家咖啡店，其中兼营奶茶、果汁、冰粥等饮品，是有座位、有柜台、有音乐、有情调氛围的那种，而不是单纯的奶茶铺子式的。她开店的理由是，她和宿舍里的女生，几次想要在学校周边找这样的环境，都没找到。

在得知胡文娜要和我一起合伙开店的事情后，宿舍里的几个哥们儿就开始了喋喋不休的讨论和争论。

讨论的无非两样，一个是店名，一个是选址。

因为，这两点，是不确定因素。

选址的话，是个单选题，只有两处，一处是七十平米，一处是三十平米。七十平米的之前是个饭店，因为经营不善的原因，转让了。这个地段是不错，在篮球场旁边，人流比较多，不过，租金比较贵，一个月三千。另一处三十平米的，在学校一栋女生宿舍楼下面，之前是一个书店。人流量还可以，租金一个月一千二。

因为胡文娜的家里对于她的开店，比较支持，所以，宿舍几个人七嘴八舌地一番讨论后，很快就拍板了，租下每月三千的那个七十平米的屋子。在房租上，我和胡文娜的投入比是一比二，即她负责两千的房租，我负责一千的房租。

一直迟迟定不下来的，就是给店铺起名的问题。

猴子提议起个土洋结合的名字，叫“爱在MODU（摩都）”；官书记比较趋向于保守派，说叫“漫步港湾”；橙子认为外国人做产品，以“斯”为尾字，显得很酷的样子，于是，就起了个叫“米达卢旺斯”的名字；方片七，给出的是“妙横生”，三个字，按他的话，“趣”在其中；而板牙呢，觉得这些人有点啰嗦了，给出的直接是“文娜咖啡屋”。

而我呢，给出的是“天涯海角”这个名字。我给的解释，他们那些恋人们、情侣们，可以这么说：“我们去天涯海角吧。”

我们谁也说服不了谁，于是，我、橙子、方片七、官书记几个人，就去找胡文娜理论。

胡文娜看到这几个不同风格的名字，也是有点一时无措，她之前想的名字，是“月半弯”，原因呢，是因为陈坤的那句“月半弯，好浪漫”，很多人都能哼上来。

看到我在等待答案，胡文娜笑了下：“要不，就叫‘娜来咖啡屋’好了，这里面也有你的一半嘛。”

“这个——”我愣了下，“人家不会以为是夫妻店吧？”

橙子笑了起来：“哈哈，是夫妻店也没什么，关键别让人误以为是夫妻用品店就行。”

胡文娜啐了橙子一口，这些天，她和猴子、官书记、橙子、板牙、方片七已经很熟了。因为猴子他们几个，最初坚持要我请吃饭，在饭桌上引见胡文娜给他们认识一下。接下来，这样一来二去的，也就彼此都熟悉了。

“哪来咖啡屋？”方片七独自低语道，“纳兰的咖啡屋？”

“哪来的咖啡屋？哪来的哪去就是了。”官书记没有听清，以为方片七问哪里来的咖啡屋。

“哪来哪去？这名字不错。”胡文娜点点头，“哪来哪去咖啡屋。”

就这样，店名出人意料地定下来了。

嗯，哪来哪去咖啡屋。

这个名字，后来还引起过一个笑话，有个学生，听一方言比较重的朋友带着地方方言说“哪来哪去咖啡屋”，听成了“拉来拉去咖啡屋”，连连追着他朋友问，怎么咖啡屋可以拉来拉去？

定下了店名，接下来，就是做详细的准备工作了。

胡文娜、我、猴子、橙子、官书记、板牙、方片七，共计七个人分头行动，买回了一批桌椅板凳，以及音箱、功放、窗帘、柜台，以及咖啡蒸汽机、水果榨汁机和不锈钢搅拌器、小冰箱等一批用具及制作原材料。在买设备的时候，才发现，以我们目前的现状，只能走以奶茶、果汁、冷饮等饮品为主，咖啡为辅的路线适合。一个是要做纯粹咖啡屋的话，价格高，另一个，就是专业要求高，比如要有专门做咖啡拉花的咖啡师。而我们，目前是找不到这种人才的。

胡文娜的家里给了她三万块钱，作为第一笔投资，按照胡文娜的说法，是暂时借给她的，到后来，赚了钱，再还回去。

而我，找家里要了三千，又央哥哥告姐姐的，把所有能借钱的亲人朋友，都几乎借了一遍，筹到了九千块钱。这其中，在南京开家具店的表姐，听说我要开店创业，借了我五千。宿舍的几个哥们儿中，像是结婚封红包似的，每个人支持了二百元。

其实，在最初的时候，胡文娜说，自己一个人来出资就是了，而我，算是以技术入股，到后来赚的钱，对半分。她并不是一个很看重钱的女孩子，许是家庭背景很优越的缘故吧。父亲是外企的一个经理，母亲是保险公司的一个经理。自然，我是坚决不肯同意的，两个人合伙开店，怎么可以让一个人独担大梁呢？

在这个名为“哪来哪去咖啡屋”的咖啡屋，除了名字比较有特色外，还有一个比较有特色的地方，就是屋内的装修。

咖啡屋是最讲求装修风格的，譬如有各种色系搭配的，除了风格明显的冷色系、暖色系，还有很多临界的，有些模糊的色系，譬如以咖啡色系为主的黑色和红色的搭配，算是比较主流的一种装修风格。

针对于我们的装修风格，大家讨论的结果是，大胆创新，而不拘泥于传统的咖啡西餐厅。于是，猴子提出了以童趣为主的，国外的迪斯尼米老鼠、维尼熊和国内的喜羊羊、麦兜风格；官书记提出了以简单浪漫为主的，几米漫画风格；橙子提出了抽象概念风格，以毕加索的画系为主；方片七则提倡回归田园风格，以大气唯美的自然风光为主；板牙提出的，是很多三角形、正方形、圆形、菱形等图形的几何搭配，并填充涂抹成红黄绿蓝，或两种、三种颜色搭配。而我提出的呢，是做成海滨城市特有的一幅图，含有天空、白云、大海、帆船、轮渡、海滩、贝壳、海鸥、海星、海马、海龟等。

这让胡文娜又有些莫衷一是了。她自己提出来的装修风格是慢摇类的，和重金属沾边的风格。

最后，看几个人争来争去的，胡文娜有些气恼了，嚷道，七十平米的屋子，七个人一人十平米，各人负责自己那一块墙壁的装修风格，每人自己去市场上买涂料回来，再一人买个刷子，自己往墙上刷，限期三天内刷好。

这招挺不错的，大家每个人都挺满意，于是，每个人又都独立行动了。

于是，史上最怪异的咖啡屋装修风格，就出现了。猴子、官书记请来了动漫协会的朋友帮忙，顺便也帮着把整个屋子，原本没有衔接到的、有脱节的地方，很好地衔接了起来，这就使得整个屋子看起来显得稍微整体点了。

因为缴房租加上装修，差不多把之前准备的四万多块钱花掉了，于是，我们决定天花板的装修从简，直接使用之前饭店里的那个天花板，把壁灯换了一下，显得光线更适合咖啡屋氛围。

这样，咖啡屋的装修准备，算是基本完成，接下来，就是宣传和正式营业了。

6.哪来哪去咖啡屋（中）

咖啡屋的宣传，胡文娜找的是冯百强的英语协会，我找的是陈晨的轮滑协会、虞加遥的梅花拳协会，方片七又帮着找到了学校里的冰点文学社和爬爬诗社。其中，英语协会组织的英语演讲比赛上，打出了哪来哪去咖啡屋的一条横幅。而轮滑协会和梅花拳协会，则是各自给我们做了一个很大的宣传板，上面粘了很多从哪来哪去咖啡屋不同角度拍摄后冲洗出来的照片。

而冰点文学社，则在他们每周一份的报纸上，以大学生自主创业的人物访谈形式，给胡文娜做了整整一个版面的人物专访。在这里面，胡文娜把哪来哪去咖啡屋成立的初衷和想法以及筹备开业过程中的一些小插曲，比如买涂料时，发现买错了，又回去，结果人家不给退，协商了很久才解决，以及粉刷墙壁过程中的有趣事情，都爆料了一把。

至于爬爬诗社，恰好是其三周年社庆晚会，于是，方片七就代表哪来哪去咖啡屋去晚会现场，好好地宣传了一把，并现场派发了两百多张优惠券。

然后，我们就等待着，4月7号那天，开始营业了。

4月7号是星期一。

我们安排了暂时的值班日程，第一周的试营业，所有闲散人员，都要每天签到。然后，在一周后，正式营业。人员安排上，由我负责每周前三天的日常照应，胡文娜负责每周四、五、六的日常照应，星期天的时候，由我和胡文娜同时来负责。除此之外，我还动员了我们332宿舍的全部力量，以作人员上的补充，其中，猴子、官书记星期一、星期三；橙子、板牙星期二、星期四；方片七和胡文娜，还有胡文娜临时喊上的一个叫赵小梅的室友，星期五、星期六；而星期天的时候，是全部人员都要到齐的。

果然，4月7号那天，如我们的所料，屋内屋外，人潮涌动，要咖啡的，要果汁的，要冷饮的，此起彼伏，不绝于耳。

这一方面归功于我和胡文娜认识的那一帮来捧场的朋友，再一个就是我们之前强大的宣传力度，以及优惠的价格，奶茶、果汁、冰粥、冰沙都是两元一杯，而咖啡呢，是三元一杯，而且是买二送一。

我们还专门留下了一个意见簿，请热心的朋友来批评指正一下，以待改进，臻于完善。

让我所没有料到的，大家对于我们装修风格上的大胆尝试，很是啧啧不断。我们融合了七种独立的格调，并最终统一协调了起来。

甚至有朋友打趣地说，如果我们的屋子再大一点，很适合周末Party。

这句话，在我们看来，是一句很不错的赞扬。我们算是彻底地颠覆了传统咖啡屋安静、温馨的主题风格。

嗯，还有，值得一提的，就是我们开业当天功放机里的歌。因为加上赵小梅，一共是八个人，然后，一人选了一首歌。

当仁不让，且雷打不动的，官书记选的依然是那首声嘶力竭的《感动天感动地》，他还是抱着一丝侥幸，可以再次邂逅生命中的那份美好；猴子选了首董贞的《朱砂泪》，是仙剑4里的一首歌，他的理由是，因为喜欢，所以懂得；橙子选的是首很经典的英文老歌《lonely》，他说很适合在一个人品咖啡或花茶的时候来听的；方片七唯恐大家忘了自己是个诗人，选的是游鸿明的《诗人的眼泪》；轮到板牙选歌的时候，他把眼一瞪，来喝咖啡喝茶的，这些情侣恋人什么的，就不会干脆利落点，别整得磨磨唧唧的，于是，他选了首《老婆老婆我爱你》；赵小梅选的，是李贞贤的《I Think I》，理由呢,《浪漫满屋》的主题曲；方片七问我选《拂袖》还是《天使的翅膀》，因为这两首歌，一首是我的手机铃声，一首是我的手机彩铃。我说，选《拂袖》吧，听着大气点。

当我们把这些选的背景歌，交给胡文娜，并问她选什么歌的时候，她撇撇嘴："怎么这么没品啊，就不能选个高雅点的?"

板牙呵呵笑着："我没有选《披着羊皮的狼》，就已经很上台阶了。"

胡文娜无奈地摇摇头："嗯，雅尼知道吧?"

胡文娜的这话，让我们达成了自打决定开咖啡屋的第一个一致，一致摇头，不知道。

"压泥是谁？我只知道橡皮泥，小时候玩过。"橙子咕哝道。

"难道是压扁了的橡皮泥，简称压泥?"受橙子的启发，官书记好奇地发问。

胡文娜第二次撇嘴："还橡皮泥呢？你怎么不说雅尼是苹果没有洗干净，一口咬下去，牙上都是泥？或者鸭子掉进了泥里呢？"

方片七辩解道："苹果是没有泥的，只有地瓜才有，刚从地里挖出来的时候。"

方片七的话，猴子不同意了，嘟囔道："你怎么知道苹果没有泥？苹果都种在山上，下雨的时候，去摘苹果，山路很滑，人摔倒了的话，苹果从背篓里滚出来，就会沾上泥。"

胡文娜没好气地瞪了一眼猴子："知道猪是怎么死的吗？没有文化笨死的。"

猴子摇摇头，笑嘻嘻道："我听过猪被气死，不知道有没这回事。今天你不会要给大家证明一下，真有此事吧。"

胡文娜白了猴子一眼，没再搭理他，而是问道："知道郎朗吗？知道李云迪吗？"

"噢，你说的他们俩啊，"橙子若有所悟的样子，"早这样说，不就明白了嘛。"

板牙用手指捅了下橙子："他俩干吗的？"

"嘘，"橙子做了个噤声的手势，很小声地说，"吹葫芦丝的。"

"噢……"大家又达成了再一次的一致，一致点头。

"照你这说法，贝多芬、肖邦都是一代的葫芦丝大师了？《命运》、《致爱丽丝》、《夜曲》用葫芦丝吹得还挺婉转悠扬的嘛。"胡文娜又好气又好笑。

"你早说贝多芬、肖邦不就行了？净整些没用的。"板牙责备道。

"嗬，这么一说，反倒成了我的不是了。你们怎么就不知道反省下自己啊，瞧瞧你们，没文化是多么可怕啊。贝多芬和肖邦都搞起第二产业，吹起葫芦丝来了。"胡文娜没好气道。

"就业压力这么大，不搞第二产业能行吗？"猴子继续气她道。

"好啦，好啦。"赵小梅看几个人这样争来吵去的，一时半会儿是完不了，出来调解道，"省省你们的力气，留着用在开业的时候，好好服务顾客吧。”

就这样，一场没有缘由的纷争，也就这样没有缘由地结束了。

胡文娜选了她喜欢的一首雅尼经典钢琴曲。

开业的第一天，猴子、官书记、橙子、板牙、方片七、赵小梅、我，还有胡文娜八个人，上午忙得有些手忙脚乱。官书记负责冲奶茶；橙子、板牙负责制作冰粥、冰沙、刨冰；赵小梅负责榨果汁；胡文娜负责冲咖啡。而猴子、我还有方片七负责屋里屋外、忙前忙后的服务生角色。

再说一下我们的咖啡。我们买来了咖啡蒸汽机、蒸馏瓶、搅拌器、咖啡壶等工具，不过，在开业的时候，这些却几乎都没有派上用场。

因为对于咖啡的制作流程不熟悉的原因，光是打一个奶泡就手忙脚乱地花上那么六七分钟，速度明显地就跟上不了。于是，我们就一切从简，去超市买来了速溶咖啡，然后，直接开水冲好了，搅拌一下，就送过去。这样一来，时间就大大节约了，基本上一杯咖啡也就那么两三分钟，就到了顾客手上了。让大家有点泄气的是，一包速溶咖啡，超市里卖一块九毛八，我们忙来忙去，忙活半天，人工、材料、口水、感情都搭进去了，却是一笔赔钱赚吆喝的买卖。

不过，用胡文娜的话，我们口碑肯定不错，现在做产品要讲品牌战略嘛，价格战没有什么优势的。

嗯，就算是为以后做铺垫吧。

7.哪来哪去咖啡屋（下）

哪来哪去咖啡屋，晚十点。我，胡文娜，还有功放机里的这首《拂袖》。

敢问天涯在何方　一个人一壶酒　风里浪里飘流　水里火里奔走　天大地大任我游　古来世间多少愁　说聚散说不够

一场繁华过后　物是人非事后　多少感慨在心头
纵然是是非非不问　恩恩怨怨不论　英雄也会泪满襟
于是凡尘世事挥不去　想要高飞却越陷越深

“趣来，你是什么时候开始听这首歌的?”胡文娜坐在咖啡屋里，手里是一杯自己冲的巧克力奶茶。

“嗯，去年7月份吧。有个朋友，传给我一份武侠的电子杂志，背景音乐就是这首歌，感觉很浑然大气，就喜欢上了。”我笑了笑。半个小时前，我正躺在宿舍里的床上，和猴子、官书记还有板牙侃谈的时候，胡文娜给我打电话，说：“没事的话，你来趟哪来哪去吧。”

原本以为发生了什么事，到了后，才知道，什么事都没有的。胡文娜只是淡笑着，今晚因为学校有个晚会，来的客人少，觉得有点不适应。

“电子杂志?”胡文娜有点惊讶道。

“是啊，”我点点头，“你喜欢吗?”

胡文娜呵呵笑着：“看过两期《开啦》，然后就没怎么关注了。我不习惯在电脑上看文字，感觉很累眼睛。”

“或许吧，突然一下子改变十几年的阅读习惯，是有点不大适应的。”我笑了笑，“就像是方片七，他那些无论文绉绉还是歇斯底里的句子，都是先写纸上，然后，才往博客里敲的。”

“对了，我都两天没见到方片七了，他这两天忙什么呢?”胡文娜像是突然想起来似的，问道。

“噢，他啊，上个周，在哪来哪去，认识了一个同样喜欢诗歌的女孩子，然后，按捺不住，三天前，向人家表白了，没想到，两个人一拍即合，现在正进展得如火如荼呢。”

“呵呵，那倒有趣，先是橙子，后来是方片七。没想到，咱们这个哪来哪去成立了不到一个月，就诞生了两个爱情故事了。”

“你发现了吗，这两个爱情故事，都有个共同点。”我笑了下，看胡文娜惊奇的样子。

“共同点？什么共同点?”胡文娜摇了下头，“这我还真没注意。”

“故事的女主角，在时间安排上，都是下午六点多就来了，一个人独自坐了三个多小时。在地点安排上，都是坐在靠近吧台的位子，而且，都是一人要了一份不加糖的黑咖啡。”我笑道。

“哦，那肯定是有心事，想找个人诉说，身边却没有这样的人。”

“是啊，所以，男主角就趁虚而入了啊。”我呵呵笑着，“恰好那两天晚上是橙子和方片七值班。”

“嗯，趣来，你觉得，接下来，哪来哪去还会有很多这样的故事吗?”胡文娜抬头看看我，笑了一下，又低下头，拿吸管搅拌杯里的奶茶。

“应该会吧。”我琢磨不透胡文娜的意思。

“也许有一天，我们可以把哪来哪去做成个校园恋爱集散地吧。”说完这句话，胡文娜呵呵笑起来。

“校园恋爱集散地?”我笑道，“收集恋爱碎片，重新拼装一起吗?”

胡文娜笑了笑，没有说话。显然，她心中有话，却不愿说出来。

于是，两个人都沉默了。

“嗯，我再给你加点热的奶茶吧。”这样过了有大概两三分钟，我打破了沉默。说着，我站起身，从胡文娜手里拿起那杯早已冷却了的奶茶。

“谢谢。”胡文娜冲我笑了笑。

“干吗跟我还那么客气?”我笑着，拿着杯子快步走向柜台里面。

“嗯，趣来，你知道今晚为什么要喊你出来吗?”胡文娜忽然问道。

“能猜到你可能有事，但是，又不是很确定。”我看了眼胡文娜，灯光下的胡文娜，竟有几分憔悴的样子，我低下头，继续冲手里的奶茶，“是不是前几天‘五一’忙得太累了，没有休息好的缘故，看你有点憔悴。”

“那倒不是。”胡文娜笑笑，“虽然前几天是有些抱怨太累了，可是，心中还是挺高兴的。毕竟客人多了，我们才有盈利嘛。”

“呵呵，可是那几天确实挺累的啊，尤其‘五一’那天，猴子和橙子回到宿舍，躺下来，闷头就睡了。要是在以往，他们俩都要闹腾到十一点多，才睡觉的啊。”

“嗯，辛苦他们了啊，趣来，看看要不这个星期天，咱们下午早点关门，请大家去吃顿饭。毕竟，他们这样忙活了一个多月，一直也没有什么回报，心里感觉挺对不住他们的。”

“文娜，别这么说啊，平时大家闲着也没什么事，反倒是官书记他们觉得，挺对不住你的，自打开了这个咖啡屋，他们就隔三岔五的，不管值班不值班，都要过来蹭杯果汁、蹭杯奶茶喝，喝的都快比卖的多了。”我看看胡文娜还是一脸内疚的样子，笑了下，“并且，大家也知道，这个店，前前后后一共投入了四万多，现在，才回本不到一万，你心里压力很大啊。”

“趣来，你知道的，我开这个店，不是为了赚钱什么的。”胡文娜笑笑。

“但是，我也知道，你开这个店，也不是为了赔钱。”我笑着驳回了她，把手中冲好的奶茶递了过去。

“嗯，”胡文娜看了我一眼，接了过来，“很久之前，我就想有自己的一个咖啡屋，可以每天午后，阳光照进来的时候，CD唱机里放着优美动听的钢琴曲，我坐在桌边，手中一份报纸，边看报纸边啜饮咖啡，好好享受下那份惬意。”

“那现在感觉呢？是不是，想要达到这种惬意，只需要一套冲泡咖啡的器具，一间向阳的房间，就够了？”

胡文娜呵呵笑着，没有回答我。

隔了一会儿，她抬起头：“其实，我挺喜欢现在这种生活的。”

“喜欢？”我愣了下，一时没有反应过来。

“是啊，忙忙碌碌的，而不像以前，总觉得自己是在浪费时间，虚度了很多的光阴。”胡文娜笑了下，“生命，应该有尽可能多的一些尝试。无论，结果如何。”

“可是，你要选对了目标和方向，再去尝试啊，不然的话，会把自己搞得很疲惫不堪。”

“嗯，”胡文娜点点头，“趣来，你觉得开店的这一个月，我有过后悔吗？”

“不知道。”我摇了下头，“或许没有吧，反正我自己是没有过，即使那九千块钱都赔掉了，我也没什么后悔的。”

“我也是，没有后悔过，我从来不会为自己做下的事后悔，我不是那种优柔寡断、患得患失的人。当初，我说想要开咖啡屋的时候，周围的朋友都极力反对，嘲笑的，揶揄的，各种声音都有，因为我不懂专业的咖啡制作。所以，也没人愿意和我合作开这个店，直到遇到了你。现在，我想，即使这三万块赔掉了，可是，我觉得自己收获了很多，无论是经验阅历，还是认识的朋友，再就是，也算是圆了一个一直以来的梦想。我这个人本来梦想就不多，圆了一个，以后就少去牵念一个了。”

“呵呵，我说即使赔掉了钱，自己也不后悔，是因为一个星期前，我才跟我爸说起借了九千块钱来开店的事情，我爸当时沉默了有七八秒吧，说了这么一句，儿子，爸相信你，真赔了的话，咱就当是交学费了。我当时很感动我爸的这句话，因为我家里并不是很优裕的那种，父母只是普通的工人，两个人加起来，一个月才两千多。而且，还有个在读初二的妹妹。”

“嗯，趣来，你爸真好。我们一起加油，把这个咖啡屋做起来。”胡文娜望着我，眼中满是郑重之色。

我重重点了下头：“不要让嘲笑我们的人，嘲笑我们太久，更不要让期待我们的人，期待我们太久。”

“嗯，”胡文娜勉强笑了下，“趣来，能因为开店而认识你，是我生命中一件很美好的事情。”

“哦，还记得吗？当时送你曲别针时，我跟你说的那个爱情传说。”

“记得啊，怎么了？”

“那可是有寓意的哦。”

“什么寓意？”

“要知道吗？”

“当然。”

“知道了，就不能后悔啊。”

“不是跟你说了的嘛，我做事不会后悔的。”

“记得有个叫方片七的诗人曾说过这样一句话，我们每个人都会有一首歌，开始的开始，我们在听别人的歌，后来，我们在唱自己的歌。或许，这首歌，这一生，我只会唱一次，但是，我会倾力去唱，唱到你我都刻骨铭心，唱到你我都欲罢不能。”

胡文娜愣了足足有三秒钟，然后，回了一句，让我终生难忘的话：

“谢谢你，趣来，今天是我二十岁生日，这是我收到的最美好的一份生日礼物，也是我这二十年，收到的最美好的一份生日礼物。谢谢你给的幸福，无论以后如何，这一生，我都会记住今天的。”

“啊?!”

“我有三个生日，第一个，是最初，我爸告诉我的，腊月初四；第二个，是身份证上的，7月6号；第三个，是后来，我妈告诉我的，阴历的，四月十七，也就是今天。”

“啊?!”

“怎么了?”

“你的三个生日，怎么相差这么远?”

“我也不知道，可能是，上帝比较偏爱我吧。”

“嗯，我也这么觉得。”

“为什么?”

“你看，这不，就把我送到你身边了。”

……

8.板牙的幸福

或许，我们生命中，有些安排，是早已注定了的。尤其，是一些很美的遇见。

我把这句话说给方片七听的时候，方片七骂了我一句：“丫的，我真想抽你巴掌，说了多少次了，是邂逅，不是遇见。你就不能有点高级情调？总是这么低级无味，怎么上得了大场面。”

宿舍几个人，对于我和胡文娜的感情，一致看好。用官书记的话："趣来，你们总算是修成正果了。"

然后，就是咳咳不止的样子。

似乎，春天是个荷尔蒙横飞的季节。

转眼之间的两个多月，就诞生了四对恋人。

宿舍六个人，目前还剩下两个单身汉。

一个是官书记的老大难问题，一个是猴子。

官书记还在苦苦等待，那个《感动天感动地》，而猴子则是属于搁哪儿都嫌碍眼类型的。

嗯，说下板牙的爱情经历吧。

当板牙得知橙子和方片七在哪来哪去咖啡屋中找到了大学里的另一半时，宿舍里六个人，就数他往咖啡屋里跑的最勤了。

尤其是星期天，方片七、橙子他们还是鼾声阵阵的时候，板牙就起床了。迅速地洗漱，然后，去宿舍楼下，捎上个肉夹馍，就边啃着边赶往咖啡屋了。

有道是，功夫不负有心人。

板牙终于也找到了他的爱情。不过，不是在哪来哪去咖啡屋，而是，在去哪来哪去咖啡屋的路上。

那天上午，板牙急急忙忙地下楼，没有带伞。走到半路，结果下雨了。在距离哪来哪去大约五分钟路程的地方。板牙本来打算直接一路狂奔的，结果，那天的雨实在太大了。于是，他只好找了个地方避雨。于是，就去了一个宣传栏下面避雨。

结果，在那儿，遇到了一个同样也在那儿避雨的女孩子。

板牙刚开始并没有和人家搭话，以他的脾气和性格，这种场合，没有人教他，他也不知道如何去开口的。

然后，板牙接了个电话，是官书记打的，问他有没有看见他的高数课本。

板牙就说没有，官书记又说隔壁的梁子刚才去宿舍找他，可能有点事，好像是关于学生会的事情，让他给梁子打个电话问一下。

板牙答应了下来，说等下就打电话过去。结果，刚拨通号码，说了个“喂”字，手机就吱吱两声，显示电量不足，紧接着，就关机了。

板牙正兀自懊恼期间，那个女孩子主动把自己的手机递到了板牙的面前。

“用我的吧。”她说。

板牙感激地接过来，电话打通了，碰巧梁子和他一个同学各撑一把伞，正向板牙所在的方向走来。

于是，板牙就理所当然地找梁子借了一把伞，并理所当然地把那个女孩子送回了宿舍。

当板牙把这次经历说给宿舍几个人听的时候，猴子弱弱地问他：“知道那个女生电话吗?”

橙子瞪了眼猴子：“梁子的手机上不是有通话记录吗?”

一干人恍然大悟。

于是，板牙就去找梁子，然后，找到了那个女孩子的电话。

这样一来二去的几次电话短信，双方就熟悉了。

然后，就坠入爱河了。

板牙也就开始了和那个叫卢小樱的女孩子的幸福生活。

所以，在宿舍就开始流传着这样一句话：我不在哪来哪去寻找到爱情，就在去哪来哪去的路上寻找到爱情。

9.官书记的恋爱分享大会

简单说下方片七和那个叫李佳一的女孩吧。

那个叫李佳一的女孩子，和方片七倒真的是挺投缘。三天两头地，方片七就拉着人家往海边跑，去吟诵他那所谓的一篇篇集日月精华、天地灵气，前无古人、后无来者的旷世之作。那个叫李佳一的女孩子，倒真是个好脾气的女生，竟然一点也不觉得腻烦。这是让宿舍几个人都很啧啧称奇的事情。尤其是橙了，橙子和那个叫赵可欣的女孩子，似乎是属于三分钟狂热期，然后两个人就处于那种很漫长的过渡期了。

于是，这天下午，宿舍决定召开一个名为“五花八门爱情杯”的恋爱感想分享大会，及时地总结分享一下，并且，在会议上评选出最佳贡献奖、最佳搭档奖、最具潜力奖、最具玩味奖四大奖项。

会议由猴子主持，官书记做会议记录。

首先，由猴子开头，根据他和官书记这两位旁观者的深入调查，仔细分析，认真核对，在橙子、方片七、我和板牙身上，基本算是代表了整个大二时期百花齐放的爱情盛况。

接着，猴子很威严地扫了遍在座的五个人，发言道：

“橙子呢，虽然是我们宿舍，第一个吃螃蟹、跳龙门的，不过，最主要的原因，是隔壁宿舍六个人有三个都在恋爱了，其中包括了麦六，经常和橙子一起踢足球的那哥们儿，因为有了爱情，而很少和自己一块去踢球了。于是他就觉得自己也该恋爱了，这样，另外一个和橙子一样，同样遭遇境况，且闲极无聊的人，因为哪来哪去的一次偶遇，就凑合在了一块，其实两个人也不知道为什么要在一起，是属于那种两个人都吃饱撑着了，看别人在爱情长跑，就也想跟上去撒撒欢的类型。这也就是，为什么两个人的爱情，只有三分钟热度的原因。”

看几个人没有异议，猴子继续发言：“虽然橙子的爱情，没有太多可圈可点的东西，且也不知道什么时候，就随时嘎嘣了。不过，他毕竟是我们宿舍打破了零纪录，为后来三位的长江后浪推前浪，奠定了扎实稳定的基础，因此经‘332恋爱专家审核委员会’的审核决定，颁发给橙子‘首届五花八门爱情杯之最佳贡献奖’的决定。

“至于方片七，他是那种因为有那么一丁点点才华，且在爬爬诗社有批惺惺相惜的诗人，在学校的诗歌文艺界，有点小名气，才被人家认可了的。属于那种因为共同的兴趣爱好，才走到一起的两个人。由于方片七对李佳一的一片真情，同时李佳一对方片七的一片痴情，才有了今天这种情深意笃、难舍难分。经‘332恋爱专家审核委员会’的审核决定，颁发给方片七‘首届五花八门爱情杯之最佳搭档奖’。

“张老三和胡文娜是属于那种，两个人因为人生道路上，有一段共同的结合点，才走到一起的。一起来走过人生中的风风雨雨，一起来笑看江湖中的恩恩怨怨，经过一个多月的时间证明，他们的感情，是根深蒂固的，是外人无法撼动的，亦无法摧毁的，无论今后，会遇到什么样的坎坷不平，遇到什么样的挫折磨难，他们都将携手并肩，昂首阔步地走下去。因此，经‘332恋爱专家审核委员会’的审核决定，颁发给张老三‘首届五花八门爱情杯之最具潜力奖’。

“而板牙，他之所以能追上那个叫卢小樱的女孩子，最为主要的原因，还是他在校学生会的名气。因为经过大一、大二这两年的爬格子，板牙很快就要升到学校体育部的部长了。所以呢，用一个很极端很扭曲的眼光来看的话，板牙和卢小樱之间，有点像是一种权色交易。为什么这样说呢，大家瞅瞅我和板牙就知道了，两个人先天优势差不多，你们平时说我的身高发育潜力有限，可是板牙的门牙，却是生长空间无限。那么，为什么，板牙就能找到人生中的另一半呢，这是一个很值得玩味的话题。因此，经‘332恋爱专家审核委员会’的审核决定，颁发给板牙‘首届五花八门爱情杯之最具玩味奖’。

“接下来，有请我们的颁奖嘉宾，332宿舍在感情问题上，最为痴心，也最为窝心的官书记为我们的四位获奖者，上台颁奖，奖品为每人牙膏一盒，牙刷两支，以及在332有着‘灵魂人物兼领军人物’之称的侯生伟大师精心制作且亲笔签名的，全球限量发行仅四张的手绘荣誉奖状一张。”

猴子话音刚落，官书记笑呵呵地站起来，向一干人挥挥手：“332宿舍的兄弟们，大家好啊。先和大家说一下，为什么，我们要办这么一个‘首届五花八门爱情杯’恋爱感想分享大会呢？在这里，我想先问一下，各位的想法。”

“不知道。”橙子先摇头。

“时代在发展，科技在进步。自古以来，科学技术都是第一生产力。为了能在混沌之中有所斩获，于当前全球金融危机的严峻形势下，于大学生就业率居低不高的险恶环境中，官书记身先士卒，并以身作则，率先提出了‘首届五花八门爱情杯’的大胆想法，并同时创造性地提出‘我爱故我在’的宣传口号，得到了广大332同胞的热烈欢迎和一致好评。因此，确保了此次恋爱感想分享大会的圆满成功。”我笑嘻嘻地看着官书记。

猴子笑嘻嘻道：“人家有这么句话，‘人头马一开，好运自然来’，我看，这话用在趣来身上，应该是‘趣来口一开，马屁自然来’。”

“不，你错了，猴子。应该是‘趣来口一开，马屁滚滚来’。”橙子笑道。

几个人同时笑起来。

“官书记的话，我是明白了。‘存在即是合理’，那么，今天这个恋爱感想分享大会，肯定是合情合理的。那么，怎么个合情合理呢？这是一个所谓的‘仁者见仁智者见智’的看法。举个例子，比如说吧，今天早上，我走在路上，看到我前面有一块西瓜皮，我正琢磨着，要不要把它从路边踢到路中间，看看会不会有人踩上去，摔他个山路十八弯。结果，正琢磨的时候，咱隔壁宿舍的李瑜兴冲冲地跑过来了，推了我一下，结果，我就这样‘哗啦’一下，把迎面而来的一女生手里的豆浆撞飞了……”方片七喋喋不休地发表起经历感慨来。

“嗯，现在是会议时间，方片七，请注意发言内容。”官书记从鼻子里发出了一声，然后，朝方片七瞪了一眼。

“甭急，官书记。还有两分钟就说到重点了。”方片七朝官书记挤了挤眼睛。

“靠，每次都是你这厮，磨唧个没完没了的。”板牙终于忍不住发话了。

“那么，板牙，你觉得，咱们这次的会议，为什么召开呢？”

“呵呵，就像是你说的，橙子和赵可欣感情那样吧，闲极无聊了，也没有什么原因。”板牙笑着道。

“这话，只能是说，说对了一半。”官书记点点头，“前半部分说对了，是有点闲极无聊。说得再直接一点，有点的无趣。不知道大家最近感觉到了吗？老三和胡文娜开咖啡屋，我们几个都忙碌了起来。那种的忙碌，是大家劲往一块使，力往一块扭，虽然，很忙碌，但是，大家都奔着一个共同的目标，就是把咖啡屋做得更好一点，更成功一点。

"那段时间，大家是把逃学旷课后，在宿舍里吹牛扯皮的时间，和玩网络游戏、看网络小说的时间，用在了哪来哪去咖啡屋上。虽然每个人都很忙，但是，每个人都很快乐，很充实。因为，我们每个人都觉得，在这个过程中，自己成长了，有收获。比如，学会了调果汁、冲奶茶，学会了制咖啡、做刨冰等，学会了与人交往，和顾客、消费者打交道，研究消费者的喜好，超越他们的期望。大家一起打打闹闹的，根本不会觉得时间漫长。

"而且，我们每个人，都能感觉到，趣来和胡文娜，对咱们不薄，虽然，没有说给咱们个三五俩子儿的，可是，说真心话，咱是冲着这个去帮忙的吗？上个周的星期天，人家趣来和胡文娜，特地早早地关了门，给咱们准备了一顿丰盛的晚餐。当时吃饭的时候，我觉得自己都有些惭愧，因为这些天，忙着班里的一些事，时间上、精力上，明显地分不出那么多到哪来哪去了。我不知道，你们各位那个时候，是怎么想的。

"这是这次开这个分享大会的第一点，说说咱们宿舍最近这段时间的凝聚力问题，我感觉这段时间，大家每个人都很忙，而且是各自忙各自的，交流很少，沟通更少，往往回到宿舍，往床上一躺，就呼呼大睡起来，然后，一个电话吵醒了，接完之后，又风风火火地冲出去了。去年元旦的时候，我们有过这么的一次，那一次，猴子和橙子俩人在餐馆做兼职，板牙忙着准备年终总结，我呢，忙元旦晚会。方片七和趣来，则一个住院，一个陪床。后来，大家也是开了个会，反省了这么一次。只不过，那一次，咱们大家没有几个谈恋爱的罢了。吃饭的时候，酒桌上说几句，就行了。

"而这一次呢，情况是大不相同了。我瞅着，再这样下去，我要是晚点再说这些，你们就有人站出来，和我分庭抗礼了。所以我索性，现在就提出来了。

“另外呢，我以后，会尽量协调分配好自己的时间，多到哪来哪去帮下忙。你们四个人呢，自个看着办吧。

“第二点呢，就是刚才，猴子的那番总结发言，咱们现在这是6月份了，还有一个多月考试，咱332宿舍，在我印象里，一直都是个很有学习上进心的宿舍。好像自打大一入学到现在，只有大一第一个学期，板牙英语不及格，补考了一次，之后大家就都再没挂过科了。

“我这两天寻思着，看你们这几个人，一个个的，开店的，谈恋爱的，都挺忙。以前一个周也就逃那么两三天的课，现在呢，一个月，还指不定有那么两三天去打到的。不要相信他妈的什么屁话，大学里没挂过科，就不是完整的大学。大学是你专门来挂科的地方吗？你爸妈辛辛苦苦、省吃俭用地拿钱来供你上大学，就是为了你整天不学无术地来挂科补考吗？

“咱们都不是三两岁的小孩子了，有些事，咱们是该有自己的主见，不应该再去依赖别人了。诚然，我不反对你们开店，不反对你们谈恋爱，相反的，在一定的程度上，我还大力地支持你们，但是，我要你们做到两样：

“第一，宿舍关系搞好，我们 332 的凝聚力还在，有什么事，大家还是一个集体，一个团队，别他妈的为了个女生，就找不到北了，弄得宿舍里也四分五裂，各忙各的了，没见过女生是怎么着？

“第二，别挂了科。别他妈的现在整天不需要学习似的，有空的时候，多瞅两眼书本。不喜欢专业书的话，你就去找本什么推销艺术、演讲口才的看看吧。现在用不上，以后会用得着的。”

10.胡文娜和她的英语六级（上）

胡文娜。外文阅览室。英语六级。出国留学。

这是官书记曾经作的那两个大胆推测里面，包含的关键字。

我不得不佩服官书记的主观判断力。

6月22日。周六。全国英语六级考试的日子。

而胡文娜，也是这个中国成千上万的报名考试中的一员。自从开了这个哪来哪去咖啡屋之后，周六的时候，胡文娜就很少去外文阅览室了。还有冯百强的英语协会，胡文娜去的也不是那么多了。

最初，她都是借了书，拿回咖啡屋看。

而周末的时候，咖啡屋里，很多人来看书。鉴于此，胡文娜还特意去书报摊上，买回了一批杂志，有时尚杂志，有娱乐杂志，当然，更有英语杂志。

我问胡文娜为什么要考英语六级的时候，胡文娜说，父母给她安排的道路就是，毕业之后，去英国留学。因为，她有一个在英国开贸易公司的姑姑。本来，家里人在她高考之后，就打算让她去英国的，可是，她没有过去，而是选择读完大学再去。

这是有一次，胡文娜在哪来哪去，拿起桌上的那本六级英语书来读的时候，谈到的。我清晰地记得，胡文娜说到会在自己毕业之后，直接去英国留学的时候，两个人，都没有再说话。

咖啡屋里，只剩下汩汩流淌的轻音乐，和汩汩流淌的感伤。

心像是被一个钝器重重地撞击了一下。我才感觉到，我的家庭和她的家庭，相差那么远。

后来，我们就都不再提到这个事情了。胡文娜也很少在咖啡屋里看英语书了，只是，偶尔翻翻那些英语杂志。

如果一段感情，刚开始的时候，就知道，没有结局，你会不会坚持下去？你会坚持多久？

这是全国英语六级考试，紧锣密鼓的准备开始的时候，我在内心问自己的一句话。

胡文娜似乎也了解我心事似的，闭口不提任何关于六级英语考试的事情。我们两个还像是以前那样，每天在哪来哪去见面、分别，再见面、再分别。只是，我们谁都没有给谁一个名分，也没有给一个约定或是承诺。

我知道，她也知道，只是，我们俩都心照不宣。

即使，是她二十岁生日之后。

我们还是谁都没有挑破那层窗纸的。

有的，只是一种和爱情，若即若离的感觉。

很神似的那种。

有时候，我也想，如果我和胡文娜有以后，那会是怎么样的一个结局呢？如果，没有的话，又会怎样地收场呢？

这是一出怎样的戏呢？该如何进展下去？

宿舍的几个哥们儿，也是知道胡文娜要考英语六级的，不过，不知道她是不是要出国。他们没有问过，也没有打算去问。这个不在他们的关心和考虑范围之内。

不过，在6月份之后，尤其越是临近英语六级考试，宿舍几个人来的次数越是勤了。他们知道，胡文娜要准备六级考试，而我一个人，在咖啡屋里，肯定要累得多，就是就来帮着轮流倒班了。

这让我很是感激官书记那次的恋爱分享大会。

11.胡文娜和她的英语六级（中）

15，16，17，18，19。

这是我掰着指头，算的胡文娜六级英语考试的日子。

6月20日。

自从6月10号之后，胡文娜来咖啡屋的时间，就不像以前那么多了。

有时候，一天只来那么一次，来了不到半个小时，就离开了。

而有的时候，一天都来不了一次。

见不到胡文娜，我像一只焦躁不安的兔子，不知所然地奔跑着，奔跑着，不知道要跑向哪儿，也不知道跑到了哪儿，只是很害怕，停下来的感觉。

我觉得自己找不到一个落脚点，也没有一点的归属感。

我问方片七，没有归属感，是什么样子的。

方片七说，就像是秋千架上荡来荡去的那只猴子，它不知道，在它荡来荡去的过程中，其他的猴子都离开了。

方片七这么说，我不知道自己，究竟是像兔子，还是像猴子了。只是我知道，自己心里很折磨、很纠结。

6 月19 号的那个下午，当我把桌前那本杂志，翻了足足有七八遍，心中不仅没有一点释然，反而更加地恐慌不安的时候，胡文娜给我打电话了。

“喂。”我颤抖着手，摁了接听键。

“在咖啡屋吗?”胡文娜的声音，听上去有些疲惫。

“嗯，你呢?”

“我在海边，方便的话，现在过来找我一下吧。”

说完这句，胡文娜就挂了电话。

我看了下通话时间，十二秒。

6月19号。胡文娜。英语六级考试。海边。

这几个词，在我脑海里飞快地掠了一遍。我才缓过神来，胡文娜正在海边等着我，我现在要去趟海边。

是的，现在，马上。

这个念头闪现之后，我立刻从座位上跳了起来，朝角落里的方片七招了下手：“方片七，你照顾一下店，我出去一趟。”

也许，这个世间，很多很多的事情，真的是早已安排好了的。但是，我还是想尽力扭转一下。不然，一辈子都不会甘心。

这是我去的路上，心中想的话。

一种突如其来的莫名失落，如渐渐弥散开的灰色暮霭。

果然，出了学校东门，隔着很远，我就看到胡文娜在海边，一个人很形单影只的样子。海边的风不是很大，但是足够吹起她的长发，上上下下地在风中，兀自摇摆着。湛蓝的天空、辽阔的大海、柔软的海滩、爽朗的阳光、猎猎的海风，加上一个心事重重的女孩子。唯美得几近心碎的一幅画面。

没有喊她，我只是那样悄然无声地走了过去。一份失落，又有一份侥幸。

但是，我知道，那应该不是告别。

想到这儿，我强打起精神走过去，离胡文娜还有七八米远的时候，我低低地喊了她一声："胡文娜——"

胡文娜抬起头，那一刻，我分明地感觉到，自己仿若来到了初秋，有一片叶子，从她眼中簌簌而落了。

那些无以掩饰的苍凉。

胡文娜勉强地笑了一下："方片七在照看店吧？"

"嗯。"

"他下午还有其他事吗？"

"没。"

"那我们在海边走走吧。"

"嗯。"我点了下头。

于是，两个人就沿着长长的海岸线，自北向南地走了起来。

"趣来，你们这个期末，考几门课？"

"六门。"

"有几门是专业课？"

"三门。"

"之前的时候，考试有挂过科的吗？"

"没有。"

"你们宿舍呢？"

"板牙曾经挂过一次英语。"

"比我们宿舍强多了，我们宿舍有个女生，那一次就挂了三门课。"

"嗯。"

"因为她忙着谈恋爱了，男朋友在另外一个城市，她经常去那儿看他。最后考试的时候，那个男生却给她说分手了。然后，她很伤心，整整一个星期，都精神恍惚，不吃不喝的样子。最后考试的时候，七门课，挂了三门。"

“嗯。”

“异地恋总是以失败告终，是吗？”

“不知道。”

“我还以为，你又要说‘嗯’呢。”胡文娜笑了起来，是发自内心的笑。

“好笑吗？”我嘟囔了这么一句。

“知道我为什么笑的吗？”

“嗯，你觉得我在认真听你说话，不是在敷衍你，对吧？”我也笑了一下。

胡文娜没有回我话，而是反问了这么一句：“你相信异地恋吗？”

“相信。”我重重地点了下头，用一种坚定不移的语气告诉她。

因为，我知道，这才是让胡文娜笑的真正原因，我更知道，在今天这种场合，“相信”这两个字，和“我爱你”这三个字，是有着同样意义的。

“我也相信。”胡文娜点了下头。

“呵呵。”我笑起来。

“你为什么笑？”胡文娜有点不解了。

“嗯，恋爱中的人，在一方说完我爱你这三个字之后，另一方肯定说的是四个字——”我故意顿了一下，看着胡文娜。

“我也爱你。”她果然接下了话。

“嗯。”我想笑，却怎么也笑不出了。

“干吗这样看着我？”我看着胡文娜眼睛，有点凶巴巴的样子。

“哼，我都说出了那四个字了，你还没说那三个字呢，让我感觉自己上当受骗啦。”胡文娜嘟着嘴。

“哪三个字啊？”我故作不知的样子。

“就是那三个字嘛。”胡文娜像个小孩子似的，撅起了嘴。

“可以麻烦你说得清楚点吗？”我嘻嘻笑着，看胡文娜佯装的一脸愠怒。

“哼哼哼。”胡文娜有点气得要跺脚了。

"我真的不知道呀。"我笑了起来。

"你确定你真不知道?"

"确定一定以及肯定,"我一脸认真地看着胡文娜,"我真的不是不知道。"

"啊?!"

"双重否定句,就是肯定句咯。"

"啊?!"

"是啊,没错的,我说了的嘛,我不是不知道,只是怕说出来,吓你一跳。"

"哼。"胡文娜噘了噘嘴,气得转过身去了。

我知道,她肯定是假作的生气。

"乖咯,别生气的嘛,我只是故意的,又不是存心的。干吗这么生气的啊?你也知道的,我这个人很不错,就是心眼有点坏。"

"扑哧"一声,胡文娜笑出声来:"不管你是不是故意的,存心的,反正,你都要向我道歉。"

"为什么啊?"

"嗯,你刚才的话,惹到我啦,让我很生气,很上火,很不开心,很不快乐。"

"哇,我的话杀伤力这么强啊。"我故作惊讶道。

"不是杀伤力,是破坏力。"

"哦,真好。"我点点头。

"为什么?"

"要是你具有免疫力的话,就是我很生气,很上火,很不开心,很不快乐啦。现在来看,你是一点免疫力也没有的哦,那么,乖乖就范,束手就擒好啦。"我笑道。

"啊?怎么个束手就擒法?"

"嗯,今天你有什么不开心的事,说出来让我开心一下。"

"啊?!"胡文娜怔了一下。

"就是的哦,你不开心的原因,我一定会很开心,很快乐的。虽然,表面上，是和你一样的悲伤，不过，内心肯定很开心快乐的嘛。”

“为什么？”

“这个世界上，有一种心情，就是这样子的，说出来的时候，虽然两个人都很悲伤，但是，心中却都充满了温暖很幸福。并且，其中一个人的心情，是很乐不可支的。”

“什么心情？”

“就是现在的心情嘛，我知道的，你很在乎我，对不对？你的不开心，不快乐，是因为你很在乎我，对不对？”

胡文娜看着我一脸自信且得意的样子，正了正脸色：“让你失望啦，我的回答偏偏不是‘对’。”

“什么？”我有点大惊失色，乱了阵脚，“你确定？”

“确定一定以及肯定。”胡文娜看到我脸上的紧张，笑嘻嘻道，“我不回答‘对’，我回答的是——‘嗯’。”

“啊?!”

“啊什么啊，有什么大惊小怪的，这样简单幼稚的问题，还这么一惊一乍的，咋上得了大场面？”胡文娜把我们宿舍方片七的原话，搬过来了。

这次轮到我撇嘴了。

半晌，胡文娜说话了：“嗯，不过，我还是，想听听那三个字。”

“你真的要听吗？”

“嗯。”

“这三个字不能随便说的。”

“为什么？”

“因为，这是一种承诺。承诺了的话，就要兑现的。”

“嗯，不过，我还是想听。”

“为什么？”

“因为，我都把那四个字说了嘛，不然的话，会觉得不公平的。”

“你真的一定要听？”

“嗯。”

“那可是要付出代价的啊。”

“什么代价?”

……

“抱紧我。”

“啊？为什么?”

“那么啰嗦干吗，要你抱紧，抱紧就是啦。”

“我以前没抱过男孩子。”

“你又不吃亏，我也没抱过女孩子啊。”

……

“这样可以了吗?”

“好的。把脸再贴过来。”

“啊，为什么?”

“那么多话干吗，要你贴过来，你就贴过来就是啦。”

“我可以弱弱地问你一句话吗?”

“什么话?”

“你不会是要和我接吻吧?”

“废话，不然把脸贴过来干吗?”

“啊?!”

“这是那三个字的代价吗?”

“当然。”

……

“我爱你。”

……

“喂，傻瓜，那四个字呢?”

“我不是已经说过了的嘛?”

“你这人怎么这么没情调啊?”

“噢，那个样子啊。你刚才说那三个字了吗？风太大啦，我没听见。”

“啊，你真要我再重复一遍的吗?”

“你说什么？我没听见。风太大啦。”

“我在你耳边说的啊，风有这么大吗?”

“你说什么？我没听见。风太大啦。”

“好吧，那我再说一遍咯。抱紧我，还有，把耳朵贴过来。”

“好啊。”

“这回能听见啦？风不大啦?”

“嗯。”

“我爱你。”

“我也爱你。”

……

12.胡文娜和她的英语六级（下）

胡文娜的英语六级考试，还是在一种井然有序的状态下过去了。

我后来才知道，为什么19号的那天下午，她要喊我去海边。其实，她的心里也很矛盾，因为，这可能就意味着，大学一毕业，她就要去英国留学了。她不想去英国，不想离开我，正如同，我不想离开她一样。

我能想象得到，她的英语六级考试，肯定会顺利通过。因为，她是一个做事如此专注、认真的女孩子。

后来的很长一段时间里，我都在想6月19号下午的事情。

原来，我们都没有勇气点破的那层窗纸，那么轻易，就点破了。

接下来，我们的爱情，并没有想象中的那样汹涌澎湃。两个人的关系，还是那样的平平淡淡。没有所谓的大起大落，也没有所谓的扣人心弦。

只是，我觉得，两个人相视一笑的时候，多了几分的默契和叮咛。用胡文娜的话说，就像是嵌入生命的一抹胭脂散，层层叠叠着，洇散挥发到心中的每个角落。

这一点，官书记、猴子他们是觉察不到的。

橙子还是照样和赵可欣，重复水煮大白菜一样的爱情故事。方片七则继续和李佳一续写他人性中光辉而又灿烂的史诗传奇。板牙则和那个叫卢小樱的女生，风风火火地辗转在一个又一个的约会地点。

六级考试的事，官书记没有放在心上，猴子没有放在心上，橙子、方片七、板牙都没有放在心上。

我和胡文娜，也就没有放在心上了。

因为6月19号的那个下午，我们彼此的那个承诺。

那个承诺的内容是什么，这似乎不是很重要。

因为，我们彼此都心照不宣。

我相信异地恋，她也相信。

我爱她，她也爱我。

这不就够了吗?

要那么多的承诺做什么呢?

记得方片七有首诗是这么写的：流星划过的夜空，我看到了我们的诺言，我们的曾经，却怎么也找不到我们的爱情。我才恍然大悟，原来，诺言和曾经，并不是爱情。

嗯，我只是想要一份爱情。

一份用曲别针和胡文娜换来的爱情。

如果非要为这段爱情加一个期限的话，我会用“矢志不渝”这四个字。

日子，继续匆匆忙忙地从指缝溜过，从肩头擦过，从眉梢掠过。我们每个人都走在各自漫长的人生轨迹上，然后，续写与生命相织相嵌的那些人，那些事。

官书记、猴子、橙子、方片七、板牙和我，我们都想要去卖力地生活，却不想，我们渐渐地习惯了这种漫不经心淡然。

幸好的是，我们都习惯了，并且喜欢这种淡然。

这就像是方片七另外一首诗里写的：我想，也许，也许，也许，你会觉得，我们的曾经，只是一出很少画面，却很多对白的剧本，可是，可是，可是，你难道不知道吗？任何的一个真实的爱情，都是这样子的。情节很少，台词很多。

其实，掐指算算，和胡文娜的认识，才仅仅三个月，可是，我觉得自己却仿佛比三年都要久。我问她有没有这种感觉的时候，胡文娜点头，说自己同样也有。

这让我又想到了19号那天下午，在海边的时候，我问胡文娜："如果，那天没有遇到你，我生命里，现在会是怎样一个情景呢？是不是，我还在那样，一个人静静地看天，静静地看海，一个人想自己的过去，和将来。"

胡文娜笑了笑："有时候，我也想我们的遇见。我爱的，只是在那个时间，经过那个地点的人。因为，那是我的缘分。而你，恰好，在那一个时刻出现了。我就认定了，你是我想要的全部。我更认定了，要送给你我的全部。"

"你相信缘分吗？"

"什么是缘分？"

"不知道。"

"只是感觉，我和你，就像是两个无家可回，但是，却心中温暖的孩子。只因为，有你在身边，我就有家的感觉。那么，家是什么呢？是不是，能让彼此感觉有安全感和归属感的一种心情？"

13.哪来哪去的争端（上）

期末考试还是一如既往地气势汹汹地来了。

盛夏也以一种君临天下的姿态，轰轰烈烈地登场了。

自习室里太吵，太闷，于是，操场上、人工湖畔、树林边，挤满了密密匝匝、挥汗如雨的备考大军。

猴子对于考试，曾有这么一句经典的话：大学里，如果你不拿奖学金，不考研，只需要两个星期的时间，就能应付过考试了。

这句话，我是深以为然的。

橙子、方片七、板牙，也是同感。

只有官书记，他是我们班拿奖学金的人，所以，不在我们考虑范围内。

不过，话虽这么说，拿根火柴，撑着眼皮，在学校里走一遭，你会发现，数目相当可观的学生，连两个星期的备考时间，也吝惜不止，舍不得拿出来。

挂科，需要的，仅仅是一份心态。一份与世无争的淡定，一份物我两忘的从容，不言成败，不患得失。

然后，勇气，就被拿出来了。

这是宿舍几个人讨论出来的。

他们在讨论，这个学期，我们 332 宿舍会有几个人挂科，每个人又会挂几科的时候，我还在哪来哪去咖啡屋，抱着高数，一通狂啃。

胡文娜也和我一块，她在静静地看他们建筑系的书。

拉了窗帘，关了门窗，把新近才装的空调打开了。屋里的空气，就陡然降到了二十六度。屋子的一角，还放着一台青蛙形的加湿器，呼啦呼啦地往外吹着湿濡濡的水汽。

唱机里，舒曼的《浪漫曲》，宛若月光倾泻的海面，一轮明月，冉冉升起。瞬间的安谧，瞬间的柔和，瞬间，凝成了每个人心间的一道永恒。

咖啡屋里除了我和胡文娜，还有五六个人，在同时看书备考的。

其中，有一对情侣。男孩子叫陈云霄，女孩子叫杜诗雅。之所以知道这两个人的名字，是因为，这两个人经常过来，且每次的时候，都要求坐在同一个位置，点一成不变的香草味奶茶，而且，更重要的原因是，两个人的爱情，很让人羡慕。

第一次来的时候，男孩子问："有薰衣草味的奶茶吗？"

胡文娜愣了一下，说："之前有人反映薰衣草奶茶的味道，像漱口水一样，感觉怪怪的。我们就没再推出这个口味的了。我给你们推荐香草口味的吧，我个人也蛮喜欢喝的。"

男孩子笑了一下，看着女孩子。

女孩也是轻轻笑了一下："好的，那来两杯香草味的吧。"

然后，两个人相视一笑。

后来，我才知道，为什么，男孩子要薰衣草味道的奶茶。陈云霄和杜诗雅两个人，原本父辈就认识，都出于书香门第之家，两个人从小就定了娃娃亲，毕业后，家里就会安排两个人去法国巴黎留学，他们约定好了，一起去普罗旺斯看薰衣草。

另外，我还认识的一个也是同样经常来哪来哪去咖啡屋的人，叫许褚，大三，土木系。一个喜欢国学，嗜好佛学，言必孔孟，语必老庄，五句话内，不离佛陀、菩提的人。

猴子对于许褚这个人，是很推崇的，觉得他精通很多东西，比如单单周易里的八卦，单单那些奇门遁甲，就让猴子觉得他形象很高大，需要仰视。于是，就把他介绍给了方片七。

方片七和许褚聊了几次，大有相见恨晚、惺惺相惜的感觉。于是，一转手，介绍给了官书记和橙子。

官书记和橙子，对于许褚，也是印象很不错的，觉得他懂很多东西，看问题很有深度。

只有板牙，对于许褚，是很不以为然的样子，他觉得许褚有点玩深沉的样子。他甚至想把许褚从哪来哪去赶出去，不让他再去了。因为他觉得许褚有传经布道、蛊惑人心的感觉。

他觉得自己很理解不透，为什么许褚，总是一再强调，自己是个唯心主义者。而不是像我们这种马列主义成长下的唯物主义。

板牙说出了我们的心里话，很多时候，我们也是不懂，只不过，生活教会了我们不懂装懂。

用橙子的一句话来说，许褚的很多话，就像个铅坨子，我们吃下去了，注定要消化不良的。

不过，胡文娜对于这个许褚，一直很不错的。每次许褚来了，都是热情洋溢地打招呼，招待他。

有时候，碰巧闲着没事了，就和他聊谈一会儿。

因为胡文娜的原因，我个人对于许褚，是有点醋意的，便也和板牙站在了同一阵线。虽然和许褚加上这次，一共见过了三次面，不过，每次我都是冷冰冰地点下头，就算是过去了，没有其他多余的言语。

所以，这次看到许褚，尽管从刚进门，他就笑呵呵地主动同我打招呼，老实说，我心里委实有些不爽的，再一次地点头而过。

现在，尽管抱着高数课本，眼睛一直盯在书上，眼神却一直在屋里的几个人身上，飘忽不定。

尤其，是当胡文娜放下手中的书本，走到许褚对面，开口说话的时候。我的耳朵顿时机警地竖了起来，全神贯注地开始捕捉细小声音。

“看什么书啊?”胡文娜先问道。

我皱了皱眉，太过分了，这几天，你都没有这样关心过我呢。

“呵呵，没什么啊，一本专业课《高层建筑结构设计》，还有，就是下床的时候，在桌子上，顺手抓了本书，喏，就是这本《金刚经》了。”许褚笑着，指指桌上的两本书。

哼，还顺手呢?看你那表情就知道了，肯定处心积虑了很久，笑得都那么假。

“上次听你讲国学中的‘善建者行’，感觉真学到了不少东西。只要建设的速度，超过破坏的速度，就最终一定会有所建树，取得成功得。因为自己是建筑系的，之前对于这句话，只是以为，和建筑有关呢，没想到，还是个做人做事的真理。”

这铅坨子！还善建者行呢?这不是建设银行那句深入人心的口号吗?敢情这厮在代理建行的信用卡吧?还美其名曰国学。我不屑地哼了一声，纯粹一个欺世盗名之徒。

我之所以这么自信，是因为出了学校西门，没有五十米，就有一个建设银行的大广告牌，上面就是这句广告语——善建者行。

“是啊，只要建设速度，超过了破坏速度，坚持下去，就会成功的。就像是盖楼房，今天，你盖了三层，可是，有一帮混混，过来给你拆了两层，可是，你的建设速度超过了他们的破坏速度，那么，只要你坚持下去，明天再盖三层，他们又拆了两层，这样，即使每天只剩下一层，最终，你也一定能盖成这座楼的。”

盖三层，拆两层，你吃饱撑着了，敢情不花你的钱，不兴土木，你是捞不着油水？不劳民伤财，你是心有不甘？

“是啊，学习也是这个样子，今天你记了十个单词，但是明天一觉醒来忘掉了八个，那么，还剩下两个。只要这样持之以恒下去，十个减八个，一天相当于记住两个，但是最终肯定也能记上几千几万个单词的。这里的建设速度，就是记下的单词数量，破坏速度，就是忘掉的单词的数量。呵呵，我感觉前段时间，六级英语考试的时候，真的很有体会呢。”

嗬，六级英语考试的事情，你一句也没跟我提。现在面对许褚，你又这么说，还背十个忘八个呢，你怎么不忘十八个啊？有你这么比喻的吗？我冷笑了一声。

“呵呵，我学的是土木专业，最初的时候，我理解这句话，也是纯粹的和建筑盖楼有关。以为善于盖房子的人，精于建筑的人，一定会在这个行业里，崭露头角，取得成功。正如所谓的‘行行出状元’嘛。后来，才知道，这个意思，也就是告诉人，要活到老，学到老。一生都要追求上进，不要安于现状。不然的话，逆水行舟，不进则退啊。还有话，叫用进废退，也是差不多的道理吧。”

还盖楼呢？当心地基没打稳，造出个豆腐渣工程，盖了三楼，不用人家拆，自己就倒了。看你那模样，一看就知道，净盖烂尾楼的主。

这时，“吱呀——”一声，门被推开了。

有人闪身进来了。

我没有抬头，正兀自嘀咕的时候，听到板牙的声音：“趣来，嘟囔啥呢？啥烂尾楼啊？哪个小区房子又卖不出去了？”

紧跟着，猴子说话了：“呀，这不是许哥吗？好几天没见了，最近怎么样啊？考试准备得都挺好了吧？”说话间，猴子满脸堆笑地快步走向许褚。

“你这死猴子，当年你当弼马温的时候，老子真该一个五指山下去，压上你五千年，压到你口舌生疮，看你今天还拍马屁不。”我继续自顾自地小声咕哝着。

“哇，趣来，你没事吧？”板牙瞪大了眼，惊诧不已地看着我。

我瞄了板牙一眼，目光又移回许褚身上，从鼻子里哼了两声。

“你的眼神好有感觉啊。”板牙扫了我一眼，迅速移开了视线，移到了许褚和胡文娜身上。

“什么感觉？”

“我感觉到一种杀气。”

“杀气？”

“是，杀气腾腾，磨刀霍霍。只待刀光一闪，顷刻间，人头落地，人仰马翻，血流如注，血流成河，哀鸿遍野，民不聊生。自从，多少人，背井离乡，多少人，客死他乡。一枚小小的邮票，从此，再也载不动这么多的乡愁了。”

我像是审视着一个天外来客一样，惊奇地看着板牙：“兄弟，吃错药了吧？我再说一遍，你是进口纯种的波斯小花猫，病了的时候，应该吃的是猫药，不应该是老鼠药的。”

板牙嘿嘿一笑：“兄弟，说正经的，你不会是吃醋了吧？”他眼神故意在许褚、胡文娜和我，三个人之间，玩起了飘移。

“靠，你才吃醋了呢。你也不去332宿舍打听一下，我张趣来，是那样的人吗？”我不屑地撇撇嘴。

“嘀，今天我算是见识到了，什么叫口是心非，什么叫心口不一。”

“板牙，你是不是没烟了，来找我要的？”

看板牙说话我就知道，这小子，肯定是没烟了，而且，烟瘾又犯了。不然的话，他说话做事，一向快人快语，干脆利落的。

“还是老三懂我。”板牙点了下头，“上个星期，小樱过生日，给她买了双鞋子，花了三百二十八，又买了个生日蛋糕，花了九十六。这个周，帮她报了一个计算机的培训班，又花掉了二百六。加上零零碎碎的一些花销，这个月家里给的一千块钱，就算是都砸进去了，现在连买烟的钱也都没了啊。”

“你知道，我和胡文娜一块，是绝对身上不会带烟的啊。”我一边说着，一边感慨，板牙才恋爱了两个月，我感觉他身上，就改变了很多，没恋爱之前，他绝对不会这样为了讨几支烟，啰里啰嗦上一通的，那不是他的性格。

板牙嘿嘿地笑起来："知道你的烟藏在枕头下面，刚才我们哥儿几个已经都把它瓜分一空了。幸好我眼疾手快，抢了三支。嗯，不过，我今天过来，不是找你要烟的。"

"不要烟？借钱？我听官书记说，前几天，他刚借了你二百块钱啊。你不会又没钱花了吧。"

"老三，你真他妈的是我肚子里的一只蛔虫。"板牙狠狠地骂了这么一句，"成，话都说这个份上了，说吧，你能借我多少？"

"靠，你来找我借钱，还这么横。瞧瞧你那副丑恶的嘴脸，你就不能客气点吗？"我瞅瞅板牙那理直气壮又厚颜无耻的样子，委实有点恶心，这才是真实的板牙。

我恨恨地吐了口唾沫，一扭头，又撞见了许褚、胡文娜、猴子，三个人正谈笑风生。登时，心中又是火光冲天。

板牙看看我的样子，嘿嘿地笑道："老三，你真的没吃醋？"

"靠，吃又怎么样？不吃又怎么样？"我没好气地瞪了他一眼。

"中，这事就这么定了，你给我借三百块钱，我帮你搞定许褚。"板牙手猛地往下一按，如果这个屋里只有他和我两个人，他一准地要拍桌子了。

"怎么搞定？"我哼了一声。

"别忘了，兄弟我，咱现在可是学校学生会里体育部部长，更别忘了，兄弟我，也和你一样，看他不顺眼。"板牙说得很胸有成竹，且大义凛然样子。

"靠，你这厮，不会是要动手吧？"

"这个你就不用管了，我保证他以后不再踏入哪来哪去一步就是。"

"不踏入哪来哪去一步？"

"是。"

我又瞅了一眼，许褚、胡文娜、猴子他们三个人，他们聊得很是投机的样子，脸上都笑得很是开心。

妈的。我在心里恨恨地骂了一句。

"这事，就这么定了。"

14.哪来哪去的争端（中）

自从胡文娜和许褚在哪来哪去的那次谈话后，我和胡文娜，就开始了一种冷战状态。

这个冷战，可以说是我一手制造的。接下来的几天里，对于胡文娜，我几乎都是一种爱搭不理的漠然。胡文娜自然是一点都不明白原因的，在她碰了一鼻子的灰、两鼻子的灰、三鼻子的灰后，她终于明白了一点，目前，我对于她个人，是一种爱搭不理的冷漠态度。

我开始和她冷战了。

我先出的招，她被动得只能接招、拆招了。

这一点，在猴子、官书记、橙子、方片七他们觉得，是鲜有觉察的。他们每个人都有自己要关心的主题，那就是期末考试。

宿舍里四处弥漫着考试的硝烟味。

为了充分利用时间，猴子甚至还做出了一个大胆创新的方法。那就是，把一些难以记住的内容，用MP3录制下来了，然后，挂在脖子上，无论是上厕所，还是洗脸刷牙，还是平时走路，甚至晚上在宿舍里都躺下了，他也是要塞上耳机，一遍一遍地回放。

橙子和方片七则像是压缩饼干一样，抽空了平时的恋爱时间，只剩下了每天晚上的一个电话，互道一声晚安。然后，其他的时间，就完全是备考状态。

官书记看到橙子和方片七的状态，老气横秋地来了句方片七式感慨："曾几何时，我们是如此地执着于青春的未来，爱情的过往。"

这句话，不仅令方片七大惊失色，连猴子、橙子、板牙，也开始要奔走疾呼了。

方片七经过一番的调研后，得出了他所声称的能颠覆牛顿力学定律、达尔文进化论、哥白尼日心学说的结论，官书记想在他那贫瘠而又荒凉的一亩三分地上，播种一颗爱情的种子，然后，静静地等待它开花结果。

话虽这么说，官书记到底不愧是我们班专门拿奖学金的人，依然雷打不动地自习室、宿舍、食堂，三点一线的生活。

嗯，再来说下板牙吧。

自打上一次，在哪来哪去，和许褚几乎短兵相接，差点赤膊上阵了，板牙就斩钉截铁地表示，一定要给姓许的那小子一点颜色看看。

对于板牙的义薄云天，我当然是感激涕零。

老实说，对于那天的事情，因为板牙的掺入，我心里是有几分惴惴不安的。我有点担心，万一板牙真的把持不住，哪天和许褚遇见了，一个板凳下去，这非闹得左邻右舍鸡犬不宁不可。整个学校，说不准，也就沸沸扬扬了。

追究起来的话，我呢，则成了个雇凶的主，那三百块钱，则成了我难以开脱的理由。

所以，我心里不免有点不安，于是，找到板牙，又千叮万嘱了一番，让他切不可贸然行事，只需点到为止就行了。

板牙则照样甩着他那两片又肥又大的板牙，吧嗒吧嗒地抽烟，吐烟圈，再抽，再吐。最后，我有点急了："板牙，你不为你自己考虑，也不为我考虑，至少，你应该为卢小樱考虑一下吧，人家多好的姑娘啊，你一个板凳下去了，许褚是住院了，你怕是也把自己整进去了，卢小樱天天非以泪洗面不可。"

板牙从鼻子里哼出一声："你真他妈的磨叽，这事该怎么办，我自有分寸，我又没说，一定要打他个满地找牙。"

撂下这句话，板牙就风风火火地出去了。

留下一脸茫然的我。

然后，我发现想不通板牙的话，就不去想了。

再然后，就专心致志地，专注于我和胡文娜的这场冷战。

其实，任何一对恋人的交往中，难免出现一些鸡毛蒜皮的小事，磕磕碰碰，然后，使出浑身解数，力挽狂澜，接下来，有人转身道歉，最后，握手言和，皆大欢喜。

这就是爱情。

从某一方面来说，我觉得自己很自私自利。胡文娜和许褚，只不过是那样的一次简单谈话，就让我怒气冲天，愤愤不平。

那样的谈话，并不涉及任何儿女私情，也不涉及任何轻佻成分。

可是，为什么，会让我心中如此地大动干戈呢?

只能说明，我太在乎她了。可是，这种在乎，是对还是不对呢?我是不是有点限制她的人身自由了，把自己的观念强加于她，是不是有点过火了?还是偏激了?

我觉得自己有些无理取闹了。

那么，爱，究竟是信任还是猜疑呢?

我找方片七，和他谈论这个问题。

方片七说："爱一个人，就信了一个人的全部，无论，她是否愿意告诉自己真实，都坚定不移地相信。"

隔了几秒钟，他又说道："爱一个人，就疑了她身边的全部，无论，这些人是否在善意地提醒自己，都毫不迟疑地怀疑。"

这更让我难以释然了。

方片七又问我："趣来，你觉得人的本性是善良的还是罪恶的?"

"善良的呗。"我脱口而出。

"嗯，那么，爱就是信任。"

"为什么?"

"呵呵，这是一个二元的世界，有爱就有恨，有好就有坏，有对就有错，有真就有假，有黑就有白，有阴就有阳，有舍就有得，有善就有恶，那么，同样的，有信就有疑。"

"嗯。"我若有所悟地点头。

"其实，我们生活的世界，本身就是这样的，说复杂的话，也并不复杂，其实，看透了本质的话，很简单的，只是一个简单的二元世界罢了。不过，若是看不透的话，雾里看花一般，活了一辈子，还是'不识庐山真面目，只缘身在此山中'。"

“啊？”我惊诧得几乎张大了嘴。

方片七看我惊诧的样子，笑了笑：“你相信吗？这个世界上，很多人的人生观、世界观、价值观，是以人本性恶为出发点的。”

“说来听听。”

“三字经的观点是，人性本相近，后天的环境和学习，才导致得渐行渐远。

“先秦时期，孟子与荀子同为此时的儒家大师，然而，孟子提出来的是，人本性善，而荀子提出来的却是，人本性恶。

“说人本性善的人，是说人一出生，就是一张白纸，后来，在成长的过程中，被慢慢污染了。而说人本性恶的人，是说人一出生，就会有吃、喝、玩、乐的贪念，小孩子看到喜欢的东西，就想据为己有，不然的话，就会哭闹不止，然后，就需要教育、法律，来学习、纠正，走回正途，即所谓的善。

“孔孟都是典型的儒家思想，而荀子，同样也是先秦时的儒家大师，可是后来他的学说，却被李斯和韩非子演绎成了法家思想。

“在当时，孟子提出了中庸之道，中庸就是既不善也不恶的人的本性。用现在的话来说，就是个‘临界点’，这就是难以把握的‘中庸之道’，这有点像‘和’的智慧。现代社会里的一国两制、小康社会、竞争与合作、互利共赢等概念，其实，都是所谓的中庸之道。在中庸的观点里，人性不善也不恶，从临界点向上就是道，向下就是非道；向上就是善，向下就是恶。

“再说荀子，他门下的两个学生，李斯和韩非子，把法家思想发扬光大，并自成一派，形成了法家学说。李斯辅助秦始皇登基，并制定了秦朝的法律，用来规范当时的社会。而韩非子，著写了《韩非子》一书，书中对于法家的思想，可谓表现得是淋漓尽致，故此，这本书也就成了法家的代表作。

“汉武帝时期，结合当时的需要，为了维护当时统治阶级的利益，董仲舒提出了‘罢黜百家，独尊儒术’的观点，并将阴阳家、法家等思想，结合在一起，把‘君、臣、父、子’的思想和‘三纲五常’的概念，继续加以大力推广开来，自此以后，儒家思想，就一直占据着主流的位置。”

方片七的话，让我愣了很长一段时间。

在我印象中，方片七一直都是写那种有点醋熘大白菜味道爱情诗歌的人，不想他现在却给我扯出了这么一番诸子百家的学术纷争，并且，是在我找他聊一个爱情问题，而引发出来的。

“靠，这厮。”我心中恨恨地骂了一句。

“你知道我这些学说从哪儿得来的吗?”方片七嘿嘿地笑起来，“是不是让你有一种‘士别三日，刮目相看’的感觉?”

“刮目相看倒算不上，不过，人不可貌相，倒是觉得有点。”我故作轻松地笑了一下。

“嗬，趣来，告诉你吧，我这些思想，其实，是和许褚交流的时候，得来的。”方片七继续得意扬扬地笑着说道。

“许褚?”听到这个名字，我头又大了，恨恨地咬紧了牙关。

“是啊，他的很多思想，非常有见解，有深度呢。我一直想找个时间，好好介绍你们认识一下的。”方片七没有在意我脸上的表情，继续说道，“我觉得你和他肯定有很多话题，很多共鸣，还记得之前，你提到的那个追女孩子的三个境界吗？第一步，做到口中有她，心里有她；第二步，做到口中有她，心里无她；第三步，做到口中无她，心中也无她。我当时跟许褚聊了，他觉得你的思想很独到，眼光也很犀利的呢。”

我从鼻子里哼出一声，脸上带着一丝笑意，胃里却是一种翻江倒海的感觉，感觉那些大肠小肠都被扭得横七竖八了，那个纠结啊。

“要不是这段时间我们都忙着考试，真应该介绍你认识一下他呢。猴子、我、官书记、橙子、板牙都和他认识了，现在大家都是很不错的朋友，之前那次在哪来哪去，你当时不在场，几个人聊了挺长时间的。后来又有一次，我们几个，还有胡文娜也在，你又不在场，我们几个人聊得也是很尽兴的呢。”方片七啧啧道，“他可真是一个很厉害的角色。”

“哦，”我轻笑了下，“看你这么说的，等打完这场战争，我去认识一下他好了。”

“战争？什么战争？”

“啊，这个啊，就是，”我才注意到，自己差点就将我和胡文娜之间的冷战公之于众了，“没什么，不就是这次的期末考试吗？我把它比喻成一场战争。”

“妈的，这哪是一场战争？”方片七听到我说期末考试，愤愤地骂了一句，“这他妈的分明就是一场战乱，一场暴乱，血腥屠杀，知道哥还得忙着兼顾爱情，还要忙着写诗，这不摆明了硬把哥往死里整吗？”

我彻底地无语了，匆匆别过了方片七。

往哪来哪去的路上，许褚这个名字，又一次，蹦蹦跶跶地跳进了脑海。盘旋起舞着，荡来荡去。

天杀的许褚！天杀的方片七！天杀的猴子！

我恨恨地骂道。

15.哪来哪去的争端（下）

上将伐谋，不战而屈人之兵。

这句话，是板牙给我的。

当板牙兴冲冲地找到我，说把许褚搞定了的时候。

我还是一脸的诧然。

“三级残废？”我看他脸上的表情，小心翼翼地问道。

“不是。”

“六级残废？”我有点惶恐不安了。

“不是。”

“八级残废？”我几乎要昏厥过去了，颤抖着声音问。

“不是。”

“靠，我好歹咱学校校学生会体育部部长，大小也算个官啊，这么伤天害理、丧尽天良的事，我忍心做得出手吗？”

我冷着脸，从兜里摸出烟盒，抽了两支烟，递了一支给板牙，“你别说一板凳下去，人没打到，倒是吓得他不轻。接下来，要病他个三五俩月的，让丫的再敢来哪来哪去。”

“没。兄弟我不整这些没用的，只拣有用的跟你说。”

“什么有用的?”

“拿到三百块钱的那天，我约了三个兄弟，一起吃了顿饭。商量好了，教训一下许褚那混小子。结果，喝大了。后来，卢小樱来找我，问我们为什么喝酒。我一兄弟，就是叫于剑飞的那个家伙，就竹筒倒豆子似的都说出来了。你也知道的，喝醉了酒的人，藏不住话。卢小樱把我臭骂了一通，然后，在有她参与的情况下，我们又开了一次会。会后，我们达成了一个共识，把这事，非武力冲突解决掉。因为，那天答应你的是，让许褚不在哪来哪去出现，这就是你要的最后结果。”

“什么？卢小樱也知道我和胡文娜、许褚的事情了?”我几乎惊叫出声。

“她还知道，你们现在在冷战，谁都不理谁呢。”

“啊?!”我张大了嘴，“板牙，你干的好事。”

“别急，你还不知道，接下来的事情发生呢。”

“什么事?”

“按照于剑飞的主意，我们决定寻找到许褚的弱点，用的是三十六计中的，请君入瓮，这一计。”

“嗯。”

“于是，我就去找许褚了。”

“啊?! 去找许褚?”

“是啊。确实，他这个人无论思想，还是眼光，都是很高人一等，远人一步的。于是，我就去问他。我说，许褚，我想请教你一个问题，两军交锋，如何不用流血打仗，就分出胜负?”

“啊?!”

“他当时看了我一眼，笑了一下，送了我这么一句话，就是这句，‘上将伐谋，不战而屈人之兵’。”

"啊?!"我瞪大眼睛望着板牙,"上将伐谋,不战而屈人之兵?"

"是的,没错。我把这句话,拿回去,给卢小樱看了,她点头说,许褚真是一个很有智慧的人呢。虽然,她没有见过许褚,不过我从她脸上的表情,能感觉到,在她眼里,许褚确实是个很有思想、很有见解的人。这也难怪,猴子、方片七、胡文娜都对他很敬佩不已。"板牙啧啧道,言下之意,也有些佩服许褚的样子。

我恨恨地哼了一声:"那你的意思呢?"

"趣来,别生气啊。我板牙,绝对不是那种贪生怕死、苟且偷生之徒,而是个行事做人,光明磊落、重情重义的人。说心里话,我最初的时候,是想用拳头去教训一下许褚那小子的,不过,后来,小樱的话很对,他和你真的是无冤无仇,你只是因为胡文娜,因为醋意大发,才看他不顺眼的。你想想,真这样无缘无故地把他揍了,追究起来,胡文娜怎么想?哪来哪去怎么办?你良心会安宁吗?"

看我沉默不语,板牙叹了口气:"趣来,这次,就当我是欠你一份情义吧,以后,你要是被欺负了,或者,你要是说,再想去打架的话,喊我一声,我板牙,二话不说,脱了上衣,光着膀子,第一个就上去。那时候,我也绝对不会告诉卢小樱了。这一次,要不是她的话,我也早就晃着拳头上去了。"

我呵呵地笑了一下:"板牙,别这么说,你这一愧疚,弄得我挺不好意思的。要不,这事,就这么着了吧。当时,我也只是一时气急,要说真揍人家一顿,我也没那个想法。其实,你不知道,那天从哪来哪去回来后,我心里就挺后悔的,担心你万一真把人家暴揍了一顿,生活不能自理,咱俩都难逃责任,本来只是我自己的事,却把你牵扯进来了,咱俩可能都得被开除呢。"

"趣来,你说这话,我可不愿听了,什么叫咱俩都难逃责任?什么叫把我牵扯进去了?要是真把他揍了,你放心,我板牙,一人做事一人当,绝对不会把这事和你扯上关系的,追究下来,责任我一人承担,开除的话,也只开除我一个人。你和我认识都两年了,你还不了解我吗?"

板牙有点恼火了。我刚才的话在他看来，有点侮辱他的意思了。

我笑了笑："我当然知道，你是那种为朋友、为兄弟，两肋插刀、上刀山、下火海，都在所不辞的人啊。这一点，我从来就没有怀疑过。"

板牙被我这么一说，有点不好意思了，呵呵地笑着，搓搓手："趣来，我和小樱、剑飞他们几个商量出了一个办法，能帮你既打击了许褚的嚣张气焰，又挽回了你在胡文娜面前的形象。"

"什么办法?"我有点惊讶。

"在古代，打斗的话，不是分为文斗和武斗吗?武斗就是武力解决，这一点，目前来看，是行不通的，那我们就文斗好了。"

"什么文斗?"

"上将伐谋。"

"什么意思?"

"既然他们都觉得许褚的思想、眼光，很值得佩服，那么，你就从这方面着手，打败他，这样一来，胡文娜他们，肯定对你是推崇有加，青睐有加。"

"我们当时讨论的结果是，趣来，你应该和许褚进行一次正面的较量。用你的思想、眼光、言谈，折服他。"

"啊?!什么?"

"我的意思是，你们应该在众人面前，就一个话题，展开一场辩论，然后，你用你的思想、观点，压倒他的思想、观点，去打败他。"

"辩论?"

"是的，不然的话，你在猴子、方片七、胡文娜眼中的形象，和许褚比起来，肯定还是有很大的落差。所以，你不应该逃避，而是应该理性、勇敢地去面对，在他自以为是的地方，打败他。"

"这个……"我没有说话，选择了沉默。

"你知道猴子、方片七、胡文娜最佩服许褚的地方，在哪儿吗?"

"哪儿?"

"他对于佛教的讲解和释义，比如禅道啊，比如偈子啊。他把老庄的思想融合进了禅宗里，讲得可谓字字珠玑，头头是道。"

“你怎么知道的？”

“方片七告诉我的啊。他说最佩服许褚的地方，就在于他对于禅道的参悟。”

“我觉得，趣来，你应该也遁入空门，去好好研究一下那些经书，然后，找他理论。”

“不是吧？你真想要我去研究这个？”

“目前不是形势所迫吗？大敌当前，刻不容缓啊。”

“靠！你这厮，净出些馊主意。下周就考试了，你现在让我去研究什么佛教，经书，我还考试不？”

“我也没说，非得要你现在研究啊，你可以等到考完试，这个暑假的时候，闲着没事，在家里，好好地焚焚香，诵诵经，有条件的话，敲敲木鱼，找找感觉。正所谓，‘君子报仇，十年不晚’啊。”

“板牙，你这厮，越说越离谱了，我放着大好的青春年华，什么事不干，整天老气横秋的，脖子里挂串念珠，逢人双掌合十，说施主有礼了。谁见了我，不骂一声‘神经病’才怪。我和他有什么深仇大恨？犯得着这样吗？况且，再怎么说，我还是社会主义建设的一根栋梁之材呢。知道啥叫栋梁之材不？就是像我这种家事国事天下事，事事关心的人。”

“我只是帮你出出主意的啊，你不是说，你有个高中同学，也正好很喜欢佛经吗？你跟他好好地交流下，增长点视野，回来镇镇许褚那小子。”

“嗬，我还没说我有个高中同学，很喜欢塔罗牌呢。”

“塔罗牌？什么东西？”

“就是占卜用的一种道具，传说它很有灵性，可以预见未来，未卜先知。”

“啊，趣来，你的同学真是千奇百怪，无所不有。”

“大千世界，芸芸众生，你真是少见多怪。”我恨恨地瞪了板牙一眼，“好了，许褚的事情，到此为止。我再问你一下，卢小樱怎么知道我和胡文娜冷战的事情？”

话刚出口，我就发现自己说错话了，因为刚才板牙明明说了的，他把我和胡文娜冷战的事情告诉卢小樱了。我应该问，卢小樱对于我和胡文娜冷战的事情怎么看的？

“我告诉她的啊。”板牙果然掉进我的话里。

“那她什么态度？”我明显地感觉到自己在浪费口舌，动动脚指头也能想到的，她肯定是想让我们俩尽快和解，重归于好。

“她希望你们俩把话说清楚了，道歉解释后，重归于好。”板牙的话，果然是不出所料。

“好啦，没事的话，我先走啦。”我朝板牙摆了下手，准备去哪来哪去了。

就在我走出了没十米远，板牙在后面扯着嗓子喊了这么一句：“趣来，小樱说今天下午约许褚、胡文娜在哪来哪去谈一下的。”

“什么？”

“他们现在肯定还在哪来哪去谈着呢。你要是现在过去了，肯定撞到他们啊。”

“啊，知道啦。”说完，我头也不回地朝哪来哪去走去。

16.哪来哪去的争端（续）

果然，刚推开哪来哪去门，我就看到了卢小樱、胡文娜，还有那个我一直认为该天杀的许褚。

卢小樱穿着一件粉红色的短袖T恤，显得胳膊很是纤瘦，她理着个BOBO头，鼻梁上架着一副红色边框的椭圆形小眼镜，她是属于那种一哭起来，就梨花带雨，让人心疼不已型的。在这之前，我只见过她两次，一次是板牙带她来喝奶茶，一次是在校园中的偶遇。

胡文娜坐在她的旁边，穿着一件泡泡袖连衣裙，碎花图案显得素雅柔媚，和她新近才烫染的亚麻色头发搭配起来，显得甜美、可爱。

而许褚，穿着件碎小方格的白衬衫，他正好是背对着我，让我看不清他的脸。

看见我进店，卢小樱站了起来，脸上挂着盈盈笑意：“好啊，趣来。

我们三个人刚才正说到你呢，没想到，说曹操，曹操就到啊。”

我怔了一下：“说我？”

“是啊。”许褚看到我脸上的惘惑，笑了一下，“卢小樱跟我说，你是个很有想法、很有见解的人呢，胡文娜也说到了你的一些事，从大一贩卖爆米花和贺年卡，到贩卖网站域名，到做网站论文代理，到骑自行车爬泰山，还有帮着建立轮滑协会和梅花拳协会的事，以及帮厂家代理吉他，帮培训班招生和办SNS网站的事。她说你是一个很喜欢折腾的人呢。我觉得你比我强多了啊，不像我只是这样整天闷在学校，闷着头捣鼓一些所谓的理论研究。之前就想和你好好交流一下的，只是一直没这么个机会，咱哥俩好好聊一次，我得多和你交流，向你学习呢。”

许褚说这话的时候，我看了一下胡文娜，她面带微笑地看着我，我能感觉到她心里同样一份油然而生的骄傲。

想到刚刚不久前，我还对许褚咬牙切齿地痛恨，脸上有点挂不住了。

“许褚哥，你可千万别这么说。你比我大一个年级呢，肯定经验、阅历，比我要丰富得多，应该是我向你请教学习才对。”我脸上有些发烫，避开了许褚的目光。

“呵呵，趣来，别自谦啊。我一直觉得，这个世界上的人，可以分为这么两种，一种是有故事的，一种是没有故事的。另外，我还把人分为这么两种，一种是有意思的，一种是没有意思的。

“我喜欢和有故事、有意思的人交往。比如，你们宿舍的侯生伟、祁嵩，都是属于那种有意思的人。而胡文娜，则是属于那种有故事的人。这个世界上，有意思的人，很多，有故事的人，也很多，可是，既有故事、又有意思的人，就寥寥无几了。不过我觉得，你算是这为数不多的人中，一个既有故事又有意思的人。”

“你眼中的有故事、有意思的人，是不是也可以理解成有想法的人？不肯拘于俗、苟于世的人？”我笑了一下，觉得许褚的话，的确值得玩味一下。

“你可以这么认为。社会终究是过于现实了，很多人的棱角、锐气，慢慢地就被磨消了，然后都是千人一面，一样的笑容，一样的语气，一样的手势。能保持想法的人，很少很少，即便能坚持下来的，大多已经是残缺不全了。”

“有人说社会，是一个大熔炉，而大学，就像是半个社会，已经失去了象牙塔的味道，许褚哥，对于这话，你怎么看？”

“在古书里，是这么说的，‘大学之道，在明德，在亲民，在止于至善’。换句话说，大学的宗旨在于弘扬光明正大的品德，在于使人弃旧图新，在于使人达到最完善的境界。反观一下，我们今天的大学，这些，我们做到了吗？”

我愣了一下，道：“那依你之见呢？”

“我以为的，第一，明确这所大学的特色是什么，是商业还是农业、林业、牧业、矿业、渔业。

“第二，大学里老师的待遇上调，学术要公开、透明，课题经费，要专款专用，有人专门监督落实。

“第三，大学里的课程，以社会的发展和需要为主，重新安排，比如，你看一下物流这个专业，有多少大学，至今还没有开设？而计算机专业的课程，又是多么落后？

“第四，新生的录取，不仅仅实行分数制，还应该注重特长和态度，就像是现在找工作，人家看你两点，一个是你的工作动机，换句话说，你的态度如何，另一个才是你的工作能力。

“第五，大学里的考试，现在是画画重点，找找往年试题，应付一下，就通过了。

“第六，改革学校里的学生会制度，杜绝吃吃喝喝的腐败风气，毕竟这还是大学啊，不要把社会上的不良风气都带进来了。

“第七，把社团的自主权，放给学生，不要再那样地束缚、干涉了，做个活动，申请个场地，还要一而再、再而三地，一遍一遍地跑团委，明明只是一句话的事情。

“最后，大学应该逐渐走私立路线，公办的大学，应该渐渐淡出公众视线和历史舞台才行。”

“啊?!”我愣住了。没想到许褚给了这么多的理论。

看到我的惊讶，许褚淡淡笑了一下：“其实，这些事情，又与我何干呢？怎么说，我也只是一介书生，纵心有余，然力不足。还是那句话对，改变可以改变的，接受不可以改变的。”

“听方片七说，你很喜欢佛教和老庄的思想呢。我还以为你是一个看什么事情，都很淡的人。”

还未等许褚开口，卢小樱说话了：“刚才和许褚哥无意中聊到了爱情的事，他仅用了一句话，就一笔带过了。”

“什么话?”

“爱情，是这世间最浅又最深的一出戏了，戏外的人，有人能看懂，却鲜有人能看透，戏内的人，看不懂，更看不透，却愿意这样一直演下去。”卢小樱接着说道。

“哈哈。”许褚大笑了起来。

我也随之笑了起来：“前不久和方片七讨论一个问题，爱，是信任还是猜疑。这个问题，我现在已经有了答案。现在，我再问许褚哥一个问题，你个人，相信爱情的永恒吗?”

许褚看了我一眼，又看看卢小樱和胡文娜，见她俩也是饶有兴趣的样子，他略略笑了一下：“千年舞台，万年独白，谁还在为谁泣涕涟涟，谁又还在为谁痴情不减?”

“什么意思?”卢小樱追问道。

“呵呵。”我笑了起来，点点头。因为，我明白了许褚话里的意思。

许褚看我脸上的笑，也同样点点头：“昔时五祖拈花而笑，六祖慧能一下子便领悟到了。今日许褚一语，趣来同样一下子便意会了。呵呵，看来，我和趣来，还真是缘分不浅哪。”

“缘分不浅?”卢小樱再次提出疑问，“那许褚哥，你相信缘分的吗?”

“呵呵，你这话问错了，因为刚才的话，已经表明了，我肯定信，你应该问我，你相信爱情中的缘分吗?”

卢小樱呵呵笑起来。

“心动而生，心静而止。”

我笑了一下：“那可不可以理解成，缘分是爱一个人最大的幌子？虽然，它可能是善意的。”

胡文娜也笑了起来：“我以为你要说，缘分是果，修行是因呢。嗯，他们一人问了一个问题了，那我也问一个好了。爱情，爱的是今生的情，用的却是前生的缘，还要，许下一个来世的愿。爱情中的人，是不是很自私？”

“你后来爱的是那个人，还是整个世界？”

一阵沉默。

我点点头。胡文娜也点点头。卢小樱也似懂非懂地点点头。

“嗯，”许褚看了看时间，“时候不早了，我看看，要先回宿舍了。以后有时间的话，再好好聊吧。”

“以后有空常来啊。”说出这句话，连我自己也觉得惊诧万分。在一个小时之前，我还对许褚恨之入骨的。

许褚呵呵地笑了一下：“明天我们就要考试了，再开学，就大四了，要准备实习、就业，恐怕是很难有这么多的青春时光再拿来挥霍了啊。”

我愣了愣神，心中说不出是失落还是高兴。

或许，失落的成分会更多一些吧。

“嗯，对了，趣来，刚才你没在的时候，我和卢小樱，还有胡文娜三个人商量着，哪来哪去这个地方挺适合举办Party呢。把这几张桌子拼一下，就可以拼出四五十平米的空间，足够用来办一场聚会或沙龙了。这个学期马上就要结束了，肯定现在是没有时间了，这个暑假，你们可以准备一下，可以的话，下个学期，开学后，可以搞一下。正好那时大一新生也开学，肯定学校里氛围会很活跃，这样一来，咖啡屋上座率肯定也会高，不像现在这样冷清啊。”

许褚没有注意的是，他这一番话，后来当真在学校里掀起了一股风浪。当然，这是后话了。

许褚离开哪来哪去后，三个人又重新坐回了原位。卢小樱瞅瞅四下里没有人注意她，压低了声音：“趣来，我把你对许褚的不满，都告诉胡文娜了。她才打电话给许褚，才出现的刚才那一幕。”

“啊?!”我惊大了嘴，“这么说，你们一直都是在演戏，只有我一个人还蒙在鼓里?”

“当然不是啦，许褚也不知道为什么要来的啊。今天喊他过来，我们也想问下他的爱情观，结果他给我们的答案是，想去当和尚。我们俩就无语了。你说你啊，干吗跟一个都看破红尘，想去当和尚的人，争风吃醋?”卢小樱嘻嘻笑着。

“喂，谁争风吃醋了?”我有点急了。

“那你干吗这几天都不理我?”胡文娜眼睛直盯着我，“你确定你真没有吃醋?”

“我，我，我——”我几近哑口了，“啊，我口渴了，我去冲杯奶茶来喝。”

“哼。”

17.332的集体军令状

期末考试的车轮驶过去了，留下一地斑驳，一地狼藉。

很不幸的是，方片七首当其冲地被击中了，挂了一门课。

然后，是猴子、橙子、板牙，也纷纷落马。

我自然也是无法幸免于难。

这其中，橙子最为伤痕累累，也是最为硕果累累。一下子就挂了三门课。

除了官书记，整个332折戟沉沙，铩羽而归。

其实，这不能怪我们的，整个班级都是一种悲凉肃杀的气氛，四十五个人的班级，一共有二十二个人挂科倒下了。

这也创下了我们这个院有史以来的最高值。

辅导员也是连连摇头，悲哀啊，悲哀。

于是，我们大家决定先长歌当哭，然后，再拟把疏狂图一醉，最后，再去痛定思痛。

这是猴子设计出来的路线图，先KTV，歇斯底里地呐喊发泄一通；后去学校西门对面的那家“妙来酒庄”，要上三五小炒，吃晚饭，抱头痛哭一番；然后，摔门而去，泪奔火车站。

猴子的提议，得到了大家的一致响应，并且，决定了所有人，都不准带家属。

然后，一干六人，就神色凝重地出现在了雁坛市数一数二的华宇KTV。

要了一个包间，一行人神色匆匆地进了包间，从各自的包里拿出特意准备的矿泉水，啜饮几口后，就准备开始声嘶力竭地号叫。

这不是我们第一次出来K歌，官书记过生日的时候，我们来K过，板牙生日的时候，我们来K过，橙子生日的时候，也来K过。

不过，却是第一次以这种宣泄方式来K歌。

K歌之前，官书记先作了简短的一份口头报告：“诸位332宿舍的兄弟们，过去的事，咱啥也不说了，都整歌里面了。下个学期，我亲自监督着你们，恋爱归恋爱，学习坚决不准落下。这是我们第一次，如此有组织、有规模的挂科，但是，我希望这是最后一次。以后，谁要是敢给我摸这根高压线，我官运辉，第一个就跟他过不去。”

下面一片稀里哗啦的掌声。

“下面，有请侯生伟同学发表一下自己的挂科感言，并立下自己学习上的军令状。”

猴子慢慢腾腾地走上前，接过话筒：“各位332宿舍的兄弟们，此刻，面对大家这真挚的面孔，诚恳的眼神，我心里百感交集。

“之前，对于挂科，我并没有多少概念。这个学期，也只是按照自己的性子，该玩的玩，该吃的吃，该睡的睡。在我印象里，大学一直都是这么过来的。而据我了解的，其他人的大学，普遍也是这个样子的，逃学啊，旷课啊，男生要么在球场上打篮球，要么在宿舍里，睡觉、上网玩游戏，女生则要么出去逛街，要么在宿舍里上网看电影、电视剧。

“就这样的日复一日，年复一年，直到，挥霍尽了我们的大学四年，也荒废了我们的青春时光。

“其实，静下心来，想想我们的父母，扪心自问一下，我们究竟在干什么？他们起早贪黑，披星戴月地奔波、忙碌，为了什么？还不是为了自己的儿女，有个好的将来？不至于像他们那样为了那可怜巴巴的一点钱，抛头露面，四处奔波。

“可怜天下父母心，他们宁肯自己吃糠咽菜，缝缝补补，把一分一分的钱，攒下来给我们，怕我们饿着了，又怕我们冻着了，可是，想想我们，我们又在干什么呢？

“我们是不是还在花前月下，和女朋友谈情说爱？是不是躺在宿舍里，瞪着天花板两眼呆滞无神地发愣？是不是坐在电脑前，吆三喝五地在网游中厮杀叫嚣？是不是还在为一部没有来由的爱情电视剧，哭鼻子抹眼睛？这些又和我们何干呢？你知不知道，父母对我们的爱远胜过这些电影、电视剧里的所谓矢志不渝？

“当每年的情人节、圣诞节，我们和女朋友，在西餐厅里点上一桌子的牛排、烤肉、咖啡，享受烛光晚餐的时候，我们又有谁想过自己的父母，这个时候，在干什么呢？或许，他们这个时候，正在街头，冻冻缩缩，守着冷清的路灯、街道，守着清冷的货摊、店铺，只为了多卖出去一点货，好给你打下个月的生活费。

“大学，是应该来学习、成长的，而不是拿来挥霍、荒废的。

“是的，成长要付出代价。可是，这样的代价，我们付出的值得吗？好好用心想一下，真的值得我们付出吗？

“因为，我是我们宿舍里挂科的五个人中，唯一没有谈恋爱的，这篇感言，我想，我更有理由去指责你们，但是，我也是最没有理由去挂这个科的。

“在官运辉和我说，要好好地准备一下这篇感言后，这几天，我想了很多，就像是官运辉说的那样，他不反对我们谈恋爱，我也没想过，去拒绝谈恋爱，但是，我想，即使谈恋爱的话，我一定也会好好地把握我的时间，坚决不再挂科了。

“此刻，我侯生伟立下军令状，如若大学这四年，再出现挂科，我第二天就去剃个光头。”

“哗——”雷鸣般的掌声，瞬间响起，经久不息。

“好，大家都做侯生伟军令状的见证人，如果他再挂科了的话，我官运辉第一个就拽着他往咱学校七餐厅的理发店走，剃头的钱，我一个人出。下面，请332宿舍的陈梓，作挂科感言，并立下军令状。”

掌声中，陈梓走上前，从官运辉手里接过话筒：“大家好，我准备得远不如侯生伟充分，这次的挂科，如果不是生伟刚才的那一番话，我也根本不会想那么多。

“在他刚才讲的时候，我也一直在反思，截止到现在，我们的大二已经结束了，四年的大学生涯，已经过完了一半，可是，回过头来看一看，我们究竟学到了什么？收获了什么？

“大一上学期的时候，那时候，我觉得自己还是很有上进心，几乎没有逃过课，无论是专业课还是选修课。可能那个时候，自己还不敢逃课吧。

“接下来的大一下学期，自己懈怠了很多。我自己就感觉到，学习明显地不如上个学期那样用心了。自己变得懒散了很多，经常在宿舍里，一呆就是一个下午。哪儿也不愿去，闷着头在那睡觉。要么，就去踢球，一踢踢一个下午。开始学着逃学了，选修课上的很少了，只上专业课。

“后来的大二上学期，搬了电脑过来。自己开始走向堕落了，开始玩网游，不过，那个时候，还不是很迷恋，只是觉得以前没大接触过，被吸引住了。我把原因，归结为大学太空虚无聊了，需要找个方式打发、消磨的。那个时候，有些重要的专业课，自己还去听一下。选修课，干脆就不怎么上了。

“再往后，就是这个学期，帮着哪来哪去咖啡屋的建立，其实，那段日子，挺不错的，忙碌，但是充实，说白了一点，就是有事可做。闲得发闷的时候，你会发现，有事可做，真的是一件很幸福的事。然后，就遇到了赵可欣，然后，两个人就开始了恋爱。然后，恋爱了这么一个月，又心生倦意，就一直这样不咸不淡、不痛不痒地拖到现在。

“侯生伟的是感慨，我的算是陈述吧，刚才他的那一番话，我会好好去想想的。这次的挂科，说心里话，我并没有太大的波动，可能是因为没有在心吧，这次感情的事情，让我觉得看淡了很多东西，看什么都不是那么在心了。

“不过，既然侯生伟立下了军令状，觉得自己下个学期，肯定不会再挂科，那么，我也得表个态，不能辜负官运辉的一片苦心。

“在此，我陈梓立下军令状，如果我以后，再出现挂科的情况，我个人，嗯，给哥儿五个洗一个月的臭袜子。”

“哗——”果然陈梓一语既出，引得一片叫好声。

我们每个人都能感觉到陈梓绝对是真心实意的，因为宿舍六个人，就数他最懒了，踢球回来后，一身臭汗不说，袜子也不愿洗，那么随手一脱，再信手一扔，然后，宿舍里就怨声载道了。

“好，”官书记呵呵笑着，走上台去，接过话筒，“陈梓的一篇感言，可谓句句动心，字字过人啊。如果陈梓下次再要是挂科了的话，要给大家洗一个月的袜子，洗衣粉的钱，我来出就是了。不过，我相信，这大学四年，陈梓也是仅有这一次挂科。陈梓了解我这个人，他知道我很抠的，肯定不愿让我出洗衣粉的钱。接下来，有请祁嵩来发表自己的挂科感言，并立下军令状。”

祁嵩笑了笑，从官运辉手里接过话筒：“你们都知道我是个写诗的，对于这种场合，我个人比较知趣，就不去抒发什么胸襟，吟诵那些你们所谓的酸溜溜的小诗了。

“说真心话，这次的挂科，一直到现在为止，我心中波动都不是很大。如果这件事重来一遍的话，如果当初知道认识了李佳一，我就要挂科的话，我还会义无反顾地去认识她，去和她谈这场恋爱，去挂这次科。

“我知道这么说，运辉心里一定会很不高兴，因为，我没有表现出怎样的悔改之心。其实，要说这次挂科，我后悔吗？我肯定是后悔的，后悔当时大家都在准备考试的时候，自己却还是一副自以为是的样子，自信满满地认为，自己肯定挂不了科，也就没有去怎么重视，没有怎么去在意。就像是生伟给我拿来了去年的期末考题，我大致扫了那么几眼，也就过去了。结果，考试的时候，很大一部分，都出自那上面。

“看他们两个人说得那样神色凝重，我跟大家说点搞笑的，算是活跃一下气氛吧。记得很久之前，自己曾写过这样一句话，‘你转身的那一刻，青春，已成往事，我，不再年少’。

“嗯，得知挂科的那一刻，青春，已成往事，我，不再年少。”

一阵的沉默。

没有一个人说话。

更没有一个人笑出声。

祁嵩勉强笑了一下：“刚才生伟和陈梓都立下了军令状，那么，我肯定也是难逃一状，好，那么我祁嵩，此刻立下军令状，这大学四年，如若再出现挂科的情况，我抱着咱们宿舍的那个十九寸的纯平显示器，在学校里，绕着校园走三圈。我算了一下，走这么一圈，至少要半个小时以上，走三圈的话，要两个小时吧。这应该算是诚心诚意了吧？”

官运辉瞅瞅祁嵩的身子架，一米七六的个子，却只有一百一十六斤，点点头：“行。这个军令状，也够难为你的了。”

“嗯，下面有请曹海强给我们大家发表一下挂科感言，并立下军令状。”

曹海强站起身，拿过话筒：“嗯，你们都知道我这个人不大善于说话，尤其是在这种正式场合。先谈下我对挂科的认识吧。

“我是咱们宿舍唯一一个挂过两次科的，大一的时候，挂了一次。现在，又挂了一次。他们说，没有挂过科的大学四年，不是完美的大学四年。

“还有，是谁说的，大学四年，没有谈过恋爱的大学四年，不是完美的大学四年？

“放屁！

“你看官书记，不是照样拿了奖学金的时候，在操场上，像头骄傲的小毛驴一样，撒欢奔跑？

“不挂科，不谈恋爱，那是因为，人家有自己的人生追求。

“净他妈的瞎扯淡，说大学一定要挂科，要谈恋爱。

“我现在挂科了，也谈恋爱了，就说明我的大学四年完美了吗？屁话！

“你们没有入学生会，不知道学生会这摊浑水里面，有多么的黑暗、腐败。我自己亲眼见了很多，索性还好的是，我入的是学生会里的体育部，这里面，大家是靠哥们儿义气的，不像是其他的一些部门，很多时候，需要靠托关系，走后门，吃吃喝喝什么的。

“有时候，我也想，自己是不是应该退了学生会，好好地专心学习。不过，这个念头，也只是一闪而过，并没有怎么在心。

“这次，侯生伟和陈梓的话，会让我在接下来的这一个暑假好好想一下，是去还是留，来读这大学四年，是为了什么？

“为了什么，我现在还没有想明白，但是，我知道，读大学，不是为了挂科。

“接下来，我会很用心、很认真地思考很多事情的。

“最后，补充这么一句，犹如祁嵩说他不后悔认识李佳一样，我也不后悔认识卢小樱。如果，再让我重新选择一次，我还会选择在那个下午遇见卢小樱，然后，和她谈这场恋爱。即使，要以挂科作代价。

“嗯，刚才生伟、陈梓、祁嵩都立下了军令状，那么，我肯定也是要立的。在此，我曹海强立下军令状，如若大学这四年，再出现挂科情况，我就扎着一件围裙去上课。”

曹海强的话说完后，一干人都是沉默不语。

看我们大家都没有说话，而是面面相觑的样子，曹海强解释道：“看你们军令状都立得挺狠的，我本来想说，穿着件裙子去上课，不过，后来一想，觉得有点过了，担心那个万一真挂科了，我就想，还是买条做饭的围裙，扎着去上课吧。”

官书记呵呵笑起来：“板牙，你太给自己留后路了，他们这还不够狠呢，你还没听趣来立的军令状呢，他说要是自己挂科了，下雪天的时候，在校园里裸奔一场呢。”

“啊?！真有此事？”不光板牙愣了，连猴子、橙子、方片七也愣了。

“喂，谁说要裸奔的啊？”

“趣来，都是自家人，没有外人，你就别扭扭捏捏的了啊。”官书记嘿嘿笑起来。

“喂，我可没说啊。我要立的军令状内容是——”我赶紧地为自己辩解。

“三哥，你可真有勇气。这回可真是破釜沉舟了啊。我侯生伟铁定了心，一生都佩服、跟随你。”

“我没说我要裸奔啊，是官书记他自己这么说的，不是我的意思。”我急了。

“哈，不管你有没说，这事就这么定了。不然，你就是看不起哥儿几个。”

“橙子，你别欺人太甚了，让趣来裸奔，委实为难他了。好歹咱要考虑下咱们 332 宿舍的名誉和形象呢。不然人家一问起来，谁在校园里裸奔的？人家就说了，332 宿舍的那个叫张趣来的家伙。多伤感情哪。我看，还是叫趣来去海边裸泳一场算了。”

“裸泳？行，这个主意，也不错啊。那就这么定了。”

“嘿嘿，这端的有趣，很久之前，记得看过这么一句话：潮水退去的时候，我们才发现，究竟是谁在海里裸泳。”

“你们怎么不去裸奔、裸泳去？靠！你们这帮厮！”我恨恨地骂了一句，“下个学期，还想不想继续在哪来哪去蹭奶茶和咖啡？”

果然，这一句话，挺管用的。

“这个事，就到此为止好了。下面，请官书记发话。”

官书记张了张嘴，似乎想说点什么，可是，究竟没有说，只是把话筒接过去了。

稍稍稳定了下心神，他说话了：“刚才侯生伟的那一番讲话，确实很不错。把很多我想要说的内容，都贯穿其中了。可能，是因为我和他都没谈恋爱的缘故吧，爱情可能就这么个样子，当局者迷，旁观者清。

“嗯，其实，最初的时候，我想要立下的军令状的内容，和侯生伟的是一样的。我想的也是，如果自己挂科了，去剃个光头，警醒自己。

“还有一个选择，就是每天晚上一百个俯卧撑。后来，我想，每天晚上一百个俯卧撑远不如剃光头的影响力大，因为你可以把俯卧撑当做是锻炼身体的一个方法，那样，做的时候，你心中就没有多少的羞耻感了。而假如剃个光头的话，因为大家都能看见，觉得很纳闷，就会相互询问，肯定自己会觉得耻于出口的。目的，也就达到了。

“但是，毕竟侯生伟先提到过了，如果他自己再挂科的话，就去剃个光头。我要是重复和他一样的，你们会说，太没有创意了吧。

“所以呢，刚才我想过了，我不知道趣来内心是怎么想的，这个军令状的内容，不过呢，我想，先征求一下大家的意见，如果侯生伟、我、张趣来，三个人中，不管谁挂科了，三个人都必须去一起剃光头，我们仨就像是捆绑在一起了。还有就是，我作为宿舍的舍长，我也应该有这个责任心，监督着他俩不去挂科。”

“好!”方片七第一个叫出声。

“同意!”板牙也紧跟着拍砖。

“顶一个。”橙子也是眉开眼笑，“之前，我还想，官书记是我们班拿奖学金的主，即便他说自己挂科了去裸奔，我们也没多大的兴趣。就冲着官书记平时学习的那认真劲，想要挂科，一个字，难。我宁肯相信方片七买彩票中了五百万，猴子整天被一帮如花似月的女孩子追得满大街跑，我也不肯相信官书记会挂科。”

“行，这回这出戏，有看头了。不管猴子还是趣来挂了科，官书记都去剃光头。哈哈，有悬念。万一这两个人，同时都挂了呢?”板牙笑着。

“靠，你这乌鸦嘴，回去我就找钳子，把你那两片又丑又硬的大板牙给你拔下来。”我忍不住地朝板牙瞪去。

“谢谢你，官书记。”猴子说话都有些哽咽了。

“说啥呢，生伟，我官运辉相信你，我也相信趣来，相信我自己。我们仨肯定不会有人去剃光头的。”官书记说着，走到猴子身边，用力拍了拍他的肩头，又走到我的身边，用力拍了拍我的肩头。

“官书记，我借用板牙一句话，来表达一下，我内心的想法吧。”我望着官书记，神色很是郑重。

"什么?"

"官书记，你真他妈的是我肚子里的一根蛔虫，不，错了，是一条蛔虫。"

"哈哈。"

几个人相继大笑起来。

似乎，好久没有这么快活了。

"此刻，我官运辉、张趣来、侯生伟，立下军令状，如若大学这四年，我们三个人中，不管是谁，出现挂科，我们三个人第二天都去剃光头。"

"好!"

经久不息的掌声。

"这才叫兄弟。"

"这才是咱们 332，荣辱与共，进退与共。"

"哈哈。"

那边，猴子开始扯着嗓子吼叫了：

死了都要爱　不淋漓尽致不痛快　感情多深只有这样才足够表白　死了都要爱　不哭到微笑不痛快　宇宙毁灭心还在　穷途末路都要爱　不极度浪漫不痛快　发会雪白土会掩埋　思念不腐坏 到绝路都要爱　不天荒地老不痛快 不怕热爱变火海　爱到沸腾才精彩

18.暑假、暑假

短暂的假期伴随着漫长的酷暑，不紧不慢地来了。

当宿舍的几个人，正大包小包地收拾着，准备回家的时候，我正站在宿舍的阳台上，向远处眺望。

就在前一天晚上，和家里说好了，这个假期不回家了。老爸没有多问我什么，他只是不冷不热地说了一句，记得照顾好自己，想家的时候，给家里打个电话。

我嗯嗯地答应着，便挂了电话。

胡文娜也不回家。

这是我不回家的真正原因，她说，要有个人留守在哪来哪去的。当时，我便一口应承了下来，说自己这个假期可以不回去。

胡文娜笑了一下，说："我正打算跟家人商量一下的呢，说这个假期不回去了。这样，你不回家的话，我也不回去了。"

于是，这事就这么敲定了下来。

宿舍楼，还是照样开放的。

后来，我才发现，原来暑假不回家的人，挺多的。走在校园里，三三五五的，总能碰到一些。

有些是考研的，有些是兼职的，还有些，是因为参加一些的培训，考个证书。

想要不回家，总能找到一个理由的。

当然，大多数的人，还是归心似箭。

嗯，光阴也似箭。

暑假留校的时间，也是很有规律可循的，早上起床后，简单地洗刷一通，然后直接就锁门下楼，去哪来哪去了。

那时候，一般在早上八点左右，而胡文娜早已开了门，正擦桌椅，扫地了。其中的一个桌子上，必然放了一份热气腾腾的早餐，有时候是豆浆油条，有时候是包子和小米粥，有时候会多两个茶叶蛋。

咖啡屋里开着空调，放着歌，阳光透过窗帘，显得干净而又明朗。

我清晰地记得有一次，放的是班得瑞的一首《梦境》，轻快的旋律，雀跃着，欢呼着，涌进心中，溅起扑棱棱的水花。然后，一圈一圈的波纹，洇散开来。

那一刻，心开始悸动不已。抬头看胡文娜的时候，她正坐在我对面，安静地看一本书，脸上挂着恬静的美。

我以为，那就是可以真实地看得见、摸得着的幸福。

大多数的时候，咖啡屋里人都很少，于是，胡文娜就把笔记本拿过去，两个人一起依偎着静静地看电影。

看的第一部电影，叫《剪刀手爱德华》，一个浪漫、唯美的爱情童话。看完之后，我就开始偏执地认为，恋爱中的两个人，一定要看这部电影。

然后，两个人一起看的第二部电影，叫《查理和巧克力工厂》。也是同样一个很温馨的童话故事，圆了每个孩子童年时代的一个糖果梦。

还有，就是看《歌舞青春》的一、二、三部，这是我看过的最为浪漫旖旎的一部电影歌剧了，也是胡文娜最喜欢的电影了。

再往后，就是两个人一起看《东游记》，看八仙归位，除妖降魔。

到了下午五六点钟，两个人就一起去海边走走。

常常是踩着拖鞋，吧嗒吧嗒地去了，把鞋子扔到一边，然后，赤着脚，牵着手，在海滩上来来回回走来走去。

走累了，两个人就直接地坐在海滩上，背靠着背，看天空，看大海，看潮起潮落，看云卷云舒；看那些小孩子，挣开大人的手，扑通扑通地往海里跑；看那些亲密恋人，拉着手，揽着肩，脸上洋溢着幸福的甜蜜；看那些渔船开着轰轰的马达，离岸，靠岸，把一堆堆的鱼、蟹、贝壳往车上装。

印象里很深的是，有一次，和胡文娜一起去第一海水浴场。

然后，遇到了一个拿着几根简易钓竿的人，扯着嗓子高呼：钓螃蟹喽——

我和胡文娜都是第一次听说，原来，不仅可以钓鱼钓虾，还可以钓螃蟹。于是，花了三块钱，买了一根钓竿，一个小网兜。其实，说那是钓竿，也就是那么的回事。随便找根没有小指头粗的树枝，拴了有一米多长的一根线，然后，线的另一端，系了一个螺丝帽，还有一个很大的别针，别针上串了一块肉。

这就是所谓的专门用来钓螃蟹的钓具了。

两个人半信半疑地拿着它离开了。

蹲在一堆礁石边，花了整整的两个小时，总算是钓上来了一只比拇指指甲大点的螃蟹。两个人相互打趣安慰着，三块钱买了一只螃蟹，也值了嘛，好歹也算是钓上来了一只，一只也钓不上来的话，才叫郁闷呢。

这天下午，咖啡屋里一直没有顾客，当两个人在哪来哪去连看了三集的《东游记》后，胡文娜说话了："趣来，我们去海边堆个沙滩城堡吧。"

"沙滩城堡？"

"嗯，还记得前些天看的宫崎骏的那部动画片——《天空之城》吗？后来又看了《哈尔的移动城堡》，看完之后，我就想去堆个沙滩城堡了，许是因为很喜欢那两部动画片的缘故吧。"

"呵呵，嗯，我也是挺喜欢的呢，还很喜欢《龙猫》中的多多洛。当时看完这部动画片之后，我想，如果能让我遇见一次多多洛就好啦，我可以找它实现一个愿望。"

"什么愿望啊？"

"这个嘛，你不是说要去堆沙滩城堡的吗？我们去堆完后，再告诉你吧。"

我嘿嘿地笑起来。

说着，两个人略略收整了一下，就开始向海边走去。

出了哪来哪去，用了不到五分钟就到了学校东门，出了东门，只需穿过一条马路，就到了海边。

虽然仍是盛夏酷暑，但是，毕竟是下午四点多了，天气已远不如中午那么燥热了。

胡文娜穿着一件白色的吊带衫，外加一条湖蓝色波西米亚风格长裙，长长的裙摆随风而起，配合着她那亚麻色的头发，显得很有气质和内涵。

两个人拉着手，走到了海滩。

"你之前有堆过沙雕吗？"胡文娜问道。

"没啊，怎么了？"

"没什么，我在想，我们应该堆个什么样子的呢。"

“如果你不是要堆个沙滩城堡的话，我倒是可以有个建议的。”

“什么建议啊?”

“就是堆两个心，然后，再画一个箭头从中间穿过的哦。”

“哦。”胡文娜撇了下嘴，没说什么。

“你觉得我们应该在哪儿堆这个城堡的啊?”

“当然是去找一片很美的海滩咯。”

“要有很蓝的海，很细的沙，对吗?”

“那当然了。”

“你觉得我们上次到过的那片海滩怎么样啊?”

“是上次我们坐在那儿看海的那地方吗?”

“是啊，是啊。”

“好啊，就去那儿好了。”

胡文娜像个孩子似的，朝我吐了下舌头，抓起我手，就往前跑。

“喂，你不至于这样吧? 这样跑得上气不接下气的，等会儿哪有力气堆什么沙滩城堡啊?”

“我现在突然很想拽着你跑很远很远的呢。”胡文娜笑着，“可能是今天一直闷在屋里看电视剧的原因吧。”

“很远很远是多远啊? 算是私奔吗?”我涎笑着。

“去，谁说要和你私奔了?”胡文娜白了我一眼。

“那不私奔的话，你现在这是要和我去天涯海角，还是到天荒地老? 可以多项选择哈。”我呵呵笑着。

“哈，不告诉你，除非，你说句我觉得喜欢听的话。”

“什么话啊?”

“你问你自己咯。”

“和谈情说爱有关的吗?”

“不知道啊。”

“你真要听的吗?”

“是啊。”

“那你得答应我件事。”

"什么事，先别跑了，停下来，让我喘口气。"

"好吧。"

说着，胡文娜停下脚。

她看着我："说吧，你。"

"喂，有点情调好不好？"

"什么情调？"

"我想抱你。"

"哦，你先说，说完之后，我看看自己会不会心动，心动的话，就答应你。"

"你心动了的话，我还想索个吻，好吗？"

"过分了啊，你。"

"我也只是说说嘛，不答应就算了。"

"嗯，你先说吧。"

"记得，方片七曾说过——"

"怎么又是方片七啊，你就不会原创一个吗？"

"嗯，让我想想啊。"

"我以为自己眼中一直隐透着世界的荒芜苍凉，却不想见到你的那一刻，世界一片风和日丽，鸟语花香。"

"不好，有点苍凉了。"

"我以为，矢志不渝地爱上了初晨青山的忧伤，爱上了黄昏落日的彷徨，所以，喜欢上了攀爬，喜欢上了漫步，喜欢上了初晨和落日的寂寂落落，却不想，这些却抵不过你的一笑嫣然。"

"马马虎虎吧，不是很好。"

"嗯，那这句吧，我不知道，是花开的季节，遇见了你，还是遇见了你，才是花开的季节。我只是知道，你走过的地方，花就开了，而我，嗅到了春天的气息。"

"哇，趣来，这句话真的是你自己的？"

"是不是很有方片七的味啊？"

"是呢。"

我呵呵地笑起来。

“是你自己的，还是方片七的?”

“这个重要吗？这一刻，从我嘴里说出来，就是我的了。”

“这个样子哦。”

“是啊，是啊，现在，我把这句话送给你好了。”

“哇，貌似真的是你自己原创的样子哦。”

“你觉得是就是好啦。”

胡文娜嘿嘿地笑起来。

“好啦，现在把脸凑过来吧。”

“干吗啊?”

“刚才说好了的，你心动了的话，我就要索吻了啊。”

“喂，谁答应你了啊。”

“你没答应吗?”

“你还没给我堆沙滩城堡呢。”

“啊?！这个算条件吗?”

“是啊，每一个美丽的公主，都应该有一个漂亮的城堡的，然后，遇见她心爱的王子，两个人快乐幸福地过一辈子。”

“好吧，那我给你堆好了。”

“这才像话的嘛。”

“什么叫这才像话啊，明明是你蛮横无理在先。刚才明明说好了的，你心动了的话，我就去索吻的，你现在又耍赖。”

“我就是要耍赖，你拿我怎么着?”

“喂，耍赖已经够了，你可千万别再耍泼啊。”

……

“你这城堡怎么建的没有门啊?”

“这不是门吗?”

“呀，这么小啊，王子的迎亲队伍怎么过得去嘛，人家可是贵为一个国家的公主啊，这城门太小太寒碜了，不行，拆了重新建。”

“好吧。”

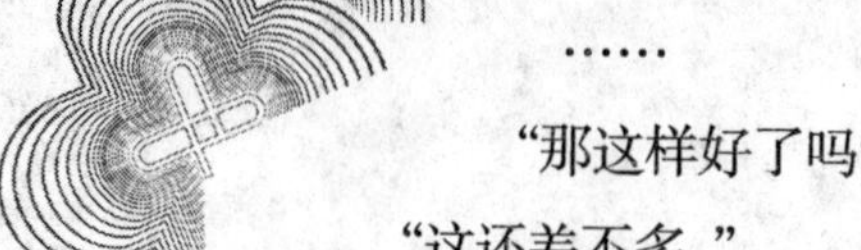

……

“那这样好了吗?”

“这还差不多。”

“嗯。”

“喂，这个护城河也太宽了吧。你想在里面养鸭子吗?”

“不是啊，我是想公主应该在河边遇见她的青蛙王子的。”

“呜呜，你太过分了。干吗老是想青蛙王子，你就不能想得乐观点吗?你什么世界观啊。这么扭曲，这么残暴。”

“我又怎么了嘛。好啦，不是青蛙王子，是英俊潇洒、阳光帅气的斑马王子，好了吧?”

“哇，你这人是不是有当白雪公主后妈的潜质啊?怎么口口声声的，都这么冷酷无情啊?”

“好吧，那你说吧，护城河要多宽?”

“公主是不是应该有画舫啊?”

“我不知道有没有，反正，没有游艇就是了。”

“如果有画舫的话，那护城河就宽点好了，免得太窄了，行驶不开。”

“好像我听说，古代的那些青楼女子有画舫的啊。”

“啊?不行，把护城河给我修窄一点。”

“好的，马上就好。”

“公主的房间在哪儿?”

“在这儿，怎么啦?”

“本公主有点累了，想休息了，看看我的房间在哪儿。”

……

“趣来，你说，是不是，云的上端，有个很干净很纯洁的世界。”

“嗯，怎么了?”

“我想和你一起去那儿。”

“好的。”

“那你说会有路通向那儿吗?”

“应该会吧。”

“那我们能找到它吗？”

“或许能吧。”

“我也觉得能找到的呢。”

“嗯。”

“如果我找到了的话，我一定会喊上你的，那，如果你找到了的话，也一定喊上我，好吗？”

“好。”

“我们这算约定吗？”

“算吧。”

“那我们说好了哦，一言为定了，谁反悔谁是小狗。”

“好的。”

“那我们来拉钩。”

“好。”

“拉钩上吊，一百年不许变，谁要赖，谁是小狗。”

“嘻嘻。”

“哈哈。”

“傻瓜。”

“你才傻瓜呢。”

……

“趣来，我想买个锅。”

“买锅干吗啊？”

“你说了你会做小火锅的嘛。”

“哇，不是吧。这个你也信？”

“你说的话，我当然信咯。”

“好吧，那由你好了。”

……

“喂，你不是说买锅的吗？干吗买了个电饭煲？”

“我想吃妈妈做的排骨米饭了。”

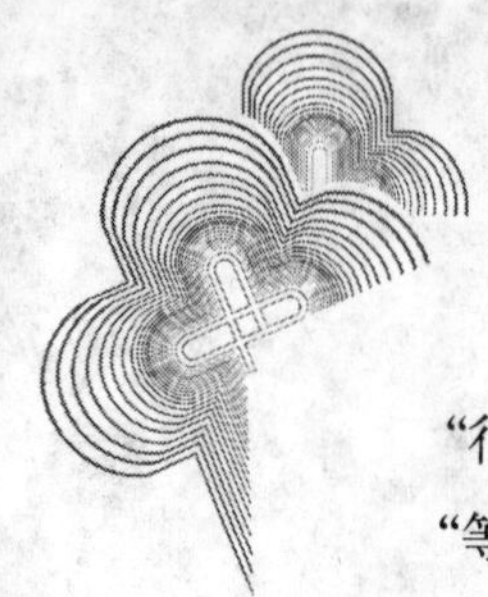

“可是，我又不会做啊。”

“我会做的啊。”

“很好吃的吗?”

“等会儿我做给你吃，你就知道啦。”

……

“趣来，我想今天下午去捉螃蟹。”

“捉螃蟹干吗?”

“咱们不是有锅吗? 回来可以煮着吃啊。”

……

“趣来，你多带件衣服啊。”

“为什么啊?”

“你答应了的，陪我数星星，不许反悔哦。”

……

“趣来，明天早上我要喝小米粥，不喝豆浆啦。”

“好的。”

“钥匙也给你吧，明天早上你早点来开门啊。七点行吗?”

……

“趣来，今晚你把我这件衣服拿回去洗一下吧。”

“不是吧，昨天晚上给你洗的那一件，现在晾在宿舍里，还没干呢。”

“喂，我让你洗，你洗就是了，干吗那么多话?”

……

19.新学期来了（上）

暑假，在一种漫不经心中过去了。

当我跟宿舍几个哥们儿，交流暑假经历时，我用的是这么一句话。

猴子和我们分享了暑假中的一件快乐事。他家对门搬来了一对夫妇，开始的时候，猴子一直听着他们每天叫嚷着“吵架、分手”，后来才发现，原来人家不是喊“吵架、分手”，而是喊的“高价、回收”。

这个小插曲把宿舍的几个哥们儿逗得哈哈大笑。

于是，我们的大三生活，在一种欢快融洽的氛围中，开始了。

我们是 8 月 27 号开的学，而新生是8月30号、31号报到。然后，9月1号开始军训，十天后正式上课。

走在校园里，远没有假期里的那般冷清了，而是显得热闹非凡。

这似乎是很多大学的惯例了，新生报到的前两天，学校的各个宣传栏里就贴满了招人的广告。大家都在厉兵秣马，严阵以待。只待新生开学的当天，一夜之间，大大小小的摊点就在学校里冒了出来，卖电话卡的，卖生活用品的，什么暖瓶、脸盆、牙刷、牙膏、肥皂盒、衣服架子、挂钩、张贴画等等，便纷纷登场了。

看得新生目瞪口呆，也看得家长瞠目结舌。

这还是大学吗？

这分明就是一个集市，一个混乱而又吵闹的集市。

大学，成了市场。

当然，这些都是大二、大三甚至大四的在校生所为，其中以大二居多。似乎是因为一年前，同样被宰过，吃了亏，卧薪尝胆了一年的原因吧。

我和方片七一起走在校园里的时候，两个人就呵呵笑着，指指点点：“看，他们这些新生，从刚下火车，踏上校车的那一刻起，就开始被那些面带着善意微笑的学哥学姐们，大肆抢掠了，而根本没有一点还手之力。然后，到了宿舍，又是一轮一轮的轰炸、洗劫，推销英语报纸的，推销计算机考试的，推销化妆品的，推销钢笔、本子的，推销小挂坠的，推销垃圾袋的，还有推销镜子的，无所不有，见缝插针，无孔不入。”

想到两年前，我们刚来的时候，也是任人宰割。到了大二，宿舍集体出动，有推销电话卡的，有推销英语报的，有推销大桶矿泉水水票的，那一年，我们算是打了个漂亮的翻身仗。

而现在大三了，除了猴子和板牙还奋战在一线之外，官书记、橙子、我、方片七，已是心生倦意了。

板牙之所以要奋战在一线，一刻不停地奔走于各个新生宿舍之间，也是迫不得已的。他是学生会的，接新生的任务理所当然地落在了他身上。

而猴子，则是因为抹不开面子，帮他的一个老乡，推销电话卡，顺便筹建扩充他们的老乡会。

在这些09级的新生中，方片七有个远房表妹。当舅舅、舅妈驱车把那个叫夏培的女生送来学校后，他们就千叮万嘱了一番，让方片七一定要好好在学校里照顾一下表妹。

方片七当然是满口答应了。

于是在夏培宿舍安顿下来后，趁着新生开学宿舍的混乱期，男生可以串女生宿舍，方片七就开始履行做表哥的责任了，喊着我隔三岔五地去人家宿舍嘘寒问暖一下。

方片七之所以喊我，而不喊李佳一，用他的话说，我脸皮较之于他，有过之而无不及，所以，我走在前面的时候，任是那些女生惊讶的眼神，或是花枝乱颤的尖叫，我是可以一概不闻不问的。

这让我也因此认识了几个大一的女生，一个叫王璇的女孩子，有着一双会说话的眼睛，眸深似水，顾盼生姿。

一个叫苏笑笑的女孩子，人如其名，脸上一直是挂着似嗔似怪的笑容，且笑的时候，脸上有两个浅浅酒窝，煞是迷人。

一个叫陈靓的女孩子，一米七五的个，显得身材很是高挑，说话的时候，声音很清脆，笑起来“咯咯咯咯”的，也很是动听，是她们宿舍唯一拉直了头发的女孩子，披肩直发，且略略烫染成了葡萄紫色。

还有一个叫周家扬的女孩子，干净利落的短发，干脆利落的衣着，说话也是干脆利落。活脱脱的一个假小子。

而夏培，相比这几个女孩子，显得更活泼、开朗得多。从早到晚，仿佛闲不住的小鸟一样，叽叽喳喳地说个不停。她一米六五的个，体重却不足一百斤。同大多数大一新生一样，扎着个翘翘马尾。

这些女孩子，对于方片七和我，显然是非常热情的。从第一次进入她们206宿舍的门开始，就又是端茶倒水，又是递苹果、拿葡萄的。而且，一口一个“嵩哥”，一口一个“趣来哥”，弄得我很是不好意思。

而方片七这个时候，则要比我放开得多。同她们说说笑笑，插科打诨，甚至搬出了他几首酸溜溜的小诗。

于是，一片惊呼声中，方片七的身价就一路看涨了。

让我后来所窃喜的是，我只说了那么一句：“你们没事的话，可以去咱们学校的哪来哪去咖啡屋坐坐，我请你们喝杯奶茶或咖啡，并且，亲自给你们冲。”

那些女生就“哇——”的一声，注意力全部都在我身上了。

然后，就奶茶、咖啡的话题，和我喋喋不休起来。

这边我沾沾自喜的同时，那边方片七，捶胸顿足，大呼悔之当初，不该喊我。

而哪来哪去那边，方片七把李佳一喊上了，给胡文娜帮忙。加上官书记、板牙、卢小樱，一共五个人，足够应付过来了。

于是，方片七和我就打着宣传开辟新市场的旗号，频频出入于女生宿舍了。

我甚至有一次感觉到，出入女生宿舍比出入哪来哪去要有意思得多，我说给方片七听的时候，方片七拍了下我的头：“趣来，你这小子，怎么这么忘本啊？要是万一这话传出去了，李佳一或胡文娜知道了，非扒了咱俩的皮不可，你还怎么风流快活？”

“风流快活？”我愣了一下，“这算是吗？”

“是啊，是啊，有道是，人不风流枉少年嘛。”方片七得意扬扬地说道。

“我看是风流总被雨打风吹去吧，等会儿我就托梦给李佳一，让她风吹雨打一下，你这不知天高地厚、四处拈花惹草的混小子。”我恨恨地白了一眼方片七。

“哦，李佳一知道了的话，胡文娜也肯定知道了，我看最后是谁更难以收场，顶多我给我们家佳一写两首小诗，再下个保证书，就摆平了。你和你们家文娜怎么和解？就你们俩那发展进度，都半年过去了，我还没见你们拉过几次手呢。”方片七撇撇嘴，说得很是淡然的样子。

“你又不知道我和胡文娜这个暑假做了什么啊。”我忍不住地喊了句。

“这个暑假？你不是说，每天到哪来哪去擦桌子、抹凳子，然后，看一个下午的书吗？”

“方片七，你觉得会是这样子吗？好歹我和胡文娜的关系，已经是公之于众，并且你们有目共睹了。”

“嘀，就你那点小花花肠子，有贼心没贼胆的家伙，公之于众了又怎么样？整个学校都知道了，又能怎么样？”

“哼，我们这个暑假天天一起的，在哪来哪去，还有学校东门的那片海。我们一块看了一共六十七部电影，十五部电视剧，还买了一个电饭煲，每天都是自己做饭。”

“电饭煲？我怎么没看见啊？”

“胡文娜拿回宿舍了呗。”

“你们不会每天吃饭、睡觉都在一起吧？”

“是啊，啊，不是，是吃饭在一起。”

“那睡觉呢？”

“滚！”

“我只是说说嘛，担心你们的感情如水上浮萍一样，没有基础，不扎实，不牢靠。我问我们宿舍另外几个人了，只有猴子见过你们拉了一次手。”

“唉，你知道吗？方片七，这个暑假，我给胡文娜，买了整整一个月的早饭，做了整整一个月的晚饭，还有洗了整整一个月的衣服。我的命好苦啊。”

“哇，有道是强中自有强中手，一山更比一山高。我前阵子听我一朋友说，他为了给他女朋友赔礼道歉，洗了整整一个星期的衣服，我当时听了，内心佩服得五体投地。没想到，趣来你真是太他妈的温柔贤惠了，我等会儿跟夏培说一下，让她大学找男朋友，就找你这样子，既吃苦耐劳，又他妈的温柔贤惠。”

20.新学期来了（下）

夏培和她们宿舍另外的五个人，果然在一个下午悉数来到哪来哪去。

恰逢方片七、胡文娜、官书记、板牙、卢小樱和我，几个人，也是悉数都在。因为这里面，只有方片七和我，两边都认识，所以，就充当了介绍人的角色。

简单地介绍了一下，双方就彼此都认识了。

落座后，我和胡文娜忙着给每个人冲奶茶和咖啡。这段时间，因为新生开学，咖啡屋的生意，委实火了一把。每天都有很多人，进进出出，且经常地，人满为患，要等上那么半个多小时，才有空座。

“那个叫夏培的真是方片七的表妹吗?”后台间，胡文娜一边把冲好的奶茶递给我，一边悄声问道。

“是啊，怎么了?”

“没什么，只是觉得她和我一个同学长得挺像的呢。”胡文娜呵呵笑着，“这几个女孩子看着都比较讨人喜欢啊。”

“是啊，是啊。”我点点头。

“是啊?”胡文娜瞪圆了眼睛，“你真这么觉得?”她语气加重了很多。

“啊，不，不，不是。”我忙不迭地摇头，“我只是随口附和一下啊。”

“嗯，这还差不多。”胡文娜满意地点点头。

“霸道。”我小声嘟哝了一句。

“有钱难买我乐意。”胡文娜很是得意地笑着。

“这个暑假把你都宠坏啦，动辄就冲我横鼻子竖眼睛，凶巴巴地瞪着我。”我小声嘟囔着，以示抗议。

“嗬，谁叫你暑假不回家，愿意留在这儿，宠我的啊?”

“是你说哪来哪去需要有人留守，我才留下来的嘛。早知道是这个样子，我才不留下来呢。做了整整一个月的饭，洗了整整一个月的衣服，你以为，我愿意啊？”

“什么，你敢说你不愿意？你还反了你了。”说着，胡文娜将拇指和食指做八字状，便要在我胳膊上掐一把。

“这是咖啡屋啊，现在外面还那么多人呢。等人少的时候，你再掐好不好？好歹给个面子嘛。”我做苦苦讨饶状，“今天早上你还说，要做个高贵典雅、有气质有内涵的女子的。”

“哼，姐立志要做个高贵典雅有气质有内涵的女子，不跟你一般见识。”说着，胡文娜用手理了一下肩头的鬈发。

这时，方片七喊话了：“趣来，奶茶好了没？你们过去都十分钟啦，还没冲好吗？”

“来啦，来啦。”我一边应着，一边端着盛满奶茶的盘子，往外走。

“适才趣来开门的时候，就瞅见几道霞光，直入我门。正寻思今天定当有贵人稀客呢，不想，下午的时候，几位姑娘就翩跹而至了。张某人承蒙几位姑娘厚爱，光临寒舍，当真是令舍下蓬荜生辉，亦是让趣来三生有幸。招待不周之处，还请多多见谅。”

“哗——”一语既出，果然博得一阵鼓掌叫好声。

“哇，趣来哥，原来你也好有文采的呢。怎么在我们宿舍的时候，你不表现一下啊。”夏培先说话了。

“就是，就是，在我们宿舍的时候，大家还以为，只是嵩哥好文采呢，没想到，你的文采，也是这么好啊。”周家扬也忍不住说话了。

“大概这就是传说中的，‘大隐隐于市，小隐隐于林’吧。趣来哥，属于那种很有智慧、很有涵养的人，自是不愿意表现出来咯。况且，当时是在我们宿舍嘛。”苏笑笑说着，脸上不禁又露出了那两个迷人的酒窝。

“什么？他去你们宿舍了？”胡文娜愣了一下。

“趣来，你去女生宿舍了？”板牙也觉得有点好奇，追问道。

方片七瞅瞅胡文娜的表情，又瞅瞅我的眼神，见我正求救似的望着他，赶紧过来打圆场："我和趣来帮着猴子那几天推销电话卡了。"

方片七的这话倒是没有撒谎，在新生宿舍撞见猴子的时候，还真的帮他去宿舍推销过电话卡。当然，一张也没推销出去，算来算去，还丢了一张，惹了一肚子的火，我们仨就都闭口不提这事了。后来，猴子又跟我们俩道歉，那张卡没丢，是当时少拿了。

胡文娜狠狠地瞪了我一眼，那意思是说，张趣来，你竟然敢瞒我，回头我非跟你算账不可。

"嗯，对啦，我们这次宿舍六个人集体过来，是有事想要找你们请教的呢。"夏培先说话了。

"什么事啊？不会是军训都晒黑了，你们过来问下，用什么办法能补白回来吧？"方片七先说话了。

受方片七的启发，板牙补充道："是不是去你们宿舍推销化妆品的人太多了，你们不知道选什么牌子的吗？"

"不是，嵩哥和趣来哥跟我们说了，去宿舍推销产品的东西，不论好坏一概拒绝，我们才没让那些推销化妆品的进宿舍呢。"陈靓也说话了。

"哦，这样很好的啊，滴水不进，他们就没办法了，你们也不会上当受骗了。不过，要是去年的话，方片七敢说这句话，我回去非打折他的腿不可，我还要推销英语报纸呢。"板牙噘着嘴，点点头。

"嗯，说说吧，你们来到底是什么事？我们能解决的话，肯定给你们解决，解决不了的话，那大家一起想想，看看还有什么其他办法。"官书记说道。

"嗯，"夏培点点头，"大学生活，是不是真的很空虚很无聊啊？"

"喂，表妹，我和趣来，在你们宿舍的时候，不是说了的嘛，大学四年，如果不好好地规划一下，肯定你会很无所事事的。"

"我们也是最近才感觉到，你们说的是真的。大学，远不是我们所憧憬和向往的那个象牙塔的样子，而是，像你们说的那样，一摊搅得很浑的水。有人在随波逐流，有人在浑水摸鱼。"

"是啊，呵呵，大学本来就是这个样子的嘛。又不是突然一下子才这样的，有什么大惊小怪的。”板牙对于夏培的话，很是不以为意的样子。

“嗯，大学就像个围城，城里的人想出去，城外的人想进来。”官书记说着，点点头，“祁嵩和趣来的话很对，大学四年，如果不好好规划一下，你会过得很浑浑噩噩，很庸庸碌碌，很无所事事，很窝心，很闹心。四年之后，不管你愿不愿意，学校都会毫不留情地把你赶出来，因为，毕业证已经发给你了，它也就没有那个责任和义务再去管你了。那个时候，站在校门外，回想起自己的这大学四年，你才会发现，自己挥霍了青春，也荒废了大学。那时候，你不知道何去何从，心中有一种欲哭无泪的感觉，所谓的朋友、兄弟、恋人，都各奔前程了，只有你站在那儿，无所适从。”

“你怎么知道的啊?”夏培有点惊讶了，官书记毕竟只有大三。

其实，夏培的这话，也是我、方片七、板牙想问的。

“在我来上大学之前，住在我们家楼上的刚子哥，告诉我的。他说自己的大学就荒废了，很后悔，他们宿舍的那几个人，也是同样的，都荒废了，都很后悔。”

方片七点了点头：“拣尽寒枝不肯栖，还是因为无枝可依。”

官书记略略笑了一下：“我曾经看过刚子哥的网上个性签名，当时是这么写的：‘是不是，青春终究散场，留一地凌乱，一地狼藉，然后，有风吹过，就上上下下地飞舞起来，跋扈着，叫嚣着，躁动不安?’”

一阵沉默。

胡文娜笑了笑：“你们怎么都这么伤感啊，现在还不到秋天呢，把你们几个拎到门外，晒你们一会儿，保管你们不用感慨什么青春散场了。大好的青春年华，就在你们在感慨中，烟消云散了。”

“是啊，是啊，官书记，人家夏培她们才刚刚大一呢，你不要就这样吓唬她们好不好，净整什么挥霍青春、荒废大学什么的，青春是用来挥霍的吗?大学是用来荒废的吗?”我说话了。

“还记得猴子在那次感言中说过的吗?‘大学，是应该来学习、成长的，而不是拿来挥霍、荒废的。’我觉得，这才应该是我们的大学。

年轻的时候，就应该有一场轰轰烈烈的奋斗，我们奋斗过了，我们拼搏过了，我们年轻得无怨无悔了。”板牙说得很是动容。

“是啊，年轻的时候，是应该有一场轰轰烈烈的奋斗。”官书记接过话，“可是，你觉得我们应该怎么奋斗呢？”

官书记的这一问，在场的几个人都愣住了。

是啊，我们都知道，年轻的时候，应该有一场奋斗，可是，却不知道，该怎么奋斗。

看大家又一次陷入沉默，方片七稍稍笑了一下：“给大家念一句曾经写过的话吧，是写青春迷惘的。不过，我觉得很适合现在的氛围，‘我想用尽所有的悲伤，化成磅礴大雨，冲开年少的束缚，冲开青春的羁绊，只是，只是，我不知道，这泪，该为谁而流。’”

“悲伤、绝美。”

不知谁回了这么一句。

似乎，很恰当吧。

“好啦，好啦，大家别再感伤啦，你们刚才的那个问题，我们应该怎么奋斗呢？我觉得，应该我们每个人都问问自己，我们想要什么样的将来？清楚了这一点，我们才会拥有什么样的现在。”卢小樱终于忍不住也说话了。

“有点像绕口令，你可以说得慢点吗？”板牙说道。

“嗯，小樱的意思是，将来决定现在，现在决定过去。”胡文娜解释道。

“应该是，昨天决定今天，今天决定明天吧。”板牙有点不同意了。

“我同意小樱的观点，将来决定现在，现在又决定了过去。换句话说，明天决定今天，今天决定昨天。”方片七先说话了。

“嗯，我同意板牙的观点，昨天决定今天，今天决定明天。”官书记说道。

“我同意小樱姐姐的观点。”夏培先说话了，于雯静、苏笑笑纷纷表示有同感。

“我同意海强哥的观点。”王璇、陈靓、周家扬纷纷表态。

胡文娜略一迟疑："我同意小樱的观点。"

这时，所有的人，目光都集中在我身上了。

"这个问题，跟先有鸡，还是先有蛋，是一个道理的。我们家文娜说先有鸡，我就义无反顾地说先有鸡，文娜说先有蛋，我就责无旁贷地说先有蛋。总之，文娜站哪一边，我就站哪一边。"

在一片鄙夷声中，我高傲地扬起了下巴。

同时，我偷看了一眼胡文娜，只见她脸颊有些绯红了，说实话，当着这么多大一女生的面，如此偏袒胡文娜，我也是左右思忖，才最终决定下来的。因为，这样一来，她就不会追问我去女生宿舍的事情了。

"我觉得这不是一个先有鸡、还是先有蛋的问题，这是一个唯心主义和唯物主义，理想主义和现实主义，精神世界和物质世界之间的一场辩论。"方片七站起来发表观点了。

"谁是唯心主义啊？"夏培问了一句，"好像我们课本里学的，大家都是唯物主义者呢。"

"嗯，我认识一个唯心主义者。"卢小樱点点头，"或许，这个问题，我们可以问问他，他肯定会给我们一个答案的。嗯，我觉得，不仅这一个问题，还有，我们应该怎么奋斗，大学四年应该怎么规划度过，我觉得他都能给我们答案的。"

"谁啊？"夏培、王璇、于雯静、苏笑笑、陈靓、周家扬，几乎异口同声地问道。

"许褚。"胡文娜、卢小樱、官书记、板牙、方片七，几乎又是异口同声地答道。

只有我，没有说话，只是那样静静坐着。

"许褚？"

"嗯，许褚。"

"许褚是谁？"

"一个牛人。"

21.我和许褚

我和许褚，算是只有一面之缘。

因为，自从7月份，在哪来哪去的谈话后，就再也没有见过他。

我还记得，他那次离开哪来哪去撂下的那句话："再开学，就大四了，要准备实习、就业，恐怕是很难有这么多的青春时光再拿来挥霍了啊。"

本来，这整个暑假，我都没有想过这个名字的，可是，那个下午，在哪来哪去和夏培她们的聊天，又把这个名字，再次搅动了起来。

就像是搅起了一地的鸡毛，纷纷扬扬着，四处飘散，落在每一个角落。

我开始不由自主地想到这个名字。

心中有点不痛快。

或许，出于男人之间的嫉妒。

尤其是，看夏培她们的那样子，很是迫不及待地想一睹其貌。而官书记、方片七、卢小樱、胡文娜，对于他也是很佩服不已的样子。

连板牙也一改了自己的观点，承认说，许褚是一个牛人。

这让我有些自尊被践踏的心痛。

平心而论，许褚还是个长相很帅气的男孩子。

一米七六左右的身高，很是清瘦的样子，见了人后，不管认识不认识，脸上总是挂着友善的笑容。我见他的几次，都是穿着一件白色衬衫或者T恤，白色的裤子，再加上一双白色的滑板鞋。这就是我印象中的许褚了。

如果说他和别人有什么不一样的地方，应该就是他的眼睛了吧。浓浓的眉毛下，一双炯然有神的眼睛，仿佛能洞穿这个世间的所有一切。

卢小樱给许褚的评价是：睿智。

胡文娜给许褚的评价是：一个与世无争的人。

有时候，我会想到卢小樱给我说的那话，你说你啊，干吗跟一个都看破红尘、想去当和尚的人，争风吃醋？

看破红尘？

我感觉，那天许褚给我说的，关于大学那八点，还有那句，怎么说，我也只是一介书生，纵心有余，然力不足。

他不是看破红尘，一个“纵”，一个“然”，已经说明了。

他只是看懂、看透了这个社会，这个世界。

他想去改变的，却心有余，而力不足。

如果，上天给他这么一个机会，他肯定会毫不犹豫地站出来，一施抱负，一展峥嵘。他应该是像李白、陆游、辛弃疾那样的人，纵情于山水之间，只因为，郁郁寡欢不得志，纵然白日纵情忘怀于山水，晚上的时候，他还是“夜阑卧听风吹雨，铁马冰河入梦来”，他还是“醉里挑灯看剑，梦回吹角连营”。

是的，一定是这样子的。

想到这里，我突然有种想哭的感觉。

很莫名其妙地想哭。

这才是一个真实的许褚啊。

你们看到的，只是一个表面上，与世无争，淡泊名利的人，是的，他是一个这样的人，可是，你们又有谁能明白呢？他那颗赤子情怀，那颗随时想要破窗而出，一翅冲天，直上云霄的心？

许褚啊，许褚，我张趣来，对你误会深矣，有朝一日，定当亲自向你赔礼道歉，陪你醉笑红尘。

22.许褚的力荐

请许褚出面，已是大势所趋，人心所向。

而究竟谁来请许褚出面，这个事情，责无旁贷地落在了我的头上。

那么，我以什么身份请许褚出面呢？

请他出面做什么呢？

我该怎么跟他说呢？

胡文娜给出了答案："还记得许褚曾经说过的那句话吗？哪来哪去这个地方挺适合举办Party呢。把这几张桌子拼一下，就可以拼出四五十平米的空间，足够用来办一场聚会或沙龙了。"

"Party？聚会？沙龙？"

我愣了一下。

"是啊，这样一来，我们就可以有一个名正言顺的理由，请他出面了。"

"出面做什么？"

"傻啊你，就说哪来哪去要举办一场沙龙，邀请他参加，并请他准备一下，因为可能现场有些大一的新生，会对他有些提问。"

"提问什么？"

"关于大学四年生涯的规划呗。"

"嗯，好的。那接下来，我该干什么？"

"打电话，约时间，见面谈。"

"约哪儿？"

"随便你。"

"好的。"

"嗯，他电话多少？"

胡文娜翻出手机，给了我一串数字。我记下了，然后，将号码拨了过去。

一阵"嘀嘀"的声音后，那边有人接电话了："你好，我是许褚，请问有事吗？"

"嗯，你好，我是张趣来。"我皱了皱眉，瞅了下身边的胡文娜，她做了个噤声的手势。

"噢，趣来啊，你好啊，呵呵，多日不见了，最近挺好的吧？新生都开学了，肯定哪来哪去也挺忙的吧？"电话那端，许褚笑声朗朗地问道。

"是啊，最近每天都人挺多的呢。嗯，你还记得之前那次，你说过的吗？你说哪来哪去挺适合举办聚会或沙龙的。”

“当然记得了，怎么，你们打算要举办，还是，已经举办了？”

“我们正打算举办的呢，不过，因为之前没有举办过，也不知道怎么举办，打算向你请教一下的呢。不知道你时间方便吗？我想要是方便的话，今天或明天，我去找下你，和你当面谈一下。”

我几乎是一口气说完的。身边胡文娜对我的表现，则满是赞扬之色。

“哈哈，趣来，你这么说，我肯定是要见你的。行，今天晚上七点的时候，我看看去哪来哪去找趟你吧。”

“好的，那到时候见面谈。”

说着，我挂了电话。

看看身边的胡文娜：“今天晚上七点。”

“嗯。”胡文娜点点头。

“你说我们到时要喊上官书记、方片七、板牙、卢小樱他们吗？”我问了句。

“这个，”胡文娜略一犹豫，“还是先算了吧，我们还不知道许褚会不会答应呢。”

“那你觉得他会答应吗？”

“很难说，或许会吧。”

“我也觉得会。”

等人的时间，是很难熬的。上午十点钟打过的电话，距离晚上七点，则有九个小时的时间。

九个小时思考答案的时间。

九个小时等待谜底的时间。

九个小时坐立不安的时间。

幸好的是，哪来哪去的人比较多，换了一拨又一拨。

下午的时候，本来我还有一节课要上的，因为心中这个悬而未决的答案，也就索性不去上了。

时间在悄然无声中，一点点地滑过、滑过。

六点半的时候，我瞅了一下，人开始陆续散去了。因为，有些人，要去自习室看书，或上选修课。

倘若周六，咖啡屋里这个时候，是人比较多的。因为很多人，闲来无事，便免不了想找个惬意的地方，消磨下时间。

而现在，是星期二。

果然，还差五分钟到七点的时候，许褚出现在哪来哪去的门口。

然后，推门径直走了进来。

“好啊，趣来。”

“好啊，文娜。”

许褚脸上洋溢着热情而又友善的笑容。

“好啊，许褚，估摸着这会儿你要来了呢，趣来早早地就准备好奶茶了。”说着，胡文娜站起身，朝许褚笑了下，指指她对面的一张空座，示意他坐下。

三人一同落了座。

“我在宿舍里的时候，免不了要惦念一下，这儿的奶茶，这儿的氛围呢。那些茶香飘飘的美妙时光，现在看来，是一去不返了啊。”许褚呵呵笑着，开了场。

“呵呵，看你说的，再怎么忙，还抽不出个下午茶的时间吗？我觉得应该是你嫌这里的奶茶不够好喝的缘故吧。”胡文娜笑笑，说道。

“岂敢岂敢，你这么说，我可消受不起了啊。许褚是谁？凡夫俗子一个，平时更是少登大雅之堂，何来‘挑剔’二字？只会受宠若惊罢了。”许褚呵呵笑着。

“你们两个别自顾自地说话，忘记了我啊。忘记了我没关系，别忘了喝我冲的奶茶就行了。那可是一片冰心哪，全整茶里面了。”我呵呵笑着，打趣道。

“呵呵，不好意思啊，真个差点忘了，趣来兄今晚找我，是有要事相谈的呢。唉，都怪这氛围太好了，一进来，就忘记了诸多世事，诸多烦恼。好，那咱们现在就开门见山地说好了，都是自家人，也别见什么外了。”许褚笑着说道。

“嗯，我们想做一场沙龙聚会的。就在我们这个咖啡屋，打算把这些桌子拼一下，围成一个圈，然后呢，主题是大学四年该怎么奋斗和大学四年的生涯规划。”见许褚如此爽快，我也就索性竹筒倒豆子似的，都说了出来。

“大学四年该怎么奋斗？”许褚噘了下嘴，眉头拧到了一起。

“还有就是，大学四年的生涯规划。”胡文娜补充道。

“嗯。”我点了点头，目不转睛地看许褚的表情，似乎他在竭力思考。

“我明白了，是不是有些大一的新生，在咖啡屋里时候，聊到了这个话题，结果，一聊才发现，原来，很多人，说到大学四年该怎么规划度过，都是一头雾水，比较茫然？”

“嗯，算是吧。”我点了下头。

“你们的意思是，要找一个可以回答解决这个问题的人，在这场沙龙聚会上，向大家解释清楚，换句话说，你们今天找我来的意思是，希望我能出席这场沙龙，然后，我给大家讲一下，大学里该怎么奋斗，大学四年又该如何规划？”许褚啜了一口面前的奶茶，眉头疏展了开来，呵呵笑着，看我和胡文娜。

“是啊，”胡文娜点点头，“因为之前那次，你说过，哪来哪去这个地方很适合举办聚会沙龙，所以呢，这一次，就想请你出面，做座上嘉宾，给大家讲讲咯。”

“不是有这么句话吗？解铃还须系铃人，当初的时候，你给我们的这个提议，我们后来商量了，都觉得不错，所以现在，就又找到你了。我们都相信，你来主讲这场沙龙，肯定会做得很成功的。”我笑着向许褚点点头。

许褚哈哈大笑起来：“你们两个经过事先排练的吧？你们这样盛情相邀，如果我再推诿拒绝，肯定是却之不恭。”

“那意思就是你答应了？”胡文娜迫不及待地追问道，眼里闪烁着惊喜的光芒。

“许褚哥，我趣来先谢谢你了啊，嗯，奶茶凉了吗？要不，我现在再重新给你冲一份吧。”说着，我站起身，就要把许褚把面前的奶茶换掉。

“哎，我说趣来，文娜啊，我刚才可没有答应你们俩，说我要来主讲这场的沙龙，你们俩可别弄错了啊。”许褚一边说着，一边呵呵笑着看我和胡文娜。

“什么?”我和胡文娜几乎同时出口。

“你刚才那不算答应啦?”我干咽了口唾沫，睁大眼睛，仿佛刚才听错了。

“就是啊，你还没有答应吗?”胡文娜也是惊异万分的样子，“你刚刚明明说好了的啊。”

“我只是说，我再推诿拒绝，肯定是却之不恭了，我又没有说，好，我答应你们了。”许褚说着，脸上仍是呵呵笑容。

“可是，”我有点急了，“你话里的意思，明明是，你答应我们了啊。你都说了，却之不恭啊，这是一句自谦的话。”

“哈哈，趣来兄，当真有趣，我许褚几时答应说，我要来主讲这场沙龙了?”许褚大笑着。

“啊?!”

我看了胡文娜一眼，只见她脸上已经是青一阵、紫一阵的了。想来，她觉得有些羞愧难当了。

“好了，好了，不跟你们开玩笑了。”许褚见胡文娜脸上的表情，呵呵笑着，“我不来主讲这场沙龙，但是，我举荐一个人，来主讲，好不好?”

“举荐一个人?”我愣了。

“举荐谁啊?”许褚的话也是很出乎胡文娜的预料，她也和我一样，追问道。

“嗯，就是我的一个朋友，水月流萤文化传播公司的董事长，杨海峰。”

“杨海峰?”我和胡文娜几乎又是同时出口。

“是啊，”许褚点点头，“我知道，以我个人的能力和思想，想要举办好这场沙龙，是挺吃力的，毕竟，个人才疏学浅，能力有限，阅历又不深，不过，倘若换了我这个朋友来主讲的话，我相信，绝对没问题，肯定成功。”

我望了一眼胡文娜，只见她脸上，是和我一样的诧然。

“嗯，”我点了点头，“那好的，许褚哥，我们相信你，自然也就相信你举荐的朋友，有道是‘物以类聚，人以群分’，相信你的这位朋友，肯定会主讲好这场沙龙的。只是，我们现在和他还不熟，你看看，我们这么小的地方，而你这位朋友，又是公司的董事长，恐怕人家——”

“哈哈，”许褚看出了我心中的疑虑，“你放心好了，我许褚结交的朋友，都是那些能秉烛夜谈，推心置腹，且有思想共鸣的，不是大街上随便抓的。”

许褚的这一番话，打消了心里的不少疑虑，我呵呵笑着：“那好啊，就是不知道，怎么感谢许褚哥你，还有你的这位董事长朋友了。”

“见外，见外了啊，我许褚是为了要你们感谢才来举荐这位朋友的吗？那样的话，也太显得我许褚小家子气了吧，我这位朋友倘若知道了的话，肯定也会对我鄙弃不已。应该是我为了感谢你们才举荐朋友的啊。”

“感谢我们？”

“是啊，每次我来哪来哪去，你们都是既要忙里忙外，又要热情招待我，我心里很是歉意。这次，也算是我对你们的一份回馈之礼吧。

“嗯，其实，说心底的话，我应该来主讲这场沙龙的，只是，我担心自己能力不够，万一砸了场，那不是坏事了吗？我这个朋友，他正好就是专门做这种讲座和培训的，我之前去听过他的一次讲座，觉得受益挺深。我想，要是大一刚来的时候，听他讲那么一场，肯定这大学四年会过得更充实、有意义得多。”

许褚呵呵地笑着：“你们这场沙龙什么时候举办啊？我看看等会儿回去就跟我这朋友电话里说一声，让他那边也在心一下，准备准备。”

"嗯，我们原计划是这个星期五，你看怎么样?"

"今天星期二，也就是说，大后天举办，对吧?"

"对。"

"行，就这么定了。"

"我们还想要在宣传栏里，贴些海报宣传一下，你看行吗?"

"行，你们愿意，就去做吧。"

"海报上写什么内容呢？写本周五晚七点，哪来哪去咖啡屋，一场主题关于'大学该怎么奋斗、大学四年生涯该怎么规划度过'的沙龙吗？主讲人，写上你那位朋友的名字。"

"行，就这么写就行。"

"周五那天晚上，我到时候也会过来的啊。"

"哇，不是吧，许褚哥，你也过来?"

"肯定的啊，不然的话，我那朋友怎么想啊？好歹咱们要尽一下地主之谊嘛。"

23.轰动全校的一场沙龙（上）

不得不承认，许褚当时的力荐，是大有道理的。

沙龙召开的当天下午，我才见到杨海峰。

下午五点。

当一辆白色捷达车，在哪来哪去门前缓缓停下，然后，从车上陆续下来了三个人。

为首的一个年轻男子，干净利落的脸庞，干净利落的发型，干净利落的表情，一身俱是白色装束，白色的休闲西装，白色的休闲西裤，白色的休闲皮鞋，远远望去，颇有白衣胜雪之味，显得玉树临风，英俊潇洒。

虽然年轻，眉宇之间，却显得几分霸气，几分刚毅。

紧跟其后的，是一个同样年轻的男子，却是一身黑色西装，右手拎着一个笔记本包。再往面上看去，亦是同样的刚毅之色。

他的身边，是一个长相颇为甜美的女孩子，一身黑色的职业装，黑色西装，黑色短裙，黑色的尖头皮鞋；她头发扎在脑后，显得清爽干练；她的左肩挎着一个黑色的小包，似乎是微型投影仪之类的东西。

我还在出神之间，许褚已经迎了上去："好啊，海峰。"

那个白色西装的年轻男子，见到许褚，呵呵一笑，紧走两步："好啊，许褚。"

"嗯，这位是张趣来，这位是胡文娜，哪来哪去的两位掌柜的。就是他们策划组织的此次沙龙，找到了我，我就举荐了你过来主讲。"许褚笑着，向杨海峰用手指了一下我和胡文娜。

"好啊，趣来。"

"好啊，文娜。"

"好，我们边走边说吧。"说着，许褚右手做了个这边请走的姿势。

"好的。"

于是，一干人，向哪来哪去走去。

"嗯，你这是刚从青岛过来的吧？"

"可不是嘛，本来昨天上午还在重庆的，因为惦记着你的这场沙龙，于是下午就坐飞机早早地赶回青岛了，略略收整了一番，今天中午就驱车朝这儿赶。"

我这才明白，原来杨海峰为了这场沙龙，临时改变了很多的行程安排，当下心中有点过意不去了："海峰哥，早知道这样，我们就不麻烦你了，我们再另外想办法就是。"

杨海峰闻听此言，哈哈一笑："趣来，这就是你见外了，我和许褚，几时这样客气了？说实话，虽然一直辗转于各个城市高校，作巡回演讲什么的，不过，这雁坛市，我还是第一次来。早就听许褚说，雁坛的海很美，不知道这次有没时间去看看。"

"是啊，"我点头笑笑，"他们都说，中国有四个城市，可以看海，一个是青岛，一个是威海，一个是雁坛，还有一个是大连，都是让人流连忘返、美不胜收的海滨城市。”

“呵呵，青岛和大连的海，我去看过，威海和雁坛就没有看过了。”杨海峰笑着说道。

“那这次可以的话，在雁坛多住几天，去海边走走看看，也不枉来这一场了啊。”胡文娜笑道。

“唉，我也是想哪，可却是，树欲静而风不止啊，今晚做完这场沙龙，还要赶回青岛，明天公司还有事情安排。”杨海峰略略一笑，“以后再有时间的话，一定过来看海。对了，许褚还跟我提起说，你们的奶茶很好喝，等会儿可一定要好好尝尝。”

走进哪来哪去，官书记、猴子、橙子、方片七、板牙、赵小梅、赵可欣、李佳一、卢小樱、夏培、王璇、苏笑笑、于雯静、陈靓、周家扬一干人早已等待多时了。

此时，哪来哪去已收整成了另外一番模样，原本路两边的桌子、柜台，已堆到一个角落。

七十平米的咖啡屋，经过这一番收整，腾出了大约四十多平米的一块空场。然后，围绕了一圈的凳子，并在几个凳子前，放置了几张桌子，以供搁放奶茶或咖啡。

杨海峰看到这个情形，略略笑了一下："趣来，等会儿我想给大家演示一个大学四年生涯规划的PPT，我带来了投影仪和幕布，你看可以吗?”

“好啊，好啊，我们马上挂一下幕布就是了。”我忙不迭地点头，同时招呼身边的猴子、板牙来帮忙。

“你们这咖啡屋风格，装饰得很有味道啊。”杨海峰左右环顾了一圈四周的墙壁。上面是我们最初确立的七种独立风格的画面，有米老鼠、喜羊羊，有几米漫画，有抽象图案，有自然风光，有三角形、正方形、菱形，有大海、海鸥、帆船，还有重金属渲染。

我笑了一下："最初的时候，我们七个人每人都提出了不同的风格装饰，争论纷纷，仍无法达成一致。于是，索性就每人一块自留地，按照

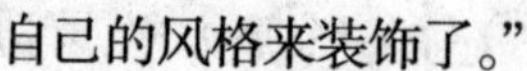

自己的风格来装饰了。”

杨海峰笑着点点头：“很有创意。”

这时，胡文娜端来了奶茶，我双手捧着递给了海峰一杯，又递给了许褚一杯。

闲谈中，我才知道，许褚和杨海峰这是第三次见面，第一次见面，是在火车上。第二次，是放假的时候，途经青岛，顺便去听了他的一场讲座，也就仅仅两个多小时便匆匆别过了。之后，一直都是电话和邮件进行联系。

这让我更是佩服许褚，只是见过两次面，却已似神交多年，这或许，就是许褚口中的缘分吧。

谈话的过程，充满了睿智和欢笑。

我才感觉到，什么叫“物以类聚，人以群分”。

然后，六点半的时候，陆陆续续有人推门进来了。

先是三三两两，后来是五个、六个的，一来就是一个宿舍的人。

而且，百分之七十以上，都是大一新生。

他们都是看了我们贴在宣传栏里的海报才来的。

上面用大字醒目地写着：“一场主题关于‘大学该怎么奋斗、大学四年生涯该怎么规划’的沙龙。”

学校里有七个宣传栏，我们贴了其中的五个。

并且，是官书记、方片七、卢小樱、胡文娜、我，一人手写了一张，贴上去的。

没想到，却让哪来哪去在六点半到六点四十，仅仅的十分钟，就挤满了人。

原本只放了三十二个座位，却不想，六点四十的时候，就来了五十多个人。我们只得再添座位。

而人，还在陆陆续续地不断进来。

猴子抱怨了：“早知道这个样子的话，僧多粥少，我们就该收门票的。”

板牙更正道：“是狼多肉少。”

"怎么狼多肉少了？你看这屋里百分之七十以上都是女孩子啊。"

时间，嘀嘀嗒嗒的，一秒一秒地走动着。

人，越聚越多。

似乎每一秒钟，都有人，从四面八方，涌入哪来哪去。

这让我和胡文娜，最后，索性不去理会新进的人群了。愿意席地而坐，就席地而坐，不愿意的话，就站在那儿好了。

这绝对是哪来哪去前无古人的一次大规模人员聚集。

空气愈加地凝重了。

每个人都静静地等待着，七点钟的时候，一触即发。

六点五十的时候，咖啡屋里，已经是人挤人，背贴背，插脚都难了。

看这情形，我和胡文娜、官书记略一商量，把猴子、橙子、板牙喊了过来，嘱咐三个人在门外站岗警戒，告诉后来的人群，屋里已经没有空地了，让他们不要再进来了。

于是，猴子、橙子、板牙神色匆匆地从人群中挤了出去。

这时，听见外面一阵嘈杂声，似乎，有人吵了起来，之间好像还夹杂着板牙的声音。

我怔了一下。

"喂，就进去看一下又怎么了嘛。你们海报上不是还说，欢迎我们来的吗？怎么现在又不让我们进去了？"

"我们不是来参加这个沙龙的，我们是为了看看那位传说中的年轻董事长。"

时间，像个踽踽独步的老人，佝偻着背，每走一步，都要用手里的手杖，重重地撞击一下地面。

"咚——咚——咚——"

这是后来，方片七的感慨。

那一声声的"咚咚咚"声，不是撞击地面的声音，而是撞击在了现场一百二十多个人的心上。

七点整的那一刻，沙龙开场了。

首先是胡文娜的开场白："亲爱的各位朋友，各位来宾，非常感谢大家能在百忙之中，抽时间参加哪来哪去的这场聚会沙龙。我叫胡文娜，是这次沙龙的主持人。我们的沙龙分为两个部分，第一部分，我们有幸请到了水月流萤文化传播公司的董事长杨海峰，来给我们大家作主题为'大学该怎么奋斗和大学四年该怎么规划度过'的演讲。第二部分，是现场提问的阶段，有关于大学规划方面不明白问题的朋友，可以向我们的嘉宾直接提问。

"好了，下面我们把时间，交给我们今晚的第一位特邀嘉宾——许褚，请他来给我们讲几句话。"

说着，胡文娜冲许褚笑了一下，做了个请的姿势，同时，把手中的话筒递给了许褚。

许褚笑容满面地接过话筒，走上前台："各位朋友，各位来宾，大家晚上好。刚才胡文娜提到我的时候，还提到了一个词语——特邀嘉宾。对于这个词，我实在是愧不敢当啊。我想，今晚我们的焦点，只有一个人，那就是我们盛情相邀的，水月流萤文化传播公司的董事长杨海峰。"

说到这里，许褚顿了一下："关于杨海峰，可能现场各位，很多人都没大听过，不过，我说一篇文章，在座的各位，肯定有人看过。那就是曾经在网上传得沸沸扬扬的一篇文章——《一位年轻董事长给大学生的三十个忠告》。"

果然，这一语既出，引来哗声一片。

"原来是他。"

"我看过这篇文章呢，当时是在我一个朋友的空间里看到的，我当时还转载了呢。"

"我也看过啊，好像是在天涯论坛。"

"我在新浪、网易、搜狐、猫扑和Chinaren都看过呢。"

"我的空间里也转载了这篇文章呢。"

一时间，议论纷纷。

不仅现场这些人惊讶，我几乎也是张大了嘴。因为，这篇文章，我在官书记的空间里，就曾经看到过。

后来，猴子、板牙每人转载了一遍。

我这才意识到，为什么刚才在门外，其中的一个女生叫嚷着，我们是为了看看那位传说中的年轻董事长。

许褚似乎已料到了现场的这种情形："这篇文章，被各大网站、论坛竞相转载。还有人专门把它打印了下来，贴在床头，以示警醒。所以，在业间，曾流传着这么一句话：杨海峰接下来会有多红，百度、谷歌一下《一位年轻董事长给大学生的三十个忠告》，就知道了。"

我张大了嘴，怔怔地站在那儿。

转头看官书记、猴子、橙子、方片七、板牙他们，只见每个人眼中都闪烁着同样的惊喜。尤其官书记，那都不能叫兴奋了，简直亢奋到了一种不能自拔的地步。

我想此刻，他心里肯定大叫：天哪，天哪，太意外了。

"好了，我们把时间留给我们今天的主角——传说中的那位年轻董事长，来自于水月流萤文化传播公司的大当家——杨海峰。"

许褚的声音，带着几分难以抑制的颤抖。他的心情同现场的每一个人一样，激动、兴奋。

一首激情澎湃的《The mass》，瞬间响彻了咖啡屋的整个角落。

"轰——"雷鸣般的掌声，澎湃如潮，似乎要冲出屋顶，直上云霄。

尖叫声，口哨声，顿时淹没了整个咖啡屋。

此时的哪来哪去，成了一个狂欢的舞台。

我站在那儿，说不清为什么，竟而有种想哭的冲动。

我清晰地感觉到，自己仿佛来到了塞外边疆，明月当空，映得地面恍如白昼。风，秫秫猎猎地，吹落千年的恩怨，吹散千年的积淀。一千年前，自己纵横沙场，信马由缰，攻城略池，势不可挡，一千年后，同样地还是这一寸风，一束沙。只是，倏忽间，已而千年。

是感慨物是人非？还是喟叹造物弄人？

惊呼声中，杨海峰已经登场了。

他没有拿话筒，而是戴着一个随身耳麦，只见他一言不发，目光掠过全场。

24.轰动全校的一场沙龙（下）

有时候，一分钟很长。

有时候，一分钟又很短。

这是几米漫画中的一句话。

此刻，拿来放在这儿，却是再贴切不过了。

当杨海峰的演讲结束，碧昂斯的《光芒》响彻整个哪来哪去的时候，人群又一次沸腾了。

每个人都清醒了。

醍醐灌顶一样，清醒了。

我呆呆地站在场中，不经意间，已而泪流满面。

泪眼婆娑中，仿佛有一束光芒，从天而降，直直地照耀在了我身上，我仰起头，伸开双臂，那一刻，整个人，穿越了时空，穿越了生死，穿越了千年恩怨，穿越了历史沉淀，飞向了宇宙，那束光芒起源的地方，那里，才应该是我魂牵梦萦的家乡吧。

不知过了多久，我感觉身边有人在扯我的衣角，转过头，才发现是胡文娜，只见她脸上也挂着尚未干涸的泪痕。

她轻轻地攥住了我的手，我也握紧了她的手。

胡文娜向我努了努嘴，我转过头，才发现，许褚竟而也跟我和胡文娜一样，泪流满面。

杨海峰走过去，递过去一张面巾纸："其实，想和你好好聊一次的。"

许褚咬着嘴唇，无力地摇了摇头："这次还是算了吧，知道了，我们从来就不曾孤独过，就可以了。"

这时，几个女孩子跑过来，找杨海峰要签名了。

于是，顷刻之间，散开的人群，又都围聚了上来。

她们才想起来，要找杨海峰要签名的。

杨海峰被围得水泄不通。

“海峰哥，给我写一个。”

“我也要一个。”

“别挤，别挤，先签完我的这一个。”

“海峰哥什么时候再来我们学校啊？能到我们礼堂去作场演讲吗？”

被围在外面的那些女孩子，则很是急切不安的样子：“你们什么时候才能签完啊？”

我和许褚站在人群外面，脸上挂着笑意，静静地看着，都是同样的笑而不语。

我们两个人，也都是发自内心地高兴。

25.官书记的爱情

有些人，上天安排好了，注定要出现的。

后来，我才知道，原来，在那场沙龙中，收获最大的，除了许褚、我、胡文娜之外，还有一个人，官书记。

我的收获，是来自于内心深处的触动。自那场沙龙之后，那个飞向光芒的画面，在我脑海中，又闪现了好几次。我说给胡文娜听的时候，她也说不出为什么。她说自己当时在现场的时候，也有类似的感觉。

胡文娜的收获，除了那一份来自内心深处的触动外，还有一句话，是杨海峰在拉开车门时说的：“你们要不要把这场沙龙办成一个长期、固定的活动？”

当时胡文娜愣了一下：“长期、固定？”

“嗯，”杨海峰点点头，“我这边认识雁坛市的一些经理老总，你们要是想把这个沙龙长期固定地搞下去的话，我可以帮你们联系那些经理老总。另外，也可以邀请一些你们学校的老师或学生，老师的话，找退休的老教授，他们会很高兴分享自己的成果的；学生的话，可以找有知名度或有影响力或有思想的人，比如可以找找学生会的一些人，找找在校期间，就有创业经历的一些人，找找策划组织过一些大型活动的人。”

杨海峰的话，听得我和胡文娜当时就眼前一亮。是啊，我们还可以把这个沙龙长期、固定地做下去呢，做成哪来哪去的一个特色。

我和胡文娜又是千恩万谢一番。

然后，和许褚一起，目送着白色捷达车，缓缓消失在视线中。

这次的沙龙，算是告一个段落了。

每个人心头，俱是一阵的轻松。

这三天以来，为了这场沙龙，每个人都忙里忙外的，准备了很多。

不过，从最后的结果和反响来看，这些的辛苦忙碌，是完全值得的。

嗯，再来说下官书记吧。

当沙龙结束了，人也逐渐退去后，猴子、橙子、板牙、方片七都在忙着打扫屋子，并把桌椅板凳，搬回原位的时候，每个人都发现，少了一个人。

官书记不见了。

起初的时候，我们以为他去厕所了，谁都没有在意。

猴子自告奋勇地说是去找找官书记，发现他迷路的话，就把他领回来。

结果，猴子刚出去了不到两分钟，就急匆匆地跑回来了，脸上带着不可琢磨的惊喜："你们猜，官书记在干吗？

板牙嘿嘿笑着："瞧你那得意劲，不会是官书记知道我们几个人下午没吃饭，帮我们捎饭回来了吧？"

猴子白了板牙一眼："就知道吃，这种场合，你就不能正经一点？你平时的歪点子都哪儿去了？"

板牙还没反应过来，橙子先说话了："不会是官书记掉沟里了吧？"

猴子又瞪了橙子一眼："不是掉沟里，是掉河里啦。"

"掉河里了？我们这只有海啊，哪有河？"板牙不明就里地问道。

"方片七，你给这个榆木疙瘩解释吧。"猴子没好气地瞪了一眼板牙。

“笨啊你，官书记是坠入爱河了。”方片七嘿嘿笑了一下。

“坠入爱河?”板牙、橙子几乎同时脱口而出。

“低调，低调，这事咱们回宿舍，再刨根究底，现在先打扫卫生。”猴子说着，示意几个人赶快动手干活。

果然，官书记是最后一个回到宿舍的，一直拖延到了十点半多，才回去。

推开宿舍的门，官书记就发现气氛不对。橙子没有像往常一样，坐在电脑前玩游戏，猴子和方片七也没有像往常一样，坐在电脑前看电影，板牙更没有像往常一样，回来后就倚着墙，晃动着大脚丫子，摆弄他的手机。

而是所有的人，都屏声敛气、戒备森严的样子，仿佛两军即将交锋，现在正处于对峙时期。

“怎么啦?”官书记见状，略略一惊。

“嘘，别出声。”橙子做了一个噤声的手势。

“有杀气。”板牙又搬出了他经典的一句。

“什么杀气?”方片七从鼻子里哼了一声，“板牙，这几天，你感冒了，鼻子不大利索了吧?分明是一种胭脂气嘛。隔着这么远，我都闻到了。”

“官书记——”猴子拉长了声音。

“老实招来，”我把眼一瞪，“今晚去哪儿了?”

“噢，你们说的这个啊。”官书记恍然明白过来似的，点点头，蓦地，伸长了脖子，“你们说的啥意思?我咋听不懂呢?”

“官运辉，坦白从宽，抗拒从严，铁证如山，还容得你狡辩不成?”橙子正色道。

“我感动天，感动地，怎么感动不了你?”猴子扯着嗓子号叫起来。

“好了，好了，猴子，我怕你了，你别号了，我招，我全都招。你们想知道什么，尽管问就是了。”官书记做了个痛哭流涕表情。

“官书记，你说这事咋办?给个说法吧，要不要你给我们每人明天早上煮两个红鸡蛋，哥儿几个揣着去教室啊?也算是给大家一个交代了。”橙子笑着道。

"什么交代啊?"猴子不明白了。

"傻啊你，你们猴子部落，生小猴子的时候，不挨家挨户地送红鸡蛋吗?"方片七也觉得猴子多问了。

"噢，我明白了。"猴子点点头，这回倒没有恼，"敢情官书记是一马绝尘，哥儿几个都望其项背啊。"

"哇，猴子，你啥时候，进化速度这么快了，一连用了两个成语，你他妈的，真不是一只简单的猴子，简直就他妈的是一猴精啊。"板牙吧唧了几下嘴。

"板牙，我只听过有狐狸精，真的还有猴精的吗?"橙子问道。

"这个问官书记呗，他今天这么晚回来，应该就是去研究这个课题了。"方片七看几个人又把话题扯远了，赶紧往回拽。

"嗯，官书记，你研究得这么晚才回来，得出了个什么结论啊?"我又往炉灶里添了把火。

"噢，你们说的这个啊，我还真研究出了个结果，经过我这二十多年如一日的不懈努力和夜以继日的孜孜不倦，我发现，不仅吃西瓜吐西瓜子，吃葡萄吐葡萄子，吃石榴还要吐石榴子。把这一重大发现公布出来的话，肯定会引起世界性的恐慌。所以，这事，最好，咱们还是先保密一下。"

"靠，你怎么不说吃樱桃还要吐樱桃子，吃山楂还要吐山楂子，吃辣椒吐辣椒子。"猴子瞪着官书记。

"那叫樱桃核、山楂核，对了，好端端的，你吃辣椒干吗啊?"橙子问道。

"我被官书记气的，他太令人失望，太让人上火了。"

"吃辣椒的话，更容易上火啊。"

"没事，火大了的话，正好给官书记借点啊，他现在应该正嫌自己身上，爱情火花太小呢，想想也是，擦着了才多大一会儿啊?"我怕是猴子又要转话题，再次把焦点拉到了官书记身上。

果然，所有的人，把目光又一次都聚焦到了官书记身上。

"猴子，笔墨伺候。"

"好。"

“我要让官书记这份忠贞不渝的爱情，千古流传，成为绝响。凡有井水之处，便要有人来传唱。”

“嘛——”

下面，是官书记的娓娓道来：

“散场的时候，瞅见了她，看她要走，我就追了出去，一问才得知，她陪朋友来的，问她名字，她说叫虞梦瑶，要了她电话，我就回来了。”

“就这么多?”

“嗯，就这么多。”

与此同时，方片七飞快地在纸上写道：

“散场时，瞅见爱，她要走，我紧随，追问之，陪友来，问名字，虞梦瑶，说电话，放她走，归来后，仰天笑，苍天啊，大地啊，狼终于，入室啦。”

“鉴定完毕，情况属实。”

接着，我们六个人，除了官书记，一人在上面摁了一个指印。

26.哪来哪去的奖券

谁瞅到了谁眼中的忧伤，谁瞥见了谁心中的苍凉?

我守望着我的爱情，犹如一个守夜的老人，在夜深人静的时候，敲着没有来由的寂寞的梆。一声一声，一声一声，溅起了一地的落寞。

这是猴子看到官书记也瞅见了擦天而过的那颗名为幸福的流星，且死命拽紧了流星的尾巴时，发出的一句方片七式感慨。

这话被方片七听见了，方片七拍拍猴子的肩膀：“不行啊，老弟，你功力还太浅，你听听我这句：我知道这个世界遗弃了我，可是，我还是想要让自己表现得像是个孤傲的王子，让他们触及不到我内心的荒凉。那儿，只有我自己知道，已经，杂草丛生，瓦砾遍横。”

这句话，成了猴子后来，写到个性签名里的一句话。

板牙看到了，咕哝了一句：“有个诗人在宿舍里，哥儿几个的文化层次，就他妈的噌噌地跟雨后春笋一样，水涨船高了。”

橙子对板牙的这句咕哝，又发表了不同的意见：“应该是有个诗人在宿舍里，哥儿几个的文化层次，就他妈的跟吃了大补丸一样，看谁不爽，就吹胡子、瞪眼睛，拍桌子、砸凳子，然后，药效过了，撂下句酸溜溜的小诗，灰溜溜地走人了。”

众人的哄笑声中，国庆七天长假拉开了序幕。

走出校门，就是各个商家的杀声震天，降价啊，促销啊，折扣啊，返现啊，宿舍几个人却依然是不闻不问，泰然自若。

方片七和李佳一，每天继续去海边寻找灵感，吟诵他那酸溜溜的小诗；板牙和卢小樱则大多时候，安静地坐在哪来哪去的一隅，下他们的五子棋，然后赌注谁输了的话，谁去买下午饭；橙子则要么在宿舍里玩电脑游戏，要么由赵可欣拿着衣服，自己在球场上挥汗如雨；官书记呢，则和虞梦瑶，每天从初晨朝阳踱步到黄昏夕阳，再从月上柳梢踱步到漫天星辰。这让我们宿舍其他几个人很是好奇，问官书记去哪儿了，官书记则是神秘地一笑：“星光大道。”我们就哦哦起来：“官书记在挽着人家虞梦瑶，练习走红地毯呢。”

这个“十一”长假，对我个人来说，不能不算是个考验，每天早上六点半起床，洗漱一番后，就匆匆忙忙地去食堂买好两份早饭赶往哪来哪去。我要保证在七点半之前，把咖啡屋里的桌椅板凳都擦抹一番，并扫地、倒垃圾、拖地，一连贯的动作，一气呵成。然后，就开始坐在柜台那儿核对前一天的账目了。这比起暑假的时候，整整提前了一个小时。

而一般都是在八点左右，胡文娜才睡眼惺忪地，推门到咖啡屋。懒懒地向我打个招呼，便从微波炉里取出我买的早饭，吃起来。然后，喋喋抱怨一番，好不容易有个“十一”假期，还弄得自己睡也睡不安，吃也吃不好。我则要在旁边，小心翼翼地赔着笑容，安慰她一番。

胡文娜的小性子，是彻底地在暑假里被我给培养出来了。稍有不满，就一瞪眼：“趣来，你说，这怎么回事?”

我则要一脸委屈，一脸无辜地小心解释。

不过，胡文娜的乖戾霸道，猴子、橙子、板牙、方片七、官书记，是一点也觉察不到的。

用他们的话说："趣来，前世五百次地回眸，才换来今生的擦肩而过，我看你前世是棵歪脖子树吧，目光一刻不停地落在胡文娜身上，不然，她怎么会落入你的魔爪？"

然后，就是一阵附和："就是，就是，瞧趣来那副小人得志的样，还真不知道用了什么下三滥的手段，骗人家上了贼船。唉，可怜人家多好的姑娘啊，一念之差，便跌入深渊，万劫不复了啊。真个叫人心寒，典型的遇人不淑哪。"

我就唔唔的说不出话来了。

我就这么想了，张趣来，你就知足吧，胡文娜是个多好的女孩子啊，只是被你宠的，有点小懒散，有点小霸道，有点小乖戾，有点小脾气，有点小不讲理，有点小不懂事，有点小不温柔，有点小不贤淑，有点小不乖巧，有点小不可爱，有点小不婉约，有点小不娇羞，有点小不安静，有点小不甜美，有点小不体贴人，有点小不关心人，有点小孩子气，有点小女生气，就这么多了，你就不能容忍一下啊？

是啊，是啊，这些，我都容忍不下，我不太苛刻了吗？我也开始为胡文娜愤愤不平了，俗话说，这长相中，一白遮三丑，那么，这感情中，则是，一爱挡百怨。胡文娜是多么地爱你啊，你又是多么地深爱着胡文娜，相比你的那点小怨言、小付出，你又有什么不满、不平的呢？

然后，心中另一个我，就站出来了，谁抱怨了？谁不满了？谁不平了？对于胡文娜，我一直都是情比金坚，爱比荼蘼，此情此爱，皇天后土，日月可鉴。你这么说，太侮辱人了。

这样一番的争斗，我就更坚定了自己的信念、决心，一心一意地去爱胡文娜，爱得尽心尽力，爱得彻心彻腑，如果真有天荒地老、海枯石烂的那一天，就宠她到天荒地老、海枯石烂的那一天，决不决不食言。

当然，这番话，我是没有讲给胡文娜听的。

这样赤裸直白的话，我是说不出口的，用方片七的话，要进行一下艺术加工才行。嗯，具体的怎么艺术加工，还是找方片七商酌吧。

再来岔开点话题。

说说哪来哪去的沙龙。

我和胡文娜把杨海峰的提议，回去跟大家商量了，得到了几个人的一致通过。

大家都坚信不疑一点，我们有了一个辉煌灿烂的开始，就会有一个辉煌灿烂的将来。

对于怎么举办接下来的沙龙，方片七出主意了："不如，我们332宿舍的六个人，每人负责一次，从官书记开始，然后是猴子、橙子、板牙、我、趣来，你们几个女孩子，作为我们的助手，帮我们负责宣传、联络及主持工作。"

方片七的这个建议得到了大家的一致叫好。

于是，事情就这样定下来了。

我们还固定了一个时间，就是每个周五晚上七点到九点，为我们的沙龙时间。

然后，在这个阶段，哪来哪去不对外营业。

后来，我们又在猴子的提议下，仿照亚瑟王的十二圆桌骑士，将部分时间的沙龙改成了类似圆桌会议的——哪来哪去圆桌论坛，每个月的月初举办一次，时间、地点不变，每次出席人员都不固定，固定的仅是十二席座位。我们332宿舍，占三席。而胡文娜、卢小樱、李佳一、夏培和她的宿舍共占两席。

席间，我们请了学生会、社团中的很多学校里很有知名度、影响力的学生，还有退休教授，以及社会中的很多上层名流参与，有企业的经理，有白领上班族，有毕业了两三年的自主创业的大学生，有做传统制造的，有做金融保险的，有做企划营销的。有一次，我们甚至请到了市工商局的人，给大家分析讨论大学生自主创业的现状；还有一次，我们请到了市文化局的人，给大家聊谈当今社会的文化现状。

我们多亏了杨海峰的大力帮助，他不仅帮我们四处联系这些经理老总，还积极地帮我们思考策划每次的聚会沙龙或圆桌论坛的主题。并且，他在一开始，就给我们描绘了一个可以看得见的辉煌灿烂的前景——把这个聚会沙龙、圆桌论坛，做成一种荣耀和象征，让每一个参与其中的人，都觉得备受推崇，深感荣幸。

于是，每一次邀请的嘉宾，我们都是要发出邀请函及请柬。

我们在努力，让每一个收到邀请函及请柬的人，当时都会毫不迟疑地推开身边其他的事情，而来参与我们的聚会沙龙、圆桌论坛。

这一点，后来事实证明，我们确实做到了。

在332宿舍的团结一心和倾力投入下，哪来哪去每周五晚七点的聚会沙龙，成了让整个学校所有人都趋之若鹜、人头攒动的焦点。

不仅只有学生知道它，连很多学院的院长甚至校长，都知道了，并且，我们还请到了几个学院的院长，成为聚会沙龙中的座上嘉宾，比如胡文娜他们的建筑学院，还有外语学院、人文学院等。

而席间的谈论内容，更是涉猎广泛，如文学艺术，政治科学，历史镜头，娱乐电影，投资理财，互联网纷争，旅行感悟，美食天下等等。

大家一边呷着各自喜欢的饮料，奶茶或咖啡，一边欣赏着典雅的音乐，有时候是《汉宫秋月》、《高山流水》、《渔樵问答》、《苏武牧羊》这种，有时候是巴赫、贝多芬、莫扎特、舒伯特这种，一边就共同感兴趣的各种问题各抒己见，畅谈无束。

每一次，都是一次思维盛宴。

让我们每个参与聚会沙龙或圆桌论坛的人，都收获很多。比如，大学规划、就业现状、应聘求职、商务礼仪、自主创业等。

而方片七负责的那次沙龙，他邀请了雁坛市作家协会以及本校和周边几所高校的文学社社长，一同畅聊文学、诗歌，让他个人，很是得意洋洋了一阵子。

而我负责的那一次，我和胡文娜一起邀请了社会上的三位企业老总、两位市场部经理以及两位保险公司的销售精英，并且其中一位还参加过保险行业的百万圆桌会议，而行业更是涉猎到了服装、餐饮、建筑、酒水、家居、金融、互联网，然后，请他们给大家分享一些创业过程中的心得感悟和对我们的建议忠告。

那次的沙龙，可以说是相当成功，而邀请的学校里的人员，阵容亦是同样强大。

除了猴子和方片七因有事没能参加之外，官书记、橙子、板牙、卢小樱、虞梦瑶，悉数参加了，还有我们学校最大的两个社团——未来光芒创业协会会长和超越外文社的社长、我们学校手机卡和英语报方面的总代理负责人，以及校广播站站长、校艺术团团长、校学生会外联部部长和校社联主席。

这使得“哪来哪去”这四个字，在校园的名气是如日中天。成了很多人经常挂在嘴边的一个词语，哪来哪去亦成了他们经常光顾的一个地方。

尤其每周五，从上午开门的伊始，就有人络绎不绝地推门而入，然后追问：“你们今晚的沙龙我可以来参加吗?”

这时候，胡文娜就笑：“我们的邀请函及请柬已经发出去了。”

再后来，问的人，多了，失望的人，也多了。

胡文娜担心这样下去，影响了咖啡屋的上座率，就又把官书记、猴子、橙子、方片七、板牙、卢小樱、我，喊到一起。经过商量，我们作出了决定，每周五的沙龙，空出三个座位，给这些关心沙龙，同样想要参与其中，但是，却没有资格获得邀请函或请柬的人。而圆桌论坛，则空出两席，给他们，我们332宿舍的三席座位，削减为两席。

我们想到的办法，是买一杯奶茶或咖啡，就可以到我们这儿来领取一张奖券，然后，刮开之后，看看有没有中奖，中奖了的话，则凭借奖券，就可以来参加我们每个周五的聚会沙龙或圆桌论坛了。

在奖券是否可以转让的问题上达成共识之后，官书记开始根据我们每个周的营业额，推算中奖率为多少。按照上个月的经验，我们平均每天能卖出大约两百多杯的奶茶或咖啡，这样的话，一个星期，大约能卖出近一千五百杯。

而我们每周，最多只有三个名额。如果举办圆桌论坛的话，则只有两个。

这样的话，最多的时候，中奖率也才仅仅是，一千五除以三，也就是说五百杯咖啡中，才能诞生一个名额，中奖率还不足百分之零点二。

数据出来后，几个人都是面面相觑。

谁都没有想到，中奖率竟然这么的低。

这要是公布出去的话，委实是很打击人自信心的。

这时，卢小樱又有提议了："不如这样子吧，我们还有一种中奖，中奖率高一点，比如，为百分之五，中奖的人，可以免费再获得一杯奶茶或咖啡。"

卢小樱的提议，得到了几个人的一致叫好。

经过几个人的一番商量，大家决定公布的官方数字，综合中奖率分别为百分之零点一七和百分之五。

并且我们假设，如果这个周的奶茶和咖啡畅销了，卖出了两千多杯，有四个人同时中奖了，那么，依照先后顺序，就把第四个中奖者，放在下个周的沙龙中，算是一种提前预定。

当全校的人，得知凭借奖券也能参加哪来哪去每周五的聚会沙龙或圆桌论坛时，人群向潮水一般，从四面八方涌来。

于是，瞬间，哪来哪去变得人声鼎沸。

当天，就创下了哪来哪去历史营业额以来的最高值，一共卖出了七百二十六杯的奶茶和咖啡。

这不仅让我和胡文娜诧然不已，而且，官书记、猴子、橙子、板牙、方片七、卢小樱也是惊异万分。

结算了一下成本，扣除房租和水电以及原材料的成本，当天我们竟然盈利过千了。

每个人都是笑逐颜开，然后，胡文娜和我决定犒劳一下大家，于是，晚上的时候，我们买回了很多的饭菜，各种的热炒和冷拼，摆满了整整的两张桌子。然后，猴子又去拎回来了两提啤酒，于是，一阵吆三喝五中，我们整个332宿舍，除了官书记之外，我们每个人都喝得东倒西歪，醉醺醺地回了宿舍，倒头便一觉睡到了第二天八点多。

让我们没想到的是，第二天的营业额，在第一天的基础上，直接蹿到了九百杯。原来，第一天的时候，还没有很多人知道我们有奖券的消息，当天晚上，有人中奖了，然后，回宿舍一说，便传开了。

于是，人，又纷至沓来。

甚至，还有人专门跑到哪来哪去问："你们的奶茶能像牛奶那样，每天晚上往宿舍里送吗?"

这让胡文娜有点哭笑不得:"这个啊,我们考虑一下。"

第三天的营业额,依然保持在了八百五十杯。

这样的销量,直到半个月后,才缓慢地降落到了五百杯,且一直在五百五十杯左右徘徊着。

而在那一个星期里,我们一共卖出了五千多杯奶茶和咖啡。

这差不多和之前一个月的销量相当了。

而再和暑假比较一下的话,暑假的那两个月,一共才卖出了七百杯的奶茶。

这让我大为感慨,这恐怕就是营销吧。

于是,我们每个人的生活,开始忙碌、充实了起来,每个人脸上都是同样的兴致盎然,且乐此不疲。

27.一场奶茶纷争(上)

当哪来哪去的奶茶和咖啡,卖得如火如荼的时候,猴子火急火燎地跑来了:"趣来,咱们学校又新开了一家奶茶店。"

"什么?又开了一家奶茶店?"我愣了一下。

"是啊,名字叫做'三味奶茶屋'。"

"三味奶茶屋?"

"是啊,他们的口味比较单调,只有三个口味的奶茶,一个是原味的,一个是香草味的,一个是巧克力味的。不过,他们的奶茶实行永久性免费地买一送一,价格和我们的一样,都是两块钱一杯。"

"永久性免费地买一送一?"我愣了一下,"他们真这么说了?"

"他们的店铺上写着呢。"猴子点点头,很是确定的样子。

"他们的店在哪儿?距离哪来哪去远吗?"我又问道。

"不远,距离咱们的咖啡屋不到五十米吧。"猴子点了下头。

"哪家店门头换了啊?是那家书店吗?"我不解了,在我印象中,最近咖啡屋周围没有出现什么大的店面变更。

“噢，就是那家‘学子复印店’，他把店铺隔开了，然后，把前台用来卖奶茶。”

“啊?!”我愣了一下，“那它地方有多大?”

“应该大约五六平米吧，也就只有一个窗口。”猴子点点头。

“不是吧？五六平米？也就是说，他们没有座位能坐了?”

“当然没有啊，那么小的空间，一个人在里面刚好，两个人就很勉强了。”猴子龇了下牙，“有买奶茶的，直接把钱递过去，取了奶茶，然后就走。”

“他们什么时候开业的？我怎么不知道？昨天下午，经过那儿，我好像都没见到啊。”

“是刚刚开业，大约有一个来小时吧。今天是他们试营业，只需要两块钱，就能买三杯奶茶，相当于买一送二了。”猴子无奈地摇了下头，“刚才经过那儿的时候，只见队伍排得好长，大约有二三十个人，都在那儿排队呢。”

“啊？怎么那么多人?”

“价格便宜呗。我还看见咱们隔壁宿舍的钱志斌和他女朋友也在那儿排队呢。”猴子说着，叹了口气。

“别急，我们自己先不要乱了阵脚。咱们把官书记、橙子、板牙、方片七、卢小樱、胡文娜都喊一下，一块商量个对策。”我说着，拔脚就往宿舍外面走。

“等我一下。”猴子说着，追了上来。

“你自己快点。”我头也不回就噔噔地下楼了。

“喂，你去哪儿?”

“哪来哪去。”

“官书记和橙子在那儿。胡文娜不在，上午的时候，她说陪朋友去趟市区，中午才能回来。”

“好的，我知道了。”

“我们要现在给胡文娜打电话吗?”

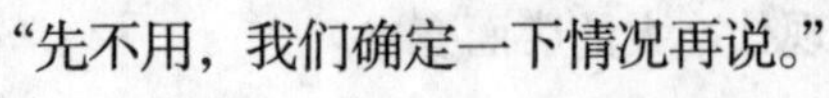

“先不用，我们确定一下情况再说。”

“怎么确定？”

“路过那儿的时候，瞅一眼不就知道了吗？你傻啊你，刚才关门的时候，脑袋被门挤了吧，反应这么迟钝？”

说着，出了宿舍楼。

原本从宿舍楼到哪来哪去，需要走十分钟的路程，我觉得这一次，自己连五分钟也不到，就能到哪来哪去了。

果然，距离哪来哪去还有二三百米的距离的时候，我就远远看到了，在学子复印店门前，排着长长的队伍。

我愣了愣，身后的猴子紧跑几步，跟了上来：“趣来，我说的没错吧。刚才排队的人，还没这么多呢。”

“嗯。”我点了下头。

再往前走近了一些，就看到三三两两的学生，手里拿着奶茶，说说笑笑的，走了过来。

我皱了皱眉，他们的这一招价格战，果然收效不错。

再走得更近了一些，我看到更多的人，手中拿着奶茶说笑着，一路走来。而那条长长的队伍，则是丝毫不见减短，似乎，每一时刻，都有人补上去。

距离那条队伍，还有三四十米的时候，我停住了脚步。

见我停下脚步，没有直接拐进哪来哪去，猴子问了一句：“你要过去看一下吗？”

“不要。”说完，我一转身，大步来到哪来哪去门前，推开门，直接迈了进去。

只见此时的哪来哪去，七十平米的偌大咖啡屋，竟然只剩下了官书记、橙子两个人，更显得冷清至极。

换了前几天，这个时候，上午十点，至少应该有十几个人在的，而放在周六的话，三十六个座位，则肯定都要满满的了。

见我突然进来，官书记和橙子愣了一下，随后反应了过来：“趣来，你来啦。”

官书记说着，站起身，艰难地从脸上挤出一丝笑意。

我努力地笑了一下："嗯。"张了张嘴，才发现，自己竟然不知道接下来该说什么了。

官书记见我的表情，走过来，没有说话，只是用力地拍了拍我的肩膀，然后，望着我，重重地点了头。

我知道官书记的意思，那是发自内心深处的一种鼓励支持。

我咬了咬牙，也是重重地点了下头，算是回应。

每个人，都是心事重重。

终于，猴子说话了："板牙和方片七什么时候到?"

"噢，刚才给板牙打电话了：他和卢小樱正往回赶，现在在10路公交车上，估计再有十五分钟能到吧。方片七的话，刚才电话里说，十分钟后就到。现在这会儿，约莫着差不多该到了。"橙子的语气中，是掩饰不住的失落。

"嗯，那我们先坐在这儿等一会儿吧。"我终于找到了一句话，因为我才发现，四个人竟然一直都这样垂手站着。

说完这句话，我冲着三个人笑了一下："丫的，都给我打起精神，振作起来。瞧你们一个个的熊样，耷拉着个脑袋，跟霜打的茄子似的。多少大风大浪的不都挺过来了吗？还有，官书记，你可是咱们宿舍的核心、灵魂人物啊，我们趴下了，这不打紧，你怎么也能和我们一样啊?"

官书记听见我在说他，无奈地苦笑了一下："趣来，前几天，胡文娜跟我算了一下账目，原本我们每个人都以为，现在哪来哪去盈利了不少，没想到，距离收支持平还差两千块钱。本来，这个月就能收支持平，并保持稳定收入了，没想到，半路又杀出了个程咬金。

"说心里话，我怎么想的，还不是那么重要，我是怕你和胡文娜受不住这个打击。我知道你们为了开这个咖啡屋，付出了很多，猴子、橙子、板牙、方片七、卢小樱、我，我们每个人也都付出了很多。但是，归根结底地来说，这个咖啡屋还是属于你们两个人的，无论是赚是赔，都是你们两个人的，这里面凝聚了你们两个人的心血啊。可是，你知道我是多么希望，你们这个咖啡屋在我们大家上下一心的团结努力下，是正常运转，不要赔钱。”

我看到官书记说到最后，眼眶都有些湿润了，心中也是一阵难受：“官书记，我明白你的意思。不过，你说错了一句话，我给你更正一下，这个咖啡屋里面，不仅仅是凝聚了我和胡文娜两个人的心血，还凝聚了猴子、橙子、板牙、方片七、你，我们整个332宿舍，还有卢小樱、胡文娜、夏培她们宿舍的心血。上个学期，咱们宿舍为什么集体挂科了，我知道原因，你们也知道，只是，我没说，你们也没说，肯定有被这个咖啡屋拖累的原因啊。”

“趣来，别说了，咱们兄弟一场，挂科这点小事，你又何必一定念念不忘，挂在嘴边？况且，这本来就是我们自己的事，自己学习不努力，才挂科的，这又与你何干？”橙子也有几分动容了，眼中闪烁着斑斑晶莹。

“嗯，趣来，我问你一件事。”官书记看着我说道，他眼中是难以言喻的复杂。

“什么事？”

“如果今年一直都赚不到钱，甚至赔钱，这个咖啡屋还要做下去吗？”

“要。”

“为什么？”

“我说了，这个咖啡屋，凝聚着大家的心血，不仅仅是我和胡文娜两个人的。哪怕最后，穷得把整个屋里的东西变卖干净了，只剩下了一张桌子，一条凳子，也要把这个咖啡屋坚持到底。”

“好！趣来，你真他妈的有种！够个男人！”官书记重重点了下头，“刚才我算了一笔账，可能今年真的是赚不到什么钱了，并且，应该还要一直往里面贴钱，有你这句话，我就心里有底了。好了，猴子、橙子，你们都他妈的别给我哭哭啼啼的了，娘们儿样，学学趣来，做个男人。”

说着，官书记伸出右手，重重地拍了下橙子的肩膀，又重重地拍了下猴子的肩膀。

他的脸上写满了刚毅、坚强之色，完全是一种纵是黑云压顶，大浪滔天，仍勇往直前，毫不畏惧的样子。

我心中一动，那个332宿舍的灵魂、核心人物——官运辉官书记，回来了。

“谢谢你，官书记。”我用力拍了一下官书记的肩头。

“谢什么?”官书记白了我一眼，“都是自家兄弟，哪这么多废话？让我们一起来并肩战斗!”

“嗯，让我们一起来并肩战斗!”

28.一场奶茶纷争（中）

正当我、猴子、橙子、官书记，四个人振作了精神，斗志昂扬时，方片七推门进来了:“哦，你们几个都在啊。”

“是啊，332宿舍就差你和板牙了，速度归位。”我点了下头。

“三味奶茶屋的事情，你们都知道了?”方片七见我们几个人，不仅没有一点悲伤的样子，反而每个人都有些亢奋，有些的纳罕了。

“废话，光天化日之下，发生这种事，能瞒得了谁?”猴子白了方片七一眼。

“他们队伍排得挺长的啊。”方片七忍不住又补充道。

“至多区区三五十米而已，何足挂齿?”官书记不屑地哼了一声。

方片七“哦”了一声，便不再说话了。

“猴子，给板牙打个电话，问下他到哪儿了。”官书记朝猴子看了一眼。

“好的。”

“嗯，我也给胡文娜打个电话吧。”我瞅了官书记一眼，官书记听见我的话，点了下头，表示同意。

我走到门边，摸出手机，翻到了胡文娜的电话，拨了过去。

一首旋律欢快的《遇见幸福》响起:

遇见你的那一刻　心就像是　巧克力掉进了奶茶　瞬间　开始融化　而空气中　弥散着浓浓的巧克力奶茶香　让我心神荡漾　我才知道原来　这个世界上　遇见你的那一刻　就是　遇见幸福

我咬了咬嘴唇，想到旁边三味奶茶屋仅有的三种口味中，就包括了巧克力奶茶。这首《遇见幸福》的歌词，原本是我很喜欢的，这一刻，却听着有些刺耳了。

“喂，趣来啊?”电话那端胡文娜说话了。

“嗯。”

“什么事?”胡文娜说完这句话，又是一句，“呀，别吵，别吵，你们俩，我接个电话。”

我听着电话那端传来女孩子的欢笑声，嗯，胡文娜此刻肯定正和朋友一起，说说笑笑，吵吵闹闹的吧？前几天她就跟我说，看好了一双靴子，很喜欢很喜欢，今天应该买了吧？

唉，真不想，把这个消息告诉她，我应该带给她的都是好消息，让她开心得像个孩子似的，咯咯地笑个不停，哧哧地笑个不停，而不是像现在，把这种坏消息带给她。

“没什么。”不知为什么，面对电话那端的胡文娜，我说出口的竟是这么一句。

“噢，让我猜一下啊。是不是想我了呢?”电话那端，胡文娜俏皮而又开心地笑着。

“嗯。”我不知道怎么说了。

“傻瓜，我才离开了不到一上午嘛。”电话那端，胡文娜笑嘻嘻地道，“又不是离开了一个星期，一个月，一年，一辈子。你干吗那么紧张啊？怕我丢了不成?”

我突然有一种想哭的冲动了，听见自己心里一个声音，在呼喊着：“文娜，你回来好不好？我只是想抱紧你。”

“喂，傻瓜。怎么不说话啦？你能听见我说话吗？信号不好吗？”电话那端的胡文娜有些莫名了。

“嗯，我能听见你说话。没事的话，你早点回来吧，我很想很想你。”我终于把心中的话，说了出来。

“呀，你还真的是想我了啊。好的哈，我很快就回去了，乖，要我给你带饭吗？带我们上次来吃的那种麻辣鸡汁的盖饭吗？你说你很喜欢吃的呢。”

“嗯。”

“乖，亲一下。”

“嗯。”

“别胡思乱想，我爱你。”

“嗯，我也爱你。”说完这句话，泪水已然顺着脸颊流下来了。

不知过了多久，板牙推门进来了，他的身边跟着卢小樱。

“喂，趣来，怎么啦？哭了吗？谁欺负你了？”

我一惊，连忙用袖口揉了下眼睛：“没，刚才有点困了，打了个哈欠，忍不住就有眼泪出来了。”

这时官书记喊板牙了：“板牙，过来。”

“来了。”板牙一边应着，一边往里面走去。

“看到旁边排的队伍了吗？”官书记问了一句。

“是啊。那是干吗的？对了，咱们咖啡屋怎么今天没顾客啊？人都哪儿去了？”

“猴子，你来说吧。”

“嗯，官书记，我还是领他出去看看吧。”

“好。”

“走吧，板牙？”

“去哪儿？”

“你不是问怎么今天咖啡屋没顾客啊，人都去哪儿了。出来，我告诉你答案。”

“干吗要出去告诉，在这儿不能说吗？”

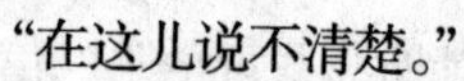

“在这儿说不清楚。”

“出去就能说清楚了吗?”

“是的。”

“靠！毛病!”

说着，板牙和猴子，一前一后地走出了咖啡屋，留下了一脸茫然的卢小樱。

约莫五分钟后，板牙回来了。

“妈的，这群王八羔子，都他妈的什么玩意儿？净他妈的一群狗娘养的东西，使出这种下三滥的手段……”板牙一边破口大骂着，一边怒火冲天地进来了。

猴子跟在他身后，冷着脸，一语不发。

“不行，妈的，这帮狗杂种，我非要去教训一下他们不可。”说着，板牙抄起身边的一个板凳，就要出门。

“板牙，你给我回来。”官书记见状，大喝一声。

“官书记，这群狗娘养的欺人太甚了，我咽不下这口气。”板牙的脸，因为气急败坏，已经凝成了酱紫色。

“板牙，你心中恼火，我们心中也恼火。现在是问题发生了，我们该静下心来，平心静气地，想想现在该怎么解决，而不是像你这样怒气冲天地，拎着个凳子，就要跟人家拼命。”我用一种感激同时又理智的眼光，看着他。

“嗯，”官书记点点头，“趣来得话很对，你这样拎着个板凳出去了，又能怎么样呢？把人家奶茶屋砸了吗？你是一时痛快了，可你想过后果没有？人家回头找上你不说，你考虑过，这个哪来哪去以后还开吗？人家会怎么看我们？说我们哪来哪去跟同行竞争不过，就过去砸人家的场子吗？你要知道，你这一板凳下去，砸的不仅仅是一个三味奶茶屋啊，还是咱积攒了大半年的名誉啊。”

橙子也点点头：“板牙，官书记说得很对，你这是搬起石头，砸自己的脚，砸咱哪来哪去的牌子啊。”

“什么意思?”一边的卢小樱听不懂了，她脸上一直带着茫然不解的表情。

“嗯，你出门看一下，就知道了。”猴子冷绷着脸，没有一丝表情地说道。

卢小樱不再说什么了，点了下头，走到门边，推开门，走了出去。

“那我们现在怎么办?”板牙情绪还是很激动，“咱们就这样大眼瞪小眼的，看着他们一点点地抢走咱们的顾客，而我们却只能这样坐视不管吗?”

“官书记，胡文娜哪儿去了？”橙子环顾一下四周，发现少了胡文娜，禁不住问道。

“噢，她现在在路上，等阵子就应该能到了吧。”我赶紧地回答道。

“好，咱们先讨论一下，拿出一个初步的方案来。等胡文娜回来后，咱们再和她讨论。”官书记说着，往前欠了下身，示意几个人坐下来。

“嗯。”我应了一声，就势拉过身边的一个板凳，坐了下去。

这时，卢小樱进来了。我看到她脸上，和猴子一样，绷紧了脸，没有一丝表情。让人只有觉得冷。

官书记看几个人都落座后，微微点了下头：“现在大家，都应该已经看到了，我们旁边新开的这家三味奶茶屋。我们现在抱怨什么都没有用，关键是我们现在该采取什么对策，来遏制反击？换句话说，咱们这一步的棋，该往哪儿落，下一步的棋，又该往哪儿走，一定要三思而后行，切不可冲动莽撞了，意气用事。以免一着不慎，满盘皆输，我们输得起，趣来和文娜可输不起啊。”

说着，官书记意味深长地看了板牙一眼。

板牙自然听出了官书记话里的意思，脸一红，点头道：“官书记，你说得对。刚才幸亏你喊住了我，不然，这一板凳下去，这哪来哪去，恐怕真就再也开不成了。”

官书记看到板牙的认错态度，点点头：“嗯，咱们这算是从商了，有道是‘官场有官场的规矩，商场有商场的规则’，所以，咱们这次肯定要用商场的规则来办事。

“还记得上次的聚会沙龙中，那个装饰公司的王总跟我们说过的吗?任何一个公司企业，主要的开销，无非就是产品的成本和人的成本，无论是原材料、机器模具、水电房租、仓储物流，还是员工的工资奖金、福利待遇、人员培训等费用。再简单地总结一下，任何一个公司企业，都至少具备四大部门，生产、销售、人事、财务，然后，往外衍生出，诸如市场部、客服部、新闻部等。

“而反观一下，我们哪来哪去的优势在哪儿呢？我们可以说是仅有两个部门，嗯，也可以叫两个环节。一个是生产，一个是销售。

“我们的生产成本，平均一下我们每个月的水电房租，我们的原材料使用，我们的设备耗损，还有这个咖啡屋里桌椅板凳、柜台、装饰物、功放、音箱、微波炉等的折旧率就可以算出来。当然，你可能说，还要加上我们去市区买了袋咖啡豆，坐车又花了两块钱的车费。这也可以算进去，不过，相比来说，比较微小。

“我们的销售成本呢，可以说是相当低廉，我们没有在什么报纸、电视做什么广告，也没有做什么彩页、宣传单什么的，只有刚开业的时候，印刷了一批优惠卡。

“那么，我们哪来哪去的优势在哪儿呢？可能有人说，我们是学生开店，宣传出去，大家会更信任一点；也可能有人说，我们的产品种类很多，有奶茶、有咖啡、有果汁、有冰粥、有冰沙、有刨冰等，能满足不同口味的顾客需求；还有人可能说，我们这个咖啡屋的选址不错，定位不错，氛围也很好，大家喜欢闲余时间在这儿，喝杯奶茶、咖啡消磨下时间；还有人可能说，我们经常做聚会沙龙、圆桌论坛，我们给大家的形象和口碑很不错。

“归结一下，这就是我们的优势了，产品质量好，品种多，店铺选址好，氛围好。

“而我们最大的优势，我觉得的，应该是人事支出小，可以说，几乎没有人事成本。大家想想看，不是吗？我们没有雇人，整个咖啡屋，忙里忙外的，始终都是张趣来、胡文娜和我们332宿舍以及像是卢小樱、李佳一、赵可欣、夏培她们宿舍。

“我们占用的，是我们每个人的课余时间。而大家别忘了，我们还都是学生啊。即便是张趣来、胡文娜，他们最初开这个咖啡屋的目的，也只是为了有点事可做。换了胡文娜的一句话，为了圆一个梦想。

“那么，假设我们大家不是学生，而是已经毕业了，这个咖啡屋的性质，则变了。它就变成了完全的一种工作，一种需要，一种养家糊口，一种生存压力的需要。因为，要指望着这个咖啡屋去盈利赚钱，去解决每天的衣食住行，每天的吃喝拉撒。

“如果这么大的咖啡屋，是两个人来共同经营的话，以我们雁坛市的工资现状的话，每个人月收入假设一千五，两个人就是三千。平均到每一天，就是一百块钱。

“也就是说，每天要多加一百块钱的人事成本。

“换个说法，假如我们隔壁又开了一家和我们一模一样的咖啡屋，不是学生开的，而是社会上的两个人开的。于是，他们每天就要多一百块钱的工资支出了。算到奶茶和咖啡里，就相当于每天至少要卖出五十杯奶茶，才能持平这个人事的成本。第五十一杯，才算是赚钱，不然的话，真不如去找个月薪一千五的工作了。

“这还仅仅是人事的成本，没有算上水电房租、原材料的成本。

“所以，为什么大街上的奶茶，卖三块钱一杯，卖四块钱一杯，而我们的却卖两块钱一杯，却能同样赚钱，这就是原因。

“嗯，现在再来反观一下，这个三味奶茶屋，他们的奶茶卖两块钱两杯，相当于一块钱一杯，他们怎么成本控制，怎么盈利赚钱的，你们知道吗?”

官书记说着，看了我们几个人一眼。

几个人俱是同时摇头：“不知道。”

“我觉得，第一点，他们从房租上着手，他们是隔开的屋子，只有一个窗口，大约也就五六平米的样子，所以，他们每个月的房租，肯定很廉价。可能平均到每天，只有十几元，也是完全可能的。

“第二点，从人事上着手，只有一个人忙里忙外，这相当于，人事成本，一下子，又下降了很多。

“第三点，从产品上着手，他们只有三种口味的奶茶，并且，这三种口味的奶茶，是最受顾客欢迎的，也是我们咖啡屋最畅销的。

"这样的好处是什么呢？一来，进货的时候，就可以一下子拿很多货了，量大了，肯定价格就便宜了，另外，还减少了重复进货的次数，在物流上节约了成本；二来，他们减少了仓储的成本，库存的只有这三种口味的原材料，周转率高，不容易积压；三来，顾客来买奶茶的时候，操作简便、容易。

"想想看，假如他们像我们这样有十几种口味的奶茶，来了五个人，分别要五种不同口味的奶茶，一个人冲奶茶的话，肯定要忙得手忙脚乱了，而顾客肯定也站在风中等烦了，可能调头就走了，因为他们不像我们这样，可以让顾客先找个位子坐着，且边听着音乐边等。

"其实，这也算是一种引导型消费，想要喝奶茶，就会想到在原味、香草味、巧克力味三种奶茶中，选一样。

"按照二八原则来说，百分之八十的人，想要喝的，市面上有十五种口味的奶茶的话，经常喝，且喜欢喝的，就三种。"

官书记说完，扫了猴子、橙子、板牙、方片七、我、卢小樱一眼，见我们几个人都是一言不发，眼中满是赞同之色，略略笑了一下："你们知道三味奶茶屋的模式，如果成功了的话，最关键的一点，在哪儿？"

"只有三种口味的奶茶吗？仅仅专注于这三种口味的奶茶，就覆盖了百分之八十的顾客群体？"橙子问道。

"呵呵，"官书记笑了笑，看着我，"趣来，你说下你的看法。"

"嗯，"我点点头，"刚才，我从'天时地利人和'，三个方面来考虑，先说天时，现在是11月份，天气挺冷了，很多人喜欢喝一杯奶茶，既是暖胃又是暖手，这个季节，应该正是奶茶热卖的时候。

"地利呢，他们紧挨着我们的咖啡屋，原本，这个学校里，只有我们这一家卖奶茶、咖啡的店，大家都知道了。想喝奶茶或咖啡的话，就直接过来了。他们选址在我们旁边，正好可以分流我们的顾客。

"人和呢，就像是官书记你说的，他们只有一个人在忙里忙外，只有三种口味的奶茶，比较容易调配，就不需要雇用人了，这样人事的开销成本就小了。"

官书记听完，点点头，赞赏地笑了一下："趣来的话，也很对，我们还应该把时间、地点、人物都考虑进去呢。嗯，方片七，你觉得呢?”

“我在考虑，你刚才说的那句，如果他们这种模式成功了的话。不过，我在想的，不是你问的，那个关键的一点，在哪儿。而是，你这句话本身的意思。什么叫他们这种模式成功了？你是指的他们把我们的顾客都抢夺走了，把整个市场都占领了，最后，哪来哪去被迫关门了；还是，三味奶茶屋和哪来哪去，并肩而立，平分天下，换句话说，达到一种双赢的局面。从不同的定位着手，有了各自不同的消费群体，比如，三味奶茶屋，只卖他的奶茶，而哪来哪去，精工于咖啡了?”方片七眼中是一种疑惑不解的样子。

“嗯，方片七的这个问题，提得不错。小樱，你觉得方片七的问题，该怎么回答呢?”官书记看了眼卢小樱，只见她也一直在思考。

“我觉得，虽然没有对手，很孤独，不过，我个人的话，还是倾向于这种的孤独，还是独占市场的好。那些说有竞争对手跑得更快，都是迫不得已，才这么说的。因为，企业的目的，就是利益最大化。有人来争抢蛋糕，肯定是谁都不愿意的事。谁都想把这个蛋糕拉到自己面前，或直接抱走。嗯，说远了，我个人反正是觉得哪来哪去和三味奶茶屋，很难去握手言和，分别有各自不同的消费群体。

“因为，我们一直都是主打奶茶，并且，咖啡的话，我们几乎都是买的速溶咖啡，进行冲泡的。我们主打咖啡的话，对内来说，自身不专业。对外来说，受众会很窄。这个市场要好好挖掘，给大家灌输概念，并引导消费，做起来，比较有难度。

“所以，对于方片七的问题，我觉得根本就不是问题。一句话，想尽一切办法，打压，打压，再打压，让它无还手之力，被迫关门。”

“好。”板牙禁不住鼓起掌。

猴子、橙子、我，三个人相互望了一眼，点点头，也为卢小樱这番话，鼓起掌来。

官书记笑了笑：“小樱的话，应该代表了我们几乎所有人的观点吧。方片七，你听了卢小樱这番话，刚才你的那个问题，算是有答案了吗?”

方片七略略一笑：“嗯，巾帼不让须眉，我今天算是见识到了。小樱的观点，少数服从多数，我也认可同意。”

官书记点了点头：“好，你们都同意了的话，那意思就是说，我们现在达成了一个共识，要和三味奶茶屋，争个鱼死网破，有他没我，有我没他？”

“嗯。”

我看到，所有的人，都重重点了下头。

“我们不要什么狗屁双赢。所谓的双赢，是建立在一种合作的关系上，像是上下游生产厂家之间，而我们和三味奶茶屋，是一个锅里捞菜吃的，注定了我们和他们之间，是一种水火不容、誓不两立的局面。”猴子情绪有些激动了。

“不仅是誓不两立，还是不共戴天。”板牙也激动了，几乎要拍桌子了。

“好了，好了。”官书记看猴子和板牙情绪激动的样子，摆了一下手，示意两个人安静下来，“光喊口号没有用，我们拿着大刀长矛，冲上了战场，口号喊得震天响，遇到了敌人的坦克大炮，还是无济于事。你们俩把力气省着点，咱们再回到我刚才的问题吧，如果三味奶茶屋这种模式成功了的话，换句话说，把咱们哪来哪去逼迫得就像今天上午这样，没有一个顾客上门，只有干瞪眼的份，你们说说，他成功的关键一点，在哪儿？”

官书记的话，让猴子、橙子、板牙、方片七、我、卢小樱，又陷入了沉思。

“其实，我这句话的意思，不知道，你们能不能明白，我是想问，较之于我们，他最大的优势，在哪儿？他成功的优势，肯定就是我们的弱点。明确了这一点，我们接下来，可以采取两个办法，第一，避其锋芒，剑走偏锋，这是以退为进的办法，商业上来说，这叫细分市场，撕裂缺口；第二，迎风而上，剑指苍穹，这是直接跟进的方法，意味着，难免有一场短兵相接的正面冲突了。”

“我比较赞成直接跟上的办法，借用一下。”橙子说着笑了一下。

“嗯，他们都说，退一步，海阔天空，但是，我觉得，进一步，同样也是天高气爽。”方片七点了下头。

“如果退，是为了蓄势待发，一击必中的话，我同意退，如果单纯只是，韬光养晦、颐养天年的话，我同意进。”我点了下头，说道。

“是了，官书记，你还没有说，那个关键点在哪儿呢。”猴子突然想起来，禁不住地说道。

几个人俱是同时点头。

咖啡屋里，一片静寂。

这个上午，一直都没有放歌。

而我们每个人，都忽略了这一点。

这一刻，每个人才意识到，原来，咖啡屋里，可以这么安静。

每个人，都在安静地等待官书记的答案。

三味奶茶屋的优势在哪儿呢？

哪来哪去的弱点又在哪儿呢？

这是每个人都在极力思考的问题。

每个人心中都有一个自己的答案吧。

那么，官书记的答案，又是什么呢？

这个被我们每个人，都看做332宿舍的核心、灵魂人物，对于这场奶茶纷争，又看到了哪些？看懂了哪些？看透了哪些？看破了哪些？

门外，似乎有场风刮过。

然后，留下一个背影，便疾驰而去。

它也是为了等待官书记的答案吗？

哪来哪去的弱点，究竟在哪儿？

终于，官书记说话了。

他威严地扫视了一遍，现场所有的人。

眼神，从每个人的身上掠过，最后，目光停在了我的身上。

那一刻，我分明地感觉到，官书记的形象，达到了一种难以企及的高度，需要我们每个人去仰视。

是的，需要每个人去仰视。

官书记目光从我的身上移开，落在了我身后，然后，他终于说话了，语速很缓，很慢，但是，在我感觉中，却声如洪钟，振聋发聩。

“三味奶茶屋打着买一送一的旗号，而不是直接地一块钱一杯，你们知道为什么吗？”

确实，官书记这话一语道破了。

原本，我们反来覆去，都没能想明白的一些问题。

见我们几个人都默不作声，官书记略略笑了笑：“如果他能成功，这才是他制胜的关键。还记得上个月的圆桌论坛，褚总说的吗？肯德基和麦当劳制胜的关键，在哪儿？不是汉堡，不是薯条，而是那块不起眼的，可乐里的冰。愈是不起眼的，愈是容易被忽略，而显得像是惯例一样，也就没人提及了。”

官书记说着，冲几个人笑笑：“你们想过没有，如果他卖一块钱一杯奶茶的话，而不是像现在这种，实行买一送一，会是什么样子？”

“应该每个人，都会仅买一杯吧。这样，营业额一下子，就会下降一半。”橙子先说话了。

“还有，第一杯，成本肯定要比第二杯高，因为，这就像是一下子做了两笔独立的生意，而第二杯，则可以认为是在第一杯的基础上，开发出来的回头客。相当于顾客买了第一杯后，又转身回来，买走了第二杯。”方片七顿了一下，继续说道，“这也就是我们买东西的时候，这么多商家宁肯多送我们一件，也不肯降价，或是第一件原价，第二件九折，或者像是，买齐三百元，享受八折优惠，而坚决不肯降价的原因。”

板牙点点头：“方片七，你说的，是上次沙龙时，卢总提到的营销中的捆绑销售吧？还有，他当时给我们算的，开发新顾客的成本有多高，这就是为什么要维持现有顾客，尤其是固定的顾客群体。”

我点了下头：“记得曾经看过一个故事，在一条街上，有两家早上同时卖茶叶蛋的小吃摊。其中一家每天卖的茶叶蛋，比起另一家，总是要少很多。那个人不明白了，于是，就去看个究竟，后来，他发现，人家的那个卖茶叶蛋的女主人，问话的时候，和他有一点不同，她总是脸上挂着笑容，问顾客，你是要一个还是两个茶叶蛋？而反观他自己呢，则总是在问顾客，你要茶叶蛋吗?”

官书记点点头：“你们说得都对，但是，还不是最关键的。三味奶茶屋之所以是买一送一，而不是一块钱一杯地卖，是因为这样的话，他们的成本，在可控制的范围内。换句话说，他们可以承受住这个成本，而如果直接一块钱一杯的话，他们可能就有些扛不住这个成本了，每天几乎赚不到多少钱。因为，他们既然决定这个时候，进入市场，肯定也长远考虑了。我个人觉得他们不会恋战，不过这个也说不定。

“你们算一下这笔账，我们假设他房租每天只有十五块钱，而人事的成本，则要达到每天五十块钱。加上其他的原材料成本，及设备耗损和水电等，他每天的成本，我们算他在八十块钱吧。这样，如果两块钱一杯，且买一送一的话，一天要卖上四十杯奶茶，送出四十杯奶茶，才能达到成本线。假如卖一块钱一杯的话，则要卖出八十杯奶茶。

“而我们哪来哪去呢，我们的成本同样是，房租水电及设备耗损和现在桌椅等的折旧率，每天大约在一百五十块。我们奶茶的话，是两块钱一杯，咖啡是三块钱一杯。也就是说，一天卖上七十五杯奶茶，或五十杯咖啡，才能达到成本线。

“像是暑假的那两个月，一共才卖出了七百杯的奶茶和咖啡，平均每天也就二十多杯。这个样子的话，无论是三味奶茶屋还是咱们哪来哪去，都要赔钱的。

“假如那个时候三味奶茶屋开业的话，肯定早早地就关门了。而现在的话，这个学校每天大约有五百杯奶茶的市场。

“按照他们买一送一的办法，卖掉二百五十杯，就能达到这个市场的饱和了。

“不过，他们肯定没想过要去做二百五，他们想的，应该是每天超过三百杯的量，把这个市场进一步挖大。这从他们只有三个口味的奶茶就能看出来，他们旨在引导消费。

“这样一分析的话，形势很严峻啊。

“现在是11月中旬，如果，我们一直任由着三味奶茶屋这样做下去的话，一个是市场被抢走了，另外一个，价格降下去，后来再提价就很难了。因为，消费者，已经被惯坏了，接受了这个价格。而对于提价，则是很敏感的。

“所以，这也就是之前，我问趣来的那句话：‘如果今年一直都赚不到钱，甚至赔钱，这个咖啡屋还要做下去吗？’”

“那你觉得，我们应该怎么办？”猴子问了这么一句。

“从目前来看，最好的办法是，降价，一步到位地降价。”官书记说完，长长地舒了一口气。

“什么意思？”橙子问。

“他卖两块钱一杯，买一杯送一杯。而我们，直接地一块钱一杯。”官书记点了下头。

“官书记，我觉得这儿有个漏洞。为什么他们不直接地卖一块钱一杯？因为，他们也应该能想到，我们会不会接下来，调整了策略，卖一块钱一杯，跟他抢夺顾客啊。假如我们真的一块钱一杯了，顾客肯定又都回到我们这儿了，他那就没人了，肯定就只有关门了。总不能再卖一块钱两杯吧。他为什么露出这么个破绽呢？”卢小樱说话了。

“嗯，小樱的问题问得好。”官书记赞许地点点头，“我考虑的，第一，他自恃每个月的成本比我们的低，这样的话，价格战打下去，最后先出局的，肯定是我们。

“第二，还是我那句话，卖四十杯咖啡，肯定要比卖八十杯咖啡，更加容易，对吧？

“第三，他觉得我们不可能像他那样降价，因为哪来哪去的环境氛围，还有因为聚会沙龙、圆桌论坛，在我们学校的形象、定位，给人感觉走的是一种中高端路线，而不是面向所有大众群体的，我们不可能割舍下因为聚会沙龙、圆桌论坛而塑造起来的形象。

“还有，最关键的一点，是商人的本性，无商不奸，亦是无商不贪，原本，他就是逐利而来，所以，他肯定不愿放弃可以到手的任何一点利益。”

官书记说完之后，看着我们几个人。

“嗯，”橙子点了点头，略略笑了一下，“他为什么露出这个破绽，我想，还有一个原因，官书记没说，就是他知道哪来哪去是学生开的，肯定是小看我们了，也小看我们的官书记了，觉得我们肯定不是他的对手，或许，他根本就没把我们放在眼里。”

“嗯，”官书记点点头，“他不把我们放在眼里还好，但是，我们绝对不能不把他放在眼里，要有大敌当前的感觉，绝对不能掉以轻心，做出丧权失地、以血伺狼的事情。”

几个人俱是重重点了下头。

“我觉得他不仅小看了我们这些人，还小看了我们的聚会沙龙、圆桌论坛，以为我们只是一时胡闹，瞎折腾罢了。他们应该知道，他们的竞争对手，不仅仅是在座的我们这些人，还有我们聚会沙龙、圆桌论坛的座上嘉宾，比如许褚、杨海峰，还有那些经理老总们。”想到许褚、杨海峰的名字，我心中登时有底气了，信心百倍地说道。

“是啊，有这么多人一直站在我们身后，和我们一起并肩作战，我们还怕他不成吗？我们都要有这个信心，把三味奶茶屋这颗毒瘤，一下子打掉，我官运辉有这个信心，你们有这个信心吗？”

“有！”

“大点声，再说一遍，有这个信心吗？”

“有！”

29.一场奶茶纷争（下）

当官书记、猴子、橙子、板牙、方片七、卢小樱、我，六个人都达成了一致，决定把哪来哪去的奶茶，直接降到一块钱一杯时，胡文娜不同意了。

她是下午两点多才回来的。

那个时候，我们刚刚结束讨论不久。

我把几个人商量的这个结果，跟她说了，结果胡文娜不依了，于是几个人又重新陷入了一轮新的唇枪舌剑。

“我们不能这样一味地打价格战，如果三味奶茶屋看到我们把奶茶的价格降下来了，他们一咬牙，决定拼个两败俱伤，直接地卖一块钱两杯，或者一块五两杯，怎么办？我们那个时候，是跟还是不跟？”胡文娜直接摆明了自己的观点。

官书记皱了下眉，还没等他说话，猴子就抢先答道：“官书记刚才说了，他就是逐利而来，所以，他肯定不愿放弃可以到手的任何一点利益。”

“那这句话，我可不可以这么理解，牺牲一点眼前的利益，是为了接下来获得更大的利益？换了你，你会不会去做？”胡文娜反问道。

“怎么获得更大的利益？”橙子问道。

“挤垮了哪来哪去，自己一家独大，完全占领这个市场。”

“官书记刚才那话是对的，我们不要小看了对手，我觉得他们必然也是个聪明人，应该不会直接自绝后路，把奶茶卖到一块钱两杯或一块五两杯。”我觉得胡文娜的担心，还是大没必要。

“刚才官书记算的那笔账，我觉得有问题，因为，他没有继续算下去，如果一块钱两杯奶茶的话，咱们学校一天至少能卖出六百杯的奶茶，也就是收入为三百块钱，你们刚才算的，他每天的房租水电、人工成本等，在八十块钱。那么，再扣掉原材料成本，他每天仍能有盈利，为什么不去做呢？并且，奶茶是季节性的产品，这一个季节他们卖一块钱两杯，然后，挤垮了咱们，下个季节，再重新卖回两块钱一杯，或两块钱两杯，那个时候，学校里只有他们一家，这个价格就又升上去了。”

“那他不盈利了吗？”板牙问道。

“怎么不盈利，人工的成本，不是已经算到里面了吗？月薪一千五，再额外的，就是多赚的了。”胡文娜回答道。

“嗯，”官书记点点头，“文娜的话不错，我刚才没有继续算下去的原因，是因为我觉得，如果他卖一块钱两杯了，那么，原因是什么呢？肯定是我们跟上了，卖一块钱一杯。那么，他肯定也会去想，咱们会不会，继续跟上，直接地五毛钱就卖一杯了。他总不能，再一狠心，五毛钱两杯吧？因为，我们也跟进了的话，两家都卖这个价格的话，有六百杯的市场，我们能卖到四百杯、五百杯，而他呢，也就卖一二百杯，算下来的话，连成本都不到了。所以说，这样一来，肯定他们就不干了。”

说完，官书记顿了一下：“文娜，你刚才站的角度，是只有他们一家卖奶茶，而没有考虑咱们同时也卖的话，这个顾客分流。”

“你确定他们发现赔钱的时候，就会不干了吗？”胡文娜没有理会官书记后面的这句话，而是继续不依不饶地问道。

“商人的本性，逐利而来，利尽而归。”我借用了官书记刚才的一句话，且又给补充了后半句。

胡文娜“哼”了一声，白了我一眼：“反正，不管你们怎么说，我就是不同意，这样一味地打价格战。”

“为什么？”板牙问道。

“因为那样的话，哪来哪去的味，就变了。”

“怎么变了？”板牙又问道。

“你问下趣来，我找他一起来开这个咖啡屋的初衷目的，是什么？”胡文娜仿佛受了天大的委屈的样子，朝我望了一眼。

“噢，”看众人都望着我，我张了张嘴，“我还记得那时候，文娜说，她想开的，是有座位，有柜台，有音乐，有情调氛围的那种咖啡屋，而不是单纯的奶茶铺子式的。她开店的初衷是，她和宿舍里的女生，几次想要在学校周边找像哪来哪去这样的环境，都没找到。”

胡文娜点点头：“你们还记得吗？咱们的全名叫，‘哪来哪去咖啡屋’，而不是叫‘哪来哪去奶茶铺’。

“这段时间，其实，我自己也在反思，现在哪来哪去的上座率是高了，周转率也频了，却是人声鼎沸，嘈乱不堪，每个人都带着目的而来，冲着我们的奖券而来，而失去了最初成立这个咖啡屋的本质。其实，我们只是想在疲倦孤独的时候，找个地方坐一坐，听听歌，温暖一下那颗疲惫孤独的心。”

胡文娜的声音不大，但是很动情，一下子就攫住了我们每个人的内心。

尤其是她最后的那句话，让我心中不由得一颤，我看到卢小樱、方片七俱是张了张嘴，似乎想说点什么，但是，终究还是没有说。

“嗯，咱们这样和三味奶茶屋拼价格战，双方你来我往的，打得不可开交。最终却是鹬蚌相争，渔人得利，让我们的那些顾客群体得到了实惠。”卢小樱先说话了。

胡文娜感激地看了卢小樱一眼，又瞅了一下我们几个人：“我不赞成打价格战，是因为我觉得这样子的话，我们就不叫‘哪来哪去咖啡屋’，而叫‘哪来哪去奶茶铺’了。我们的聚会沙龙、圆桌论坛，做得也没有意义，没有必要了。”

“为什么？”板牙又是追问了和刚才同样的一句。

“还记得之前，胡文娜给我们说到的沙龙的由来吗？第一个举办文学沙龙的德·朗布依埃侯爵夫人。她出身贵族，因厌倦烦琐粗鄙的宫廷交际，但又不愿意远离社交，于是在家中举办聚会。她的沙龙从1610年起开始接待宾客，很快就声名鹊起。在她的沙龙里，成员彬彬有礼，使用矫揉造作却又不失典雅优美的语言，话题无所不包，学术、政治、时尚甚至是流言蜚语。”我略略笑了一下，回答道。

“嗯。”胡文娜点点头，看了我一眼，两个人会心一笑。

我继续说道：“如果我们这样一味来拼奶茶价格的话，那些我们邀请的嘉宾、客人，那些企业的经理、老总们，那些教授、院长们，恐怕对我们则是心生鄙夷，鄙夷我们是市侩小民，附庸风雅，而再也不愿来了。因为，那个时候，哪来哪去的邀请函、请柬，已成了朱门酒肉之约，让他们避之还唯恐不及吧。”

说完，我看着面前的大家。

只见，几个人，俱是沉默不语，尤其官书记，更是蹙紧了眉头。

“我同意趣来和文娜的观点。”方片七站了出来，“刚才他们两个人的话，其实，也是我内心深处想表达的。我想，当我们一味来拼奶茶的价格战的话，那边烽火连天，硝烟滚滚，这边我再邀请周边几所大学的文学社社长，说我们要举办场文学、诗歌的聚会沙龙时，他们只会对我鄙弃不顾。”

方片七的话，让我心头又是一震，瞅了眼胡文娜，只见她眼中亦是同样的喜悦。

这时，只见官书记瞅瞅大家，说话了："你们追求高雅情趣，我不反对。但是，我想说的是，手中没有面包，怎么跳出华丽的舞曲？我知道说这些很庸俗，你们也会很反感。但是，我希望你们还是理智一点，现实一点，我知道，胡文娜办这个咖啡屋，不是为了赚钱。但是，我想，也绝对不是为了赔钱。"

官书记的话，声音不大，却同样显得掷地有声，铿锵有力。

是啊，没有面包，怎么跳舞？

这时官书记，经常挂在嘴边的一句话。

此时此刻，说出来，更显得恰如其分吧。

"我觉得这不是一个价格战还是不价格战的问题了，这和上次一样，又是一个唯心主义和唯物主义，理想主义和现实主义，精神世界和物质世界之间的一场辩论。"方片七忍不住又来发表他的观点了。

"呵呵，这话怎么听的那么耳熟啊。"胡文娜笑了笑，"我们还要再请许褚出面吗？"

许褚？我愣了一下。

"或许，不用了吧。"官书记笑笑，"我觉得这次的问题，我们应该能自己解决吧。"

"怎么解决？"橙子问道。

"群策群力。"

又是一阵沉默。

"或许，我们可以找到一个折中的办法。方片七，你还记得你曾经跟我说过的，中庸之道的那个临界点吗？"我看着方片七，眼中展现出一丝光芒。

"嗯，"方片七点点头，"你的意思是，我们兴许能找到精神世界和物质世界的一个临界点、平衡点，把这两者都很好地结合起来，即既保持了哪来哪去的性质不变，又不至于饿着肚子，这就像是官书记所说的面包和跳舞，都解决了。"

"对，"我点点头，"就是这样，我们应该不只在是不是降价这个问题上，一味地纠缠不清。"

“也许，我们可以考虑其他的办法，比如和三味奶茶屋达成一个战略同盟，两家奶茶的价格一致。”猴子说话了。

“战略同盟，可能吗？你这是痴人说梦吧，和他谈，无异于与虎谋皮。”橙子正色道。

“嗯，橙子的话很对，我们肯定不能找三味奶茶屋谈什么战略同盟，市场就这么大，是一种此长彼消，此消彼长的关系，谁都想把对方赶出去。那么，我们应该考虑一点比较现实的，不是有那么句话吗？‘成功，不是弥补减小你的缺点，而是放大提高你的优点’，我们是不是应该考虑一下咱们的优势，比如官书记之前曾总结的哪来哪去的四个优势，质量好，品种多，选址好，氛围好。我们是不是，考虑一下，怎么在这‘三好一多’上，做做文章。”我看了看几个人，提议道。

“我觉得我们可以推出一系列的花茶，因为女孩子比较注意美容养颜，我们宿舍就有个女孩子，一直都很喜欢玫瑰花茶，据说有清火润喉、消斑、除皱、养颜的功效。我知道的花茶品种比如月季、牡丹、百合、薄荷、康乃馨、勿忘我、薰衣草等，都可以做成很不错的花茶呢。”卢小樱先说话了。

“我们也可以推出，买咖啡送果盘或甜点，就是那种西瓜、菠萝、火龙果等的切片搭配，甜点的话，送个奶杯就行了，就是那种生日蛋糕的奶油装到杯里，可以裱花，也可以不裱。当然这买咖啡的话，不是买一杯咖啡就送，我们可以实行一种累计积分制度呢。”猴子说道。

“我觉得咱们应该多开发一些奶茶口味，比如，我们可以尝试一下燕麦味奶茶，香米味奶茶，玉米味奶茶，绿豆味奶茶，桂圆莲子味奶茶，红枣味奶茶，核桃味奶茶等。这些新开发出来的奶茶，我们可以取一个动听点的名字，比如，叫什么‘梦幻年华套餐’，就是一杯苹果味奶茶加樱桃味奶茶，再送两块椰蓉曲奇或苏打饼；比如，叫‘红男绿女情侣套餐’，就是一杯红枣奶茶和一杯绿豆奶茶，再送一个裱了玫瑰花的奶杯和一块小的巧克力就行。”方片七说道。

“那我们是不是也可以推出一种‘兄弟情深套餐’，比如核桃味奶茶、花生味奶茶、板栗味奶茶、榛子味奶茶、杏仁味奶茶、开心果味奶茶，这六种坚果，象征着坚定不移的友情；而针对女生的话，推出‘金兰之心套餐’，直接用玫瑰、百合、牡丹、康乃馨、勿忘我、薰衣草，这六种花茶的调配就行，象征了玫瑰仙子、百合仙子、牡丹仙子、康乃馨公主、勿忘我公主、薰衣草公主。”板牙说道。

“好，好，好。”胡文娜高兴得眉开眼笑，“我觉得我们也应该把我们咖啡屋内部，再装饰一下，比如，有的桌子上，可以放一盆水仙，有的桌子上，可以放一盆蝴蝶兰，有的桌子，可以放一盆小的盆栽，比如竹子、仙人球等，另外，还可以放个鱼缸，盛着几尾金鱼。”

“那我们还可以每天更换一张心情卡片，比如，制作得很精美的一批手工卡片，每天更新一句，比如可以写‘今天阳光明媚，心情真好’，或者是‘今儿个下雨，终于可以伸伸懒腰，不用再四处奔走啦，生活真美’。表情可以画得很俏皮可爱的那种，语言则是很轻松搞笑的那种，可以画成类似兔斯基、绿豆蛙那种。”橙子说道。

“我们还可以每个桌子上放一个精美的笔记本，一支笔，然后，客人来了的话，可以写点心情文章，这样，后来的人，也能翻看到呢。当然，也可以信手涂抹一番。对了，我们也可以再做一面涂鸦墙呢，谁有兴趣的话，都可以在上面抹抹画画。”我也忍不住说道。

“我们还可以推出点歌系统，比如恋人之间的点歌，还有朋友之间的点歌。”官书记也忍不住掺入进来了。

八个人讨论得是热火朝天，脸上挂着发自内心的喜悦。

“对了，还有不到一个月就到圣诞节了，我们可以到时再推出一个圣诞活动，比如叫圣诞狂欢，或者圣诞许愿，或者圣诞寻宝，都可以的啊。”

“我们还可以这么做，推出一个以圣诞为主题的十字绣大赛，获奖者免费获得等值一百元的现金券，二等奖五十元的现金券，三等奖三十元的现金券。我们可以把获奖的十字绣作品，写上名，编上号，挂在我们咖啡屋的墙上，作为一种装饰呢。”

“除了圣诞，我们元旦也要做活动呢。可以做一场主题为‘新年新气象’的摄影大赛，获奖的作品，我们同样可以写上名，编上号，挂在咖啡屋的墙上，作为一种装饰。这些摄影的作品，肯定有大海、街市、夜景、雪景等，肯定会很吸引人的。”

“那我们是不是正月十五的时候，也应该做一场包汤圆的元宵汤圆大赛？”

“除了包汤圆大赛，还应该有猜灯谜大赛呢。这样才够热闹啊。”

“嗯，我觉得，我们应该做一场话剧表演的呢，之前我就有这个想法，暑假里看《歌舞青春》的时候，这个愿望更强烈了。我觉得，我们哪来哪去所有的人，都应该参与进来的。然后，在这个话剧表演的现场，我们揭晓十字绣大赛和摄影大赛的获奖作品。”

“文娜，你干吗想做话剧表演啊？这个应该不像十字绣大赛或摄影大赛这么简单吧，要有剧本的呢，还要排练啊。”

“小樱，这个我想过了呢，我可以写剧本啊，然后，找趣来和方片七来修改，之后，再大家一起讨论。觉得不好的话，继续修改，一直修改到我们每个人都满意了为止，接下来，我们就分角色，每个人都有担任的不同角色，再往后排练就是了。排练好了，就可以宣传演出了呢。”

“哇，那这个是不是要好麻烦的呢？”

“我觉得还可以吧。”

“你是什么时候，有这个想法的？”

“开咖啡屋之前就有了。”

“那怎么现在突然提出来了？”

“因为觉得现在的氛围很好呢，每个人都激情满怀、热火朝天的样子。我就忍不住地又想到这个啦。”

“这算是你的一个梦想吗？”

“应该算吧。我觉得没有开咖啡屋之前，整个大学里，就只有两个梦想，一个是开一个像哪来哪去这样的咖啡屋，一个可以演出一场话剧。现在，我特别想，和我们大家，我们这些人，一起演这么一个话剧。”

“嗯，那话剧内容，是什么呢？”

“我还没有想好呢。”

“那你要赶紧想的哦。”

“好的。”

30.哪来哪去的反击

当猴子、橙子、板牙、方片七、官书记、卢小樱、胡文娜、我，八个人达成了诸多共识之后，我们就开始付之行动了。

在这其中，由官书记来负责我们本周五的聚会沙龙，其他人则分别都领到了各自的不同任务。卢小樱和板牙负责花茶的调配；猴子和方片七一起负责果盘、奶杯，还有开发新口味的奶茶；方片七嫌人手不够，又把李佳一和夏培宿舍的女生，都喊上了。胡文娜负责把咖啡屋重新装饰一番，买回了水仙、吊兰、蝴蝶兰以及很多的小盆栽，还有就是其他的一些小挂坠，这其中大都是一些贝壳做的工艺品。

而我则负责准备用来书写心情文字的漂亮精致笔记本，还有，就是找来了一桶白色墙漆，准备做涂鸦墙。在将谁的那面墙刷白的时候，出现了不协调的声音，几乎每个人都愿意保留自己的原作，而主张更换别人的那面墙，以用来涂鸦。

我们就决定来抓阄。结果，板牙被抽中了。

于是，除了板牙之外，我们每个人都是很欢天喜地的样子。

在这里面，橙子的任务也是比较艰巨的，因为要制作那些精美的卡片，并且还要写写画画，于是又由猴子和官书记出面，找到了动漫协会的人，帮着解决了这个问题。

在我们所有人的忙碌中，应该重点提到猴子和方片七，因为他们俩的任务相对来说，比较具有难度，这就像是人家饭店里的大厨研发新的菜谱时，要对顾客负责一样，不仅色、香、味俱全，关键的一点是，一定要保证顾客的人身安全，这是绝对的一丝也马虎不得的。在这方面，猴子和方片七很是尽职尽责，且很有献身真理的精神，两个人为了开发新口味的奶茶，曾上吐下泻了一个星期，并且把夏培她们也悉数放倒了。

最后，他们创造性地提出了一个概念，谁说奶茶一定要甜的？他们用苦丁和奶茶搭配，做出了颇有创新理念的苦丁奶茶。并且，在经过他们的大力宣传后，这种苦丁奶茶后来一度成为受顾客竞相追捧的畅销品。

当所有的人都忙碌起来，且哪来哪去由内到外，开始重新焕然一新的时候，果然开始不断地有顾客盈门而入了。

对于猴子和方片七研发出来的新口味奶茶，我们定价都较之原有口味的奶茶，多了一块钱，卖三块钱一杯。

当然，三味奶茶屋还是继续卖他那两块钱两杯的奶茶，并且，凭借着天时地利人和的优势，一直都是生意很不错的样子。

我们所做的这些，对于三味奶茶屋来说，并没有构成多大的冲突。

似乎是，我们在转战、挖掘新的市场了。

这让我们八个人，每个人都心有不甘。尤其是官书记，他一再坚持的价格战策略被迫取消了，每次看到有人拿着奶茶从三味奶茶屋出来时，脸上总是愤然不平的样子。

他曾不止一次地跟我说："趣来，我们应该打这场价格战的，杀杀他的嚣张气焰。"

而我对于官书记的愤然不平，是很理解的，并且，有几次是动心了的。只是，当看到胡文娜，话到嘴边的时候，就又掉进了肚子里。

因为，在她感觉中，咖啡屋的生意，确实起色了不少。

我们每天大概都有三四百块钱入账，好的时候，甚至会有五六百块钱。

当然，这和之前那段日子，是没法比的。那时候，一天能卖出五六百杯的咖啡，则会有一千多块钱的收入，我记得最多的那天，卖出了九百二十七杯的奶茶和咖啡，收入达到了两千六百多。

而我们现在，还不够当时的零头。

所以，当胡文娜不在的时候，谈到往日的辉煌业绩，几个人都是免不了感慨一番的。

这种现状一直持续到12月的中旬，我遇见许褚，且发生了一次谈话为止。

遇见许褚，不是在哪来哪去，而是在我去学校西门外的一个小摊点，买报纸的时候。

两个人略略打了招呼，许褚问我最近聚会沙龙的事情，做得怎么样。

我说做得还不错，学校里一直反响挺好的。

许褚就笑了，这段时间，没有在宿舍里住，而是在外面租住的，帮朋友搭建一个网站，那人负责技术，他则负责内容，也就没有时间去哪来哪去坐坐。

我笑了笑，心想怪不得他没有问三味奶茶屋的事情，原来这些，他一概不知的。于是，我就略略告诉了他一下，说哪来哪去改变了很多东西，如果他再去的话，一定会有新的感受的。

许褚对于哪来哪去的改变，则听得饶有兴趣，又追问了几句。

于是，我就索性把三味奶茶屋和哪来哪去之间的这场争斗的事情，都一五一十地告诉了许褚，并且，我把官书记一直坚持提议的，但是被胡文娜坚决拒绝的价格战，也告诉了许褚。

许褚这才知道，原来在这一个月里，就发生了这么多的事情。

我问许褚对于价格战，打还是不打的看法。

许褚点了点头："打，但是，不应该像是官书记那么打，也就是说，给人一种，既打又不打的感觉。"

我愣了一下："也就是找到一个临界点、平衡点？"

许褚点点头。

"那这个临界点、平衡点在哪儿？"

许褚没有直接给我答案，他说："我给你讲三个故事吧。"

我点点头："好的。"

许褚说道，第一个故事，是立邦漆和乐化漆的。

立邦漆是日本的一种涂漆，在日本相当出名。它有一句广为人知的口号，就是处处放光彩。为什么有这句口号呢？因为它的品种非常多，曾经一度达到近百种。立邦人很自信，说，你可以在我们这儿买到任何一种想要的颜色。当时，中国的乐化油漆，为了和立邦漆竞争，经过调查发现，虽然立邦漆有上百种的颜色，但是，人们一般购买的，就那么三五种。于是，他们就集中只生产这几种油漆，这样一来，价格就比立邦漆低多了，迅速地抢占了市场。

第二个故事，是耐克的。

耐克的鞋子，很多都是限量版的，做得很漂亮，价格也非常高，大众消费者普遍地接受不了，但是，他们又想买到耐克这种限量版的漂亮鞋子，而又不想花很高的价钱，而耐克，既不想降价，又想让大众来买它的鞋子，那么，怎么办呢？于是，它就略略把限量版的鞋子，稍稍变了点花样，比如，原来是三个装饰品，改了一下，变成了两个；原来是三个线条的，变成了两个；原来长方形的，变成了菱形。这样一来，他们的价格就降下来了，买了限量版鞋子的人，不会觉得吃亏，而大众消费者，也用很低的价格，买到了自己喜欢的鞋子。

第三个故事，是波司登的。

我们去羽绒服卖场买羽绒服，一般面临的选择，也就是波司登、雪中飞、康博、冰洁、坦博尔、雅鹿等品牌。但是，你知道吗？这六个品牌中，有四个是同一家厂商生产的，就是波司登、雪中飞、康博、冰洁，后三个都是波司登的衍生品牌。而我们看到的，羽绒服降价促销的很多，可是，波司登却很少降价的。这是为什么呢？因为这是他们的策略，竞争对手降价了，他们用同类的品牌雪中飞、康博、冰洁跟上，去打价格战，而波司登，则是坚决不会降价的，也不需要降价。

我点点头："我知道该怎么做了。"

许褚看着我脸上的表情，笑了一下："我再给你讲个宝马的故事吧。"

宝马生产了一种新品型的轿车，结果，就在要推出时，赶上有同行也推出了一种类似车型，且价格明显要低很多，于是就有很多人提议降价，以此面对竞争。然而，宝马公司的经理，却毅然决定，提高出厂价格百分之三十。于是，人们都觉得他疯了，对他横加指责。然而，结果却是，虽然提高了出厂价格，却仍然大为畅销。后来人们就问他为什么，这个经理说，有钱来买宝马的人，就不会在乎多花那百分之三十的价钱，宝马在人们心目中，应该是一种象征，一种品位，而顾客买的是一种自我的优越感，而不应该仅作为一种商品出现。

我点点头："是不是，这个故事也可以这么理解，你卖什么产品，如何去宣传，其实并不重要，关键是消费者心中，觉得你是什么，像什么，如何理解、定位、评价你，才是关键的?"

许褚没有点头，也没有摇头，只是不置可否地笑了笑。

又说了几句话，两个人便匆匆别过了。

我带着许褚的四个故事，回到了哪来哪去。其实，我已明白了许褚的意思，我们可以降价的，只是，关键看，怎么降。

在召集了猴子、橙子、板牙、方片七、官书记、卢小樱、胡文娜之后，我主持着开了一个会。

我没有多说什么，像许褚一样，给大家讲完了立邦漆和乐化漆的故事、耐克的故事、波司登的故事、宝马的故事，然后，迅速地，大家达成了一致，我们可以降价。

我们找到了两个平衡点，第一个，维持原有的奶茶价格不变，推出另外一种包装的奶茶，外表略为简陋、粗糙一点，定价为一块钱一杯。

第二个，在即将到来的圣诞、元旦上，大做文章，即哪来哪去，除了新研发出来的奶茶品种和新增的花茶之外，原有的一切奶茶和咖啡品种，实行买一送一，限期为一个周，即从12月24号开始，到30号结束。而元旦的时候，再推出新的优惠政策。

当这两个决议被通过之后，每个人脸上都是摩拳擦掌、跃跃欲试，因为，哪来哪去和三味奶茶屋的战争，马上就要打响了，而我们也终于要扬眉吐气、一雪前耻了。

压抑了我们半个多月的屈辱，就要在这一刻，痛痛快快地宣泄出来了。

每个人脸上，都是发自内心的喜悦之情。

而胡文娜，也是非常地赞同这两个决议，她脸上挂着由衷的笑意。

于是，我们开始迅速行动了。

于是，一夜之间，学校的宣传栏里就贴满了哪来哪去的海报和喷绘，并且，我们新做了一个门头灯箱。

而在门前，猴子和板牙，则分立两端，向来来往往的学生，发放写有我们优惠的宣传单。上面，用醒目的大字写着：哪来哪去，奶茶永久性一块钱一杯。

果然，当天，哪来哪去，又恢复了久违了的人声鼎沸的场面。

当天上午，我们的奶茶就卖出了八百多杯。

而据猴子和板牙的统计，三味奶茶屋一个上午，卖出了不到十杯奶茶。

猴子和板牙站在寒风中，整整发了三天的宣传单。

而三天之后，三味奶茶屋，开始关门歇业了。

这一关门歇业，就再也没有开过。

直到有一天，我们发现，三味奶茶屋的门面换了，改成了一个卖冰糖葫芦的小铺子。

至此，我们的反击，大获全胜。

哪来哪去，又开始了正常的营业。

每天人声鼎沸。

后来的时候，我们总结说，这次的奶茶大战，我们学会了很多东西，我们学会了营销，学会了定位，学会了自主研发；我们还收获了很多，收获了花茶，收获了套餐奶茶，收获了切片果盘的搭配，收获了奶杯裱花的技巧，还收获了顾客的口碑。

猴子加了一句："我们收获了苦丁奶茶。"

板牙嘿嘿笑着："我们收获了比以往任何时候都多的钱。"

官书记呢，说了这么一句："穷则变，变则通。"

而方片七则感慨："人无我有，人有我优，人优我变，这才是竞争中，颠扑不破的真理啊。"

嗯，再后来的后来，我们经过学子复印店的时候，我们甚至都想不起来了，很早之前，这儿有个三味奶茶屋，而哪来哪去和它之间，还有一场奶茶大战呢。

31.哦，飘雪的平安夜

平安夜。哪来哪去。

当我、橙子、板牙、卢小樱、方片七、李佳一、胡文娜几个人正对着墙上圣诞节主题的十字绣大赛获奖作品，频频点头时，猴子推门进来了，喊了一声："下雪了。"

"轰——"的一下子，就跟炸锅了似的，每个人都往门外跑。

推开门，只见散散点点的雪花，漫天飞舞着。

有风吹来，瞬间，千军万马般，疾驰而过。

瞬间，在场的几个人像是孩子似的，又蹦又跳，口中嚷嚷着："下雪喽，下雪喽。"

因为，这是今年的第一场雪。

而且，是在平安夜这天。

方片七诗兴大发，禁不住摇头晃脑地吟起诗来："乍寒还暖几寒星，且歌且舞落轻盈。若非不惜万里行，何处惹煞世间情。"

李佳一则伸出手，脸上挂着孩子似的天真无邪的笑容，去接那些飘飘洒洒的雪花。

橙子仰着头，伸出舌尖，去接落入口中的那一朵朵雪花。

板牙则拉着卢小樱的手高兴地转来转去，口中高喊着："噢噢，下雪喽，噢噢，下雪喽。"

看大家兴致如此高，胡文娜提议道："要不，我们今晚就到这吧，大家有愿意去操场走走的，就去操场走走；有愿意在校园逛逛的，就在校园逛逛；有愿意到海边看看的，就到海边看看。嗯，猴子，你要是哪儿都不愿意去的话，就在哪来哪去呆会儿吧，自己给自己冲杯奶茶，等走的时候，把门锁上就行了。"

"喂，想让我看店直说就是，这种情况，又不是一两次了，哪一次不是我啊？"猴子很不高兴地抱怨道。

"嘀，说不准这个时候，等会儿有哪个女生郁闷了，来喝杯奶茶或咖啡，你不正好下手吗？多好的机会啊，抱怨个啥呢？"板牙冲着猴子笑笑，言罢，拉着卢小樱，向操场奔去。

于是，剩下的几个人，也开始四散离开了。

方片七和李佳一走在了一起。

橙子则掏出手机，给赵可欣打电话，问她在哪儿。

猴子瞅瞅四散离去的几个人，一边摇头唱着："我感动天感动地，怎么感动不了你。"一边踉跄着回了哪来哪去。

胡文娜看几个人都走了，冲我一笑："趣来，我们也走吧。"

"去哪儿？"我愣了愣。

"去海边吧。"

"好的。"

"走吧。"

"嗯，把手给我吧。"

"为吗？"

"知道你冷呗，帮你暖一下。"

说着，我拉起胡文娜的手，两人同时向学校东门走去。

抬起头，只见漫天飞雪，宛若点点星星的繁花，簌簌而落。

落在地上，还未等堆积，一阵风吹来，便被四散卷走了。

从哪来哪去到学校东门的海边，平时也就五分钟的路程，然而，这一次，我们却走了十多分钟，走得很慢很慢。

两个人的脚步都很慢，似乎，在享受这份突如其来的美妙吧。

走到东门，迎面便是一股劲风，从海上刮过来的。

胡文娜不由得打了个寒战，同时缩了缩脖子。

“冷吗?”看胡文娜冻冻缩缩的样子，我稍稍笑了一下。

“嗯。”胡文娜点点头。

“来，抱紧一点。”我说着，把胡文娜用力揽了一下。

这时，风吹起她的长发，扑棱棱地打在我的脸上。

我努力地拨开了：“我们还要去海边吗?”

“当然咯。”胡文娜仰起脸，嘟起嘴。

“我今天早上就跟你说，要你多加一件衣服，你偏不听，非得穿这件红色的羽绒服，薄得跟层纸似的，你啊，非得要这样‘美丽冻人’不行，一会儿从海边回来，肯定就成了个‘冻美人’啦，我看还得找个地方生堆火，才能烤醒呢。”

“你穿的多点不就行了吗？等会儿导演一说开拍，你就要怜香惜玉，把你外套脱下来给我了。电影里不都是这么演的吗?”

“嘀，人家电影里还演的说，男一号刚打了个喷嚏，女一号就端来了热气腾腾的姜汤呢。”

“哦，那还敢情男一号，捧着个碗，啥话不说，眼泪吧嗒吧嗒地就往姜汤里掉呢。你能做到吗？能做到的话，我也给你煮姜汤喝哦。嗯，煮可乐姜汤，之前在家里的时候，妈妈有给我煮过，很好喝的呢。”

“妈妈会煮，不代表你也会煮啊。”

“谁说我不会的，不行，我明天就要煮给你喝，让你敢小看我。”

“喂，我又没感冒，干吗要喝姜汤啊?”

“现在没感冒，不代表等会儿就不感冒。”

“你什么意思啊？干吗好端端的，非要我感冒呢?”

“哦，因为你等一会儿要怜香惜玉啊。”

“谁说的?”

“导演啊。”

“谁是导演?”

“我啊。”

“演什么?”

“你演男一号，我客串女一号。”

“喂，你太不专业了吧。女一号也能客串?”

“为吗不行，我说行就行。”

“好吧，你说行就行，我不跟你争啦。”

“这还差不多，你胆敢有意见。”

“哼，我不是不敢，是不屑。”

“你敢不屑于本公主?”

“公主?噢，我差点忘了，前几天刚封了你为公主呢。不好意思啊，这几天封的公主有点多了，你稍微见谅一下啊。”

“张!趣!来!”

“啊?谁啊?起了个这么有王者风范的名字，想来，人也一定长得是玉树临风，英俊潇洒了?”

“你竟然敢这样跟我说话!好，你等着，后果自负好了。”

“什么后果?我穿着这么厚的羽绒服和保暖秋裤，又不怕你拧我胳膊，掐我大腿，我还怕你不成。”

“咣——”

“啊——我怕了你了，还不行吗?你这样用脚跟踩我，早知道，还不如让你拧我胳膊，掐我大腿好了。呜呜，你那可是高跟靴子啊，不是平底鞋啊。”

“看你还敢跟我犟嘴不。我刚才明明说了的，后果自负。”

“哎哟，好痛啊，你把我的脚骨踩碎了，我直不起身来了。”

“哼，那是你自找的，活该。”

“真的，我不是骗你的，你看我，痛得眼泪都出来了。”

“你确定?”

“天哪，你这个人怎么这么没良心啊，明明是你那么大的力气来踩我脚的，现在还反过来，问我是不是确定。”

“真的受伤了吗?”

“是啊，是啊，千真万确。”

“那严重吗?”

“你说脚骨都被踩碎了，能不严重吗?”

“那，那，怎么办啊?”

“你要养我一辈子。”

“喂，哪有女的养男的一辈子的？这有点说不过去啊。”

“呜呜，你看，我走路都一瘸一拐的了，我都这样一个残疾人了，你还这么说。你好狠心哪，我不活了。”

“啊，我也没想到，我觉得自己用的力气不大嘛。”

“敢情被踩的不是你的脚啊，你当然觉不出来了。”

“我不是故意的。”

“我不管你是不是故意的，现在事情发生了，你就说你愿不愿意一辈子养着我吧。”

“这算是以身相许吗?”

“什么话？我这明明是寄人篱下。”

“你是要过着衣来伸手、饭来张口的生活吗?”

“那就要看我的心情了。”

“什么心情啊。”

“高兴了的话，就过这种生活，不高兴了的话，嗯，我还过这种生活吧。还有，空闲的时间，我要逗逗猫，逗逗狗，养养花，养养鸟。生活要丰富多彩一点，不能太单调乏味了。”

“那咱们家就指望着我一个人工作啊?”

“嗯，要不，你给我弄几只漂亮的小兔子养养，隔段时间，我就给它们剪剪毛，你把剪下的毛，收集起来，拿到集市上，卖了贴补家用。”

“哇，这种生活好惬意啊。早知道，就应该让你来踩我一脚了，换了你来养着我。”

“喂，刚才怎么又扯远了。你还没说，你愿不愿养我一辈子呢。”

"嗯，好吧。"

"啊，你怎么这么干脆利落地就答应了？你这个人怎么这么没有魄力啊？就不能磨唧磨唧，再和我讨价还价一下？你太让我失望了。"

"喂，明明是你一而再，再而三的，反复追问的嘛。我没有办法，就只有答应了。"

"太过分了。这个社会真是江河日下，出现了女的养男的，并且一养就是一辈子，这种令人发指的事情，唉，人心不古哪。"

"喂，张趣来，你怎么说话呢？欺负我是不是？"

"哎哟，我的脚又痛了。好痛好痛，不行，我坚持不住了，要摔倒在地上了。"

"有这么严重吗？怎么还间歇性发作啊？"

"不信的话，你过来摸一下，肿得老高了，跟个馒头似的。"

"真的？"

"你过来摸下就知道了，恐怕今天晚上鞋子都没法脱下来了。"

"啊？你别动，我过来摸下看看，实在不行的话，就送你去医院。"

说着，胡文娜一脸歉意地走过来，轻轻蹲下身子。

"嘘——别动。"我做了个噤声的手势。

"怎么啦？"她抬起头，望着我。

"方片七。"我脸色凝重了起来。

"哪儿？"胡文娜身子颤了一下。

"你身后不远处。"我压低了声音。

"那怎么办？"胡文娜不禁问道。

"保持这个姿势，别乱动。"我说着，自己也慢慢弯下腰。

"为什么？"胡文娜又问道。

"嘘——"我把食指放在嘴边，慢慢把脸贴近胡文娜的脸。

然后，只听"呗——"的一声。

两个人的嘴唇瞬间紧贴在了一起。

接下来，我迅速直起身，迅速跑开了。

“喂，张趣来——”身后胡文娜大喊道。

“记得你说过的，你要养我一辈子的哦。”我转过头，向胡文娜嘿嘿笑着。

“你太过分了。”

“觉得我过分了的话，就换我来养你一辈子好啦。不过，是有条件的哦。”

“什么条件?”

“这个啊，我现在还没想好，等一会儿告诉你吧。”

“喂，你现在去哪儿?”

“去看海啊。”

“你等我一下。”

“我给你讲个故事听。”

“什么故事?”

“喂，你当心点，看好脚下的路，别摔倒了。”胡文娜一边说着，一边如履薄冰般小心地前行。

“嗯，这会儿雪是不是更大了?”我说着，仰起头，只见成千上万朵的雪花，在风中上下打着旋，飘忽不定。

“应该是更大了，不然，你看这地上，刚才还没有多少堆积的，现在已经是薄薄一层了。”

说话间，两个人一前一后地到了海边。

此时，只见大海，咆哮着，怒吼着，仿佛一个恼羞成怒的巨人，掀起一个又一个的巨大海浪，汹涌上岸，又片刻撤离，只留下一个个支离破碎的斑斑泡沫，然后，瞬间又有浪头打了上来，一轮一轮，往复不断。

风，横冲直撞得野兽一般，嚎叫着，一次一次地冲上来，像是随时要把人掀翻在地。

雪，则随风而舞，时而上扬，时而下压，时而往前疾奔，时而向后急撤。

更有稀稀落落的细小沙子，夹杂雪中，随风被卷起，又骤然被打下，留下一片沙沙声。

胡文娜下意识地不由用手臂抱紧了我，我顺势用胳膊揽住了她。

举目四望，偌大的一个海滩，竟然只有我们两个人。

“我们要走走吗?”我看着咆哮不止的大海，嚎叫中的北风，还有漫天的雪花，纷纷不断地落在两个人的头上、肩上，不禁问道。

“嗯。”胡文娜应了一声，却不肯挪动脚下的步子。

“好吧，”我点点头，“今天晚上在这儿，我们一起来度过一个终生难忘的平安夜好了。”

“怎么度过?”胡文娜看着我。

“嗯，我想想吧，想起来了就告诉你。”我笑了一下，伸手帮胡文娜把头发上的落雪弹掉了。

“哦。”胡文娜噘了噘嘴。

“你不是说要走走吗?”我看了看面前，只是这么一会儿，地上已积了一层雪了，“我想，我们走出一段距离，再走回来的时候，我们的脚印，肯定就被覆盖了。”

“应该吧，我也觉得现在雪下得，比刚才更大了。”胡文娜说着，把我揽着她的胳膊拿开了，站直了身子，左右晃了下胳膊，“走吧。”

“要不，我把这件羽绒服脱给你吧。”说着，我把手伸向脖子下面的拉链处，就要往下拉拉链。

“耶，那么难看的衣服，我怎么能穿啊？太没品了。还是你自己穿着吧。”胡文娜说着，冲我一挥手，“走啦。”

“你真不冷?”我当然知道这只是胡文娜故意找的一个借口，因为这件羽绒服，还是当时她和我一起去买的。

“走走就不冷啦。”说完，胡文娜不再理会我了，而是向前走去。

疾风骤雪中，两个人一左一右地走着，身后是四串歪歪斜斜的脚印，绵延着。后来，又被积雪覆盖了，模糊不清。

刚开始的时候，我和胡文娜是拉着手走的，胡文娜觉得冷了，于是，就变成了挎着我的胳膊。

“趣来，你学学企鹅走路的样子，我看看好吗?”走着走着，胡文娜忽然来了这一句。

“你找件企鹅披风给我披上，我就学给你看。”

“哦，我觉得还是找件蓑衣，找个斗笠，给你披上比较好看点。嗯，还要有只小船，给你根鱼竿，在风雪中垂钓。”

“那再加上垂首而立的三五个妙龄少女吧，要杨柳细腰的，且笑若桃花掠风，哭若梨花带雨那种，而且吹拉弹唱、琴棋书画，都要一一精通呢。”

“什么?你再说一遍。”

“没没没，这些是方片七的毕生心愿，我刚才无意给走漏了，他还说白天要有红颜研墨，晚上要有红袖添香。对了，你可千万别告诉李佳一啊。”

“哦，那就要看你等会儿学企鹅走路，学得像不像了。”

“啊，不是吧?还要学啊?”

“当然了，不然的话，我今晚上就打电话给李佳一说，你们家后院起火了，方片七要喜新厌旧，见异思迁了。”

“喂，人家方片七只是说说嘛，又没有去行动。”

“想想都不行，更别说是说说了。不把它扼杀在萌芽中的话，万一将来长成了个参天大树，非把你也一脚踹下水不可。我这人心软，最见不得这种有人落水的场面了。”

“那要是等一会儿，一个浪头打过来，我被冲走了呢?就是说，我落水了。你怎么办啊?”

“那，我用手机把整个过程拍摄记录下来，传到网上去，正好把博客点击率提升一下。”

“哇，你这么狠心，我想不用我骂你，那些后面的评论，口水也能把你淹了。”

“这是你自找的嘛，谁叫你不学企鹅走路的样子，让我看的?”

“败给你了，你这是第三次了，好吧，我现在酝酿一下，就学给你看。”

“好好学啊，我觉得你很有这种天分的，笑起来都那么傻得可爱，所以，你只需要把你平时憨头憨脑的样子，稍加发挥，就可以啦。”

“你才憨头憨脑的呢，再这么说，不学企鹅走路给你看了。”

“好吧，我不说了。你学吧，我看着呢。”

“看好了啊。”

“嗯。”

……

“哇，好像，好像，我就说了嘛，你有傻笑的天赋，哦不，是扮企鹅的天赋。”

“嗬，哪天我扮猪吃老虎你看看。”

“土拨鼠能吃得下老虎吗?”

“谁说我是土拨鼠了?”

“我又没有啊。我只是问问土拨鼠能不能吃得下老虎，又没有说你是土拨鼠啊。”

“那你干吗接我的话啊?”

“我接你什么话啦?我只是刚才突然想起了《冰河世纪》这部动画片。”

“并且，那里面也没有土拨鼠啊。只有树懒和松鼠，并且，也没有企鹅。”

“你说话不算话，刚才还说的，我冷得受不了了，跟你说声，你就把外套脱给我穿的。”

“我有说吗?”

“哼，说话不算数，不理你了。”

看胡文娜背过身去，嘟着嘴，一副生气的样子。

“好啦，好啦，别生气啦，我把外套脱下来给你就是了。”我说着，开始要往下拉拉链。

胡文娜却依然是背对着我，没有转身，也没有做声。

“我可真要脱下来了啊，你可别再说我说话不算数了啊。”

胡文娜仍是一副置若罔闻的样子。

我皱了皱眉。

环顾一下四周，只见地上，不知什么时候，已经积了很深的积雪了。而旁边，是两行歪歪斜斜、深浅不一的脚印，那是刚才学企鹅走路时留下的。

大海，依然在怒吼，北风，依然在肆虐，雪，仍然一刻不停地，漫天狂卷。

我一咬牙，一横心，只听“哗啦——”一声，羽绒服的拉链被拉开了。瞬间，有风灌进来了，像是鼓起的两张帆。

这时，只听胡文娜“扑哧——”一声，笑了出来。

“好冷啊。”我忍不住地喊道。

胡文娜听到我喊冷，这才转过身来：“呀，你怎么把拉链拉开了？”

“喂，明明是你让我把外套脱下来让你穿的嘛。”我忍不住地大呼起来。

“噢，这个样子的啊，我都忘了呢。”胡文娜点点头，像是突然才想起来有这回事的样子。

我缩了缩脖子。

“你很冷吗？”胡文娜看着我的样子，嘻嘻一笑道。

“你说呢？这可是大雪纷飞的三九寒冬啊。”我没好气地答道。

“嗯，那我抱抱你吧。”说着，胡文娜向前走了两步，正要伸出的胳膊，突然缩了回去。

“干吗不抱了啊？”我见状问道。

“应该是你来抱我啊。”胡文娜正色道。

“为什么啊？”我不解了。

“你的羽绒服正好也可以把我包裹住的嘛，我们两个人就都不冷了。”说着，胡文娜把胳膊紧贴在胸前，很是怕冷的样子。

“好吧，我抱你好了。”说着，我向前跨了一步，把羽绒服拉链拉开，把胡文娜拥入怀中。

“还冷吗？”看着怀里的胡文娜，只见此时的她，显得格外的乖巧依顺。

“不冷了。”胡文娜摇摇头，脸上是陶醉的幸福笑容。

“嗯，你刚才为什么笑啊?”

“我想起你学企鹅走路的样子，就忍不住笑出声了。”

“很可爱吗?”

“嗯。”

“你说它们为什么走得那么慢啊，是因为怕是走快了，脚下一滑，就摔倒了吗?”

胡文娜伸出胳膊抱住了我，并且，把头贴在了我的胸前，闭上了眼睛，脸上挂着温馨甜蜜的笑意，仿佛是在倾听心跳，又仿佛是在享受幸福。

两个人都不再说话了。

静静感受这一刻的温暖与幸福。

一片静谧。

只剩下了潮水的拍打，北风的吹刮，雪花的簌落。

这时，一片雪花飞来，落在了胡文娜的睫毛上，晶莹剔透的，使得她像个芭比娃娃一样，纯洁可爱，讨人喜欢。

那一刻，我竟有几分看呆了。

心，犹如丢进了一个小小的石子，却泛起大大的涟漪，且瞬间荡漾开来。

忍不住地低下头，闭上眼，轻轻落下一个吻。

吻在她弯弯的睫毛上。

胡文娜的身子颤了一下，睫毛扑簌扑簌地抖动起来，如晚风中的睡莲般。

我就那样痴痴地看着怀里的胡文娜，第一次才发现，原来，女孩子脸上挂着甜美的笑容的时候，是那样让人心疼，又是那样地让人心醉。

我知道，这一刻的定格，这一生，都抹不去了。

静。安谧的静。

两个人谁都没有说话。

也没有动。

不知隔了多久，也不知是谁先主动，仿佛一切都是下意识的，两片滚烫的嘴唇，就贴在了一起。

闭上眼，呼呼风声中，我仿佛看见簌簌而落的，从天而降的一群群洁白无瑕的小天使、小精灵，翩跹起舞着，舞罢，化做了大朵大朵的浮动的幸福，纷纷扬扬着，飘落在了我和胡文娜的身上。

一瞬间，阳光明媚，春暖花开，河水汩汩而淌，溪水淙淙而流，鸟儿雀跃着，蜜蜂嗡叫着，蝴蝶纷飞着，到处，洋溢着阳光的温暖，春天的幸福。

32.元旦到了

平安夜的雪，把整个雁坛市都布满了。

到处是白皑皑的一片。

一直到了新年来临，还不曾消融，就那样一直硬生生地堆在路的两边。

有那么一两个好事顽皮的孩子，踢上几脚，就打着转地滑到路边，车轮碾过，又滴溜溜地旋开了。

地上，已经没有积水了，都已经结成了大大小小、一摊一摊的冰冻。

北风，一如既往地，肆虐妄为着。

路上行人已很少了。

即使有那么三三两两的赶路行人，也是神色匆匆，且全身上下，都包裹得严严实实的。

自此，整个雁坛，算是真正进入了凛冷的寒冬。

然后，元旦三天的假期就到了。

人，却慵惰着，哪儿也不肯去了。

宁肯窝在床上，看上一整天的闲书，或听上一整天的歌。

是啊，除此之外，还有哪儿可去呢？

人们想来想去，终于想到了一个地方——哪来哪去。

于是，人群又开始从四面八方涌进了哪来哪去。

于是，猴子、橙子、板牙、方片七、官书记、卢小樱、胡文娜、我，开始新一轮地忙碌起来。

此时的哪来哪去，已经又换了一副新的面貌了。

墙上挂着的，除了十字绣大赛的获奖作品之外，还有摄影大赛的获奖作品。

每天从早到晚，都有很多人从哪来哪去进进出出。

尤其是我们搞促销的那一个星期。

每天仅奶茶的销量，都在一千五百多杯。

按胡文娜的说法，我们似乎小有盈利了。

元旦前一天的晚上，我们把咖啡屋的收支，细算了一遍，我们发现从4月7号咖啡屋的营业一直到现在，我们赚了七百八十七块钱整。

并且，这是我们，把哪来哪去的所有桌椅板凳、功放、音箱、微波炉等固定资产，折价百分之五十，算出来的。

得知赚钱的那一刻，猴子、橙子、板牙、方片七、官书记、卢小樱、胡文娜、我，几乎是相拥而泣了。

于是，猴子嚷嚷着要去吃火锅。

这个提议，被大家全票通过了。

于是，我们就定下来，元旦的那天晚上，我们八个人集体去学校西门的火锅店吃火锅，然后，方片七把夏培整个宿舍都叫来了，来给我们看店，照顾客人。

那天晚上，很是大快朵颐了一番。我们还买回了一个大的蛋糕，拎回了几瓶香槟酒，然后，灯被关上了，蜡烛被点亮了，八个人一起许下了我们新年的愿望，然后，一起吹灭了蜡烛。

灯再次亮起来的时候，香槟被打开了，雪白的泡沫，咕咚咕咚地往外泛着，每个人脸上都洋溢着发自内心的欢喜，因为我们终于可以盈利、转正了，不用再像从前那样，一直都在负数之间游走、徘徊了。

33.寒假来临

考试，在另外的一场大雪纷飞中，如期而至。

这里，引用橙子后来在一篇播音稿中的原文：这次期末考试，由于我们思想上和觉悟上的高度重视，整个332宿舍紧密团结在以官书记为圆心的圈圈周围，高举“绝不挂科、绝不绝不挂科”的伟大旗帜，积极主动地配合各项战略实施，并及时调整了前进的方向和步伐，最终在大部队同仇敌忾、浴血奋战了两个周，弹尽粮绝、奄奄一息的时候，迎来了新世纪的曙光，自此，圆满地完成了我们光荣而又神圣的使命——确保332宿舍无一人挂科。

然后，就是随之而来的长长寒假了。

这个寒假，胡文娜给自己下了一个任务，就是一定要完成她的那个剧本，在开学之后，将我们整个332宿舍和夏培整个宿舍，还有卢小樱、李佳一、赵可欣、虞梦瑶，都悉数搬上舞台。

当她把这个想法，告诉我们的时候，大家一边漫不经心地喝着奶茶，一边哈欠连天地谈论着天气。

只有夏培她们，对于胡文娜的这个想法，是极力拥护的。

用方片七的话来说，这也难怪，这是她们第一次听到这个童话故事，当然大感兴趣了。

于是，在一阵其乐融融的哄笑声中，大家把这个事情抛在脑后了。

再接下来，就是大家各自拉着行李箱，奔走在各自回家的路上了。

方片七站在宿舍阳台上，看着宿舍楼下面，如过江之鲫般鱼贯而出的学生，不禁大为感慨，掷下了这么一句：“青春，当真没有地平线的吗？那么，为什么，我看见很多很多人，义无反顾地背着行囊，步履匆匆地，走得那么心急？”

当方片七在阳台上大发感慨的时候，猴子已经踏上了返程的火车；板牙和卢小樱正在火车站的候车大厅里，难舍难分；橙子和官书记则正在收拾着回家的行李。这时，橙子电话响了起来，橙子掏出来看了一眼，嘟哝了一句："这么准时？"就冲出宿舍了。不用猜也知道，赵可欣现在正在宿舍楼下等着他。

"方片七，佳一回家了吗？"我说着，从口袋里摸出烟盒，抽出三支，甩给了官书记一支后，走上阳台。

"嗯。"方片七点点头，从我手里拿过火机和烟，背过身，避着风，点上了，然后，转过身，喷了口烟，"趣来，你真打算留守到过年前的一个星期，再回去？"

"是啊，我的火车票都买好了呢。"我吐了口烟，笑了笑，"文娜没有买票，她说坐汽车回去。"

"嗯，趣来，你想过去文娜家看看吗？"方片七不经意地来了这么一句。

"去看看？"我愣了愣。

"嗯，说是去住住也行。"方片七笑了笑。

"我去住哪儿啊？"我忍不住问了这么一句。

"当然是住她家里了啊，"方片七看到我脸上的诧然，"难不成你还想住旅馆？"

"住她家里，她家人能同意吗？"我又问道，"还有啊，万一水土不服，怎么办？"

"水土不服？看把你美得，你还想让他们一大家的人都围着你团团转？"方片七又喷了个烟，"嗯，趣来，你觉得你和胡文娜之间，以后有多大的可能啊。"

"多大可能？你是指的，我和胡文娜的将来吗？"我愣了下，觉得方片七说话有点吞吞吐吐，不大利落了。

"嗯，"方片七点了点头，"毕竟，再开学，就是大三下学期了啊。是该考虑一下，将来的何去何从了。"

我摇了摇头："这个，还真没想过呢。"

方片七点了下头，掐灭手中的烟头："趣来，再给我拿一支吧。"

"噢。"我应了一声，从兜里再次摸出烟盒，递烟给方片七的时候，觉得他脸上怪怪的，似乎，有话想说，但是，欲言又止。

方片七把烟点了，缓缓吐了个烟圈，又一口气吹散了，然后，看着我："趣来，我问你一个事啊。"

"什么事？"我不解地望着方片七。

方片七瞅了下正在收拾行李的官书记，压低了声音："你先保证，我说了的话，你先别跟我急。"

"别跟你急？"我愣了下。

"嗯，我也只是随口问一下，你真不愿说的话，就不说好了，别跟我翻脸就行。"方片七说着，再次往宿舍里瞥了一眼。

"好事还是坏事？"我不明白方片七的意思了。

"不好也不坏吧。"方片七诡笑了一下。

"你说吧。"瞧方片七的那笑意，我就知道，肯定没有好事。

"嗯，那我可说了啊，你和胡文娜之间，有没有——"方片七压低了声音说着，眼睛却落在宿舍里的官书记身上。

"有没有什么？"我一时还是没有反应过来。

"靠，你这厮，怎么这么单纯啊？你就不能朝歪处想一下。"方片七见我的一脸莫名，有点恼火了。

"什么歪处？"我瞪大了眼睛。

"就是，你和胡文娜，有没有一起睡过觉。"方片七说着，再次警觉地看着宿舍里的官书记。

登时，我气血上冲，忍不住要对方片七大骂出声了。

"我刚才说了的啊，我只是随口问一下，你真不愿说的话，就不说好了。"方片七见我要吵闹，赶紧做了个噤声的手势。

"嗯，睡过。"我点了下头。

"什么？"方片七惊大了嘴，仿佛耳朵听错了一样。

"还睡了很多次呢。"我看看方片七的表情，做出一副不屑的样子。

"啊?!"方片七眼珠子几乎要蹦出来了，"什么时候？"

"这个暑假啊，中午困了的时候，我们就一块趴在桌子上睡会儿了呢。好几次，都是我抱着她睡的，这算是一起睡过觉了吧。"我对方片七的大惊小怪，从鼻子里哼出一声，脸上颇不以为然地说道。

“靠，趣来，你这厮。”方片七恨恨地骂了一句，把手中的烟头掷到地上，用脚狠狠地踝灭了，“我还真以为你们俩之间，发生过了呢。”

“也就你这厮，才思想这么龌龊。”我几乎要勃然大怒了。

方片七赶紧拉了拉我的手，又指了指宿舍里的官书记：“嘘，别让他听到了。”

我狠狠地瞪着方片七：“我和胡文娜之间的爱情，是最神圣纯洁，最不容玷污、不容亵渎、不容侵犯的。你以后少跟我提这些，不然的话，别怪我张趣来翻脸不认人。除非我和她能步入婚姻殿堂，否则，我绝对不会对她有半点邪念。”

“靠，趣来，你真够男人。”方片七点点头，“要是李佳一遇见的，是一个像你这样的男人就好了。”

“什么意思？”方片七的后半句，让我陷入糊涂了。

“嗯，下个学期，我和李佳一，可能就搬出去住了。”方片七低声说道。

“啊？你们不会是要，要，要同居吧？”我结结巴巴地说道，这事太出乎我的预料了。

“嗯，我和李佳一都说好了的，打算在我们学校周围找个地方一起租住，自已买菜、做饭。”方片七看到我脸上的表情，笑了一下，“咱们隔壁的马梁，不就和他女朋友搬出去住了吗？”

“啊，还有这个事情啊？”我愣了下，极力搜索印象中的马梁。那是一个很模糊的形象。

方片七看到我脸上的惊讶，无奈地笑了一下：“趣来，要是我告诉你，马梁为了给他女朋友做人流，还找我借了二百块钱，你会怎么想？”

“什么？”方片七的这话，足够让我昏厥过去了。

“干吗那个表情？你看看，现在哪所大学周围不是租屋林立，旅馆、钟点房，从南到北，一个挨一个？我们学校北门和西门的广告牌上，你看到了没有？都是些什么广告？妇科、人流。你从学校出门坐的公交车，座椅上都是些什么广告？妇科、人流。你去市区逛一趟，那些花花绿绿地撒了一地的，除了手机卖场的宣传单之外，还有什么？妇科、人流。”

“唉！”方片七的话，我真的是一点都找不到反驳的理由了。

“出去一趟，回来了，手中是他们发的印刷精美的宣传册、会员卡、扇子、钥匙扣，公交车的液晶电视上，也是他们的广告，LED显示屏上，也是他们的广告，这个天下，可真是滚滚人流的天下了啊。生活在这样的环境中，我们又怎么能不躁动不安？怎么能不随波而泛？”

“天下熙熙，皆名所趋，天下攘攘，皆利所往。熙熙攘攘，名来利往。唉，这就是我们这个功利、浮躁的社会。”

“趣来，你别叹气了，你这越叹气，我就越愧疚不安，越觉得自己不应该搬出去住了。”

“方片七，枉你还自称为诗人呢，想不到，竟也是这么个和他们一样，同流合污、沆瀣一气的人。唉，我张趣来真为有你这样的兄弟朋友，而心生羞耻。以前的时候，我内心之中，还觉得你是一个诗人，对你有几分的尊重和崇拜，现在看来，纯粹就是一个舞文弄墨的文坛小丑。”

“谢谢你，趣来，不管怎么说，至少，你还曾经觉得我是一个诗人。其实，虽然我一直自诩为诗人，但是，我内心中，却真的很鄙视现在的诗歌界、文艺界。我不是诗人，没有资格做这个诗人的，这个社会，这个时代，已经没有诗人了，诗人，是另一个世界遥远的称号，只留下了，一个渐行渐远的背影。”

“为什么这么说？”

“纵观文坛，多少跳梁小丑，遍览文章，多少糙劣之作？你去起点、红袖、17K、幻剑书盟，你去新浪文学、榕树下、天涯、猫扑看看就知道了。这些网站，背后的主家又是谁？他们又有多少人，是在做文学？那分明是一条条的流水线，一个个的码字机啊。你以为，我不心痛，我不心寒吗？可是，我又能做什么呢？”

“可是，你不能这么自暴自弃，破罐子破摔啊。”

"趣来，你不懂。嗯，还记得，去年的7月，你曾看过的那份武侠电子杂志吗？"

"这个当然记得，《拂袖》那首歌，就是因为它，才喜欢上的啊。"

"嗯，游侠歌，那你还记得水月流萤这四个字吧？"

"就是杨海峰那个吗？怎么啦？"

"嗯，水月流萤除了网站之外，还有一本同名的刊物，游侠歌创办的时候，有一个自己的宣言，而水月流萤创办的时候，则有一个自己的誓刊词。"

"什么宣言、誓刊词？说来听听。"

"游侠歌宣言：

"游侠歌愿以一己绵薄之力，一片赤诚之心，一腔热血豪情，为武侠奋斗终生。人生几何，仗剑而歌，我以我血，写我武侠。

"每一天，平凡人的生活就这样平凡地重复着，但是，生活的平凡无法阻止这些年轻人在心中构建着属于自己的江湖，游侠歌、盛世、佣兵，不过是这些年轻人心中的一个梦，一个江湖梦。

"对江湖来说，这些梦无关紧要，江湖中没有人会在乎这些小人物的梦，但对我们来说，这些梦却是如此的真实，真实得伸一伸手便可以够到。

"谁说江湖只属于那些大人物、那些名作家、名作者、网络大神？江湖，同样属于每一个平凡的人。

"其实，江湖就在心里，心有多大，江湖就有多大。

"一个人有一个江湖，你可以守着自己的江湖羡慕别人的，但是终究有一天，所有人都会懂得自己的那个江湖才是最可以快意恩仇随心所欲且是最美的。"

"是的，上个世纪80年代，有于坚、韩东、芒克、北岛、西川、骆一禾、顾城、海子他们，在这个世纪之初，亦有我们这样一批为文学前仆后继的榜上有名的追寻者，捍卫者。

"是的，上个世纪80年代，有《他们》的诞生，在这个世纪之初，亦有《水月流萤》，旗帜鲜明，迎风起舞。

“我们，应该有这样的一份刊物，时刻以饱满的激情，沸腾的热血，鼓舞人心，激荡胸怀，为我们这个时代，呐喊，疾呼，承载起时代、文学所赋予的责任、重担，在寄托和期许中，毅然上路。

“我们，要做时代的领跑者，做文化的倡导者，做一个敢为天下先的开路先锋，以纸为营，以笔为枪，以字为兵，以旨为令，书心中豪情，扬天地浩气，显英雄气概。

“这个文坛，黑暗、腐败得久了，总有人要先觉醒的，然后斩木为兵，揭竿为旗，待天下云集响应，便吹响号角，杀声震天，一番攻城夺池之后，把网络文学中，那些乱七八糟、不堪入目的什么狗屁修真、穿越、后宫之作等，打得个七零八落、溃不成兵，然后纷纷扫落到垃圾桶中。”

“这样才痛快啊。”

“不仅是痛快了，还是还一个公道。你去网络上看看，去书店里走走，你就知道了，像我这样的人，是多么地渴望一场暴风骤雨，来荡涤肃清啊。我们也应该让世界，看看咱们泱泱中华这五千年的文化光芒，到底是怎样的一个阳春白雪、山高水长，而不净是这些污七八糟的无病呻吟、嗲声嗲气之作，还美其名曰青春小说、言情小说呢。”

“好，这话说的，才像是一个真正的方片七，一个真正的诗人，血气方刚，心怀天下。”

“呵呵，趣来，你不用这么地赞扬我，要说‘心怀天下’这个词，应该是用在像许褚这样的人身上。我身上的，顶多叫社会责任感，而他身上，则可以叫时代使命感。”

“唉，只是可惜，他终究不肯来抛头露面、奔走疾呼的啊。”

“不知道，或许是还不到时候吧。也许，正所谓是，‘潜龙在渊，腾必九天’。”

“这让我想起了《风云》中的那一句，‘金麟岂是池中物，一遇风云变化龙’。”

“嗯，”方片七点了点头，隔了半晌，抬起头，“趣来，再给我支烟

吧。”

我摸了摸烟盒：“就还有三支了。”

官书记闻声，走了过来：“正好，我们仨一人一支。”

我笑了笑，把手中的烟，分递给方片七和官书记。

官书记接过来，点上后，吸了一口，说道：“看你俩刚才聊得很起劲的样子，说的什么呢？”

“噢，这个啊。”方片七看了我一眼，脸上竟有几分的红赤。

“我们在聊大学里的恋爱呢，官书记，你觉得，大学里的恋爱，最终有多少修成正果、恩爱一生的？嗯，你相信大学里的恋爱，都是真心实意、单纯洁白的吗？”我点上烟，抽了一口，似笑非笑地看着官书记。

“应该不是很多。”官书记说道。

“寥寥无几？还是屈指可数？”我继续追问。

“呵呵，这两个词不都一个意思吗？不过，用在这里，倒也都贴切。”官书记笑了一下。

“嗯，你觉得咱们宿舍呢？”我决定捅一下马蜂窝。

“这个不好说。照目前这个状况来看的话，似乎，只有橙子和可欣，可能性不是很大。其他人，我觉得都有这个可能啊。”官书记皱了下眉。

“有什么可能？”我不依不饶地问道。

“可能以后在一起呗。”官书记笑了一下，“他们都说，毕业那天，我们一起失恋，现在还感觉不到啊。依着现在这种情况，我看或许不大会出现吧。”

“嗯，那官书记，对于你和虞梦瑶，你是怎么想的啊？”话出口的时候，我感觉自己终于把手中的匕首，奋力掷出去了。

接下来，就等着结果了。

利用官书记思考的间隙，我瞅了一眼方片七，只见他正看着我，脸上写满了钦佩之色。

“这个，”官书记略一迟疑，“我当然是希望能和她在一起一辈子，疼她，爱她，宠她一辈子，给她想要的快乐和幸福。”

“是只爱她一个人吗？”方片七来了这么一句。

"你这不废话吗?"官书记狠狠地瞪了一眼方片七。

方片七见状,呵呵地笑了一下:"一直是你们俩在聊,我怕你们俩忘了我呢,就忍不住地掺了这么一句,没事了,没事了,你们俩继续聊。"

"靠,这厮。"我愤然骂了一句。

官书记点点头,脸上是同样的愤愤不平。

"官书记,你跟虞梦瑶,有过承诺和约定吗?"不知为什么,我突然地冒出了这么一句。

"应该算是有吧。"官书记点点头。

"什么承诺?"我禁不住地问道。

"我说我妈烙的葱油饼很好吃,虞梦瑶听了,吵着非让我这个寒假回来后,给她带两张,我答应了。这应该算是承诺吧?"官书记呵呵笑着说道。

我和方片七相互望了一眼,不由得同时笑出声。

"官书记,如果再有人问起你这个问题,你应该双脚搓着地面,两手捏着衣角,用一种局促不安、同时很羞羞答答的声音,把你刚才说的话,重复一遍。"

"方片七!"官书记大喝一声。

"是的,长官!"方片七一个立正、敬礼,同时大声说道。

"去买盒烟回来。"说着,官书记从身上掏出了十块的钱。

"买什么烟?八喜?将军?红河?"

"你觉得呢?"

"八喜吧。"

"按你说的去买吧。"

方片七不再说话了,风风火火地就出门了。

官书记点点头:"看见了吗?这就叫授权。"

我笑了一下。

34.曲别针的传说

是夜。除夕。

坐在家里，外面是鞭炮阵阵，还有冲天而起的烟花，瞬间照耀整个夜空，瞬间响彻整个夜空。

十一点五十分。

胡文娜电话打进来了。

“趣来，我想到那个剧本怎么写啦。”电话那端，胡文娜兴奋地大喊大叫。

“喂，文娜，你这个电话开头，好特别啊，刚才我接了十几个电话，人家开头第一句，都是‘新年快乐’，你知道吗？还有十分钟，新年的钟声，就敲响了呢。你应该打过来的是拜年电话，而不是一上来就说什么剧本。”

“拜年？没那时间。咱先来说正事，说剧本的事。拜年的事，等会儿再说。”胡文娜说着，禁不住地又是一阵开怀大笑，“这个剧本，我觉得简直可以用‘完美无瑕’来形容了，哈哈，也就是我这么冰雪聪明且古灵精怪的女孩子，才能想到。”

我皱了下眉：“这个剧本真的有那么大的吸引力吗？我看你这几天，都要走火入魔了，整天关着门，闷在房间里，说，今天是不是又只吃了一顿饭？每天都这样茶饭不思、寝宿不安的，就为了一个剧本，值得吗？”

“当然值得啊，你知道吗？刚才烟花一闪、瞬间照亮的时候，我脑子里灵光一闪，突然就知道这个剧本怎么写啦。”

“那你说吧，要怎么写啊？”

“你还记得，我们第一次见面的时候，你跟我提到的那个关于曲别针的爱情传说吗？”

“当然记得啊，怎么了？”

“我想，以此为背景和线索，展开情节。”

“什么情节?”

“在一个古老的国度，有一对非常相爱的年轻恋人，有一天，他们的国家爆发了战争，为了保家卫国，男子义无反顾地拿起了武器，上了战场。离别之时，两个人自然是难舍难分。男子把女子揽在胸前，久久地不愿离去。

“为了免得女子心中牵挂，男子跟女子约定了，去了战场之后，每个月的月初，他都会用铁丝折一个平安符回来，以告诉女子，他平安无事。如果有那么一天，你没有收到我用铁丝折的平安符，而是一根直直的铁丝，就代表我已经为国捐躯了，你就不要再等我了，找一户好人家嫁了吧，而如果你收到了两枚紧扣在一起的平安符，就表示战争已经快结束了，我会回去娶你。

“后来，每个月的月初，女子总能在家乡，收到远方战场上寄来的一枚用铁丝折成的平安符。战争持续了数年，那个女子也收到了很多的用铁丝折成的平安符。

“再后来的一天，女子突然收到了战场上寄回来的一根铁丝，一根直直的铁丝，而不是平安符。

“女子想起了当时两个人的约定，以为男子已经为国捐躯了。

“于是，当天晚上，她带着男子从战场上寄回来的所有用铁丝折成的平安符，投河了。

“再后来，战争结束了。

“那个男子带着一身荣誉，回到家乡。

“然而，却没有找到女子。

“这时他的邻居见他回来了，告诉他不知道为什么女子突然在一个月前投河了，并拿出了两枚用铁丝折成的，紧扣在一起的平安符。

“男子这才想起来，曾经有一次，他负伤昏迷了，伤势很重，且奄奄一息了，他自己都觉得，自己肯定是活不成了，于是跟身边战友说，如果自己因此死去了的话，记得给家乡那个等他回去的女子寄一根直直的铁丝回去。

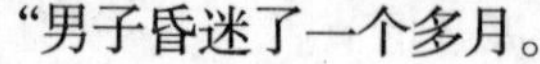

“男子昏迷了一个多月。

“后来，再度醒的时候，战争已快结束了。

“男子想起了自己上个月还没有寄平安符回去，于是，这一次，他折了两枚紧扣在一起的平安符，表示他要回去娶她了。

“然而，却出现了上面的这一幕。

“自此之后，男子这一生，每天都在用铁丝折这种平安符，以表达对女子的思念之情。

“后来，越来越多的人都知道了这个故事，平安符也逐渐流传开来。

“并渐渐形成了一种习俗，恋人之间分开的时候，在家等待的人，一定要给出远门的人，用铁丝折一枚平安符带在身上。

“再后来，人们为了纪念那个女子，于是，就把女子投河的时间，即3月的第一个星期，做成了一个风俗，如果在这个时候，女孩子能得到男孩子赠送的曲别针，那个女孩子一生都会得到这个男孩子最真诚的祝福，一生都会快乐幸福的。

“后来，这个故事流传到了很多国家，用铁丝折成的平安符也流传到了很多国家，慢慢地，人们发现，原来这种铁丝折成的平安符，还有很多作用，比如夹书本文件，用来日常装饰等。

“并且，当它传到中国的时候，它还有了另外的一个名字——曲别针。

“后来，慢慢人们忘记了这个故事，只记得曲别针可以用来夹书，有时候，人们会发现，把曲别针轻轻弯一下，就会变成一颗心，但是，人们不知道这是为什么，因为，他们已经忘记了这个传说。

“其实，那颗心，就是对爱情的矢志不渝。”

当胡文娜这个传说，刚刚讲完，我正要感慨说胡文娜你真天才的时候，只听“铛——铛——铛——”新年的钟声敲响了。

瞬间，爆竹声声。

“喂，什么声音啊？”胡文娜问了一句。

“新年钟声啊，刚刚敲响呢。”

“噢，这样子啊。”电话那端胡文娜恍然醒悟的样子，“我还以为发生了什么大事呢。”

“你有什么话要说吗?”

“噢，对了，我想起来了，你刚才问我是不是只吃了一顿饭，怪不得我现在觉得饿了啊。”

“还有什么要说的吗?”我再次问道。

“你不是又想听那三个字吧?”胡文娜不解道。

“喂，刚才新年钟声，刚刚敲响哎。”我无奈地皱了下眉，提醒她道。

“噢，差点忘了呢，新年快乐。”

“新年快乐。”

“喂，还有一句呢。听好了啊。”

“什么?”

“我爱你。”

“我也爱你。”

35.胡文娜的剧本

有时候，人们会发现，把曲别针轻轻弯一下，就会变成一颗心，但是，人们不知道这是为什么，因为，他们已经忘记了这个传说。

其实，那颗心，就是对爱情的矢志不渝。

这是胡文娜的剧本里的一段独白。

故事发生在一个很美的海滨城市，女孩和男孩相遇在学校西门的一家办公用品店。女孩要买一盒曲别针，由于货架太高，女孩够不到，这时男孩子出现了，帮她把曲别针拿了下来。

女孩感激不尽，就送了男孩一枚曲别针。同时，记住了男孩的笑容，像春天的阳光那样干净明媚。

而男孩，也记住了这个送他曲别针的可爱女生。

第二次，在学校的自习室。两个人又相遇了。

男孩认出了女孩子，主动和她说话。女孩也因此记住了男孩的名字。

第三次，在学校东门的海边，女孩和宿舍的女生说说笑笑的时候，女孩看到了男孩，跑过去跟他打招呼。男孩亦是同样的一脸喜悦。两个人抛开身边朋友，聊得很是开心。

很快，他们就有了第四次的相遇。是男孩主动约的女孩。两个人，在海边散步，海风吹着女孩的长发在空中飘摇。

第五次、第六次、第七次的相遇，纷至沓来。

后来，一次两个人的约会中，女孩捂着胸口喊疼。男孩子不知所措，就把女孩子送到了医院。

检查结果出来了，发现女孩子患有先天性的心脏病。

医生告诉男孩，女孩的心脏正在慢慢萎缩，如果找不到适合的心脏移植的话，女孩可能活不了半年了。

男孩子一筹莫展。

这时女孩的父母过来了，告诉了男孩实情。原来，他们担心女孩受不住这个打击，就一直对女孩子的病情，加以隐瞒。

男孩觉得很痛苦，可是又没有一点的办法。

接着，女孩也知道了。

女孩没有像男孩那样一筹莫展，相反地，积极乐观地安慰男孩不要太难过。

在女孩的影响下，男孩的心情慢慢好了起来。

他决定在女孩生命最后的时光中，好好陪着她。

同时，他也祈祷，能在这半年之内，找到适合女孩做移植手术的心脏。

后来，女孩病情恶化，每天都要不断地输液。

男孩则不断地祈祷，希望奇迹能够出现。

他开始去网上搜索那些很灵验的祈祷方法，直到那一天，他看到了那个古老的关于曲别针的爱情传说。

看到曲别针的传说的当天晚上，男孩做了一个梦。

梦见自己就是传说中的那个男子，而女孩就是传说中的那个女子。

醒来之后，男孩想到了最初认识的那天，女孩送他的那个曲别针。

于是，他就把它折成了一颗心。

后来，他买回了很多曲别针，每天都折一枚。

他想攒到了九十九个曲别针的时候，就送给女孩。

因为，他觉得，那象征着他们的爱情，会天长地久。

同时，男孩每天还都要在学校和医院之间，来回往复。

当折满九十九枚曲别针的时候，男孩用罐子装了起来，兴冲冲地抱着，想要送给女孩。

而就在过马路的时候，男孩因为高兴，忘了看红绿灯，被一辆疾驰而来的大卡车撞倒，并飞出了很远。

送往医院的途中，男孩清醒过来了。

男孩问医生，我的心脏是不是好好的？

医生以为男孩只是出于一种求生的本能，才问的。于是就说，要到了医院检查了才知道，你先别说话，以免失血过多。

男孩又说，如果，我的心脏好好的，而我离开了这个世界的话，请你把我的心脏移植给你们医院的一位患了先天性心脏病的女孩。

接着，男孩说出了女孩的病房号和她的名字。

男孩在被送往医院的途中，停止了呼吸。

后来，女孩被推进了手术室，接受了心脏移植手术。

手术很成功。

经医生检查，女孩至少还能再活六十年。

女孩渐渐地康复了。

但是，女孩却整天闷闷不乐。

因为，男孩一直没有来看过她。

她以为男孩把她抛弃了。

直到出院那天，她忍不住地问父母，为什么男孩一直没有来看过

她？

女孩的父母，噙着眼泪告诉了她真相。

并把那一罐曲别针交给了女孩。

女孩的父母说，医生说，男孩昏迷的时候，一直抱着它不放。

女孩把那罐曲别针抱在胸前，哭了。

但是，她不知道，男孩为什么要送她一罐曲别针。

直到一年后，女孩看到了那个古老的关于曲别针的爱情传说。

她记起来了，一年前，她被推进手术室的时候，正好是，3月的第一个星期。

女孩胸痛了一下，这才明白过来，男孩为什么要折那么多的曲别针给她。

……

36.电话里的剧本之争

正月初八。

我正在睡梦中的时候，电话响起了。

我抓起电话："胡文娜，你还没改完剧本吗？你不拿个奥斯卡最佳编剧奖，你是不罢休是吧？"

因为从正月初一到正月初七，胡文娜每天早上七八点钟，都要打来电话，和我讨论剧本。

而昨天晚上，她告诉我，剧本就这么定了，并且，等一会儿就把剧本和脚本发给大家看。

这一大早就打来电话，肯定又想改剧本了。

我恨恨地咬了下牙，心想这一天的好梦，又被搅了。

这时，只听电话那端传来一声抽噎，我正在纳罕的时候，猴子带着哭腔的声音传入耳朵："趣来，胡文娜的剧本，我刚看完，结局太悲了，赚了我这么多的眼泪，嗯，趣来，你等下，我拿纸巾擦下鼻涕。"

我愣了愣，一时没有反应过来。

“趣来，你看看，能不能叫胡文娜改改结局，别拆散人家。”猴子一边抽抽搭搭着，一边说道。

“啊，这样啊，我等会儿和她打电话商量一下，你要知道，这是她的剧本。”我说着，挂断了电话。

刚挂上电话没有十分钟，电话又嘟嘟地响了起来。

我再次抓起电话。

我刚说了一个“喂”字，电话那端传来方片七的声音：“趣来啊，莫非这就是传说中的‘天长地久有时尽，此爱绵绵无绝期’？”

我皱了皱眉，正要骂方片七一句的时候，方片七又说话了：“趣来啊，跟你商量个事，成不？”

“什么事？难不成你要说，你嘴里可以吐出象牙了？”我有点恼火，看来今天上午的好梦，要被搅翻了。

“趣来，你怎么说话呢？过年吃爆竹吃多了吧？”

“你管我呢，有话就说，说完我还要睡觉呢。”

“噢，事情是这样子的，嗯，这可不是我的意思，李佳一说她过年的时候，不大喜欢吃荤馅的饺子，还不大喜欢吃玉米软糖，也不大喜欢吃奶油味的瓜子，她说喜欢吃五香味的……”

“靠！方片七，你这厮，又给我磨叽。有话你直说，拐弯抹角地提李佳一干吗？再不说的话，我就挂电话了。”

“噢，其实呢，这也是李佳一说的，她说，这大过年的，不太喜欢看悲剧，皆大欢喜的结局多好啊。我寻思着，也有这么点味，南瓜子吃起来是不如葵花子方便。”

“方片七！有话你给我直说，再给我婆婆妈妈的，我拿根擀面杖冲到你家里，非搅个天翻地覆，杀个鸡犬不宁。”

“好啊，你有本事你就来，我敞开大门，敞开冰箱，敞开锅盖，等你来。”

“你敞开大门，敞开冰箱就行了，还敞开锅盖干吗？”

“你不是说要杀鸡吗？我先把水烧开了，好让你烫一下，拔鸡毛的时候更干脆利落点。”

“靠，我不跟你这样小农思想的人贫了，有话你直说吧。说完，我好接着睡。”

“嘀，谁跟你贫了？笑话，我方片七会和一个连吃鸡都不拔毛的家伙逗乐子？我看你还是蒙着头，继续做你的春秋大梦去吧。”

“这可你说的啊，好，我挂了。”

“等下，等下，我话还没说完呢。”

“说。”

“嗯，趣来，你觉得胡文娜的剧本，是不是有点小悲情啊？李佳一找我，希望让我和你商量一下，把结局改一下，改一个大团圆的结局。”

“噢，这个啊，我等会儿和胡文娜打电话商量一下吧，你要知道，这是她的剧本。”我把跟猴子说的话，又重复了一遍。

说完，我又兀自嘀咕了句：“搞什么搞啊，大清早地就打电话，还叫人睡觉不成。”

然后，挂断了电话。

蒙着被子，却已然没有多少睡意了。

我开始想胡文娜，是不是这个时候，她正梦到剧本被搬上了舞台，嘴角露出一抹的笑意。

还是，她已经起床了，正坐在床上，披着被子，倚着墙壁，望着天花板，想话剧演出的情景。

正当我胡思乱想的时候，电话又响起来了。

我一把抓了过来，这时电话那端板牙说话了：“喂，趣来啊，你小子起来了吗？”

“靠，一大清早的，你们就挨个地打电话折腾，我能起不来吗？”我没好气地说道。

“啊？除了我还有谁啊？”板牙愣了一下。

“还不是猴子和方片七那两个厮，还有谁啊？”我心头还兀自恼火，“你别说你也是因为刚看了胡文娜的剧本，就给我打电话的啊。”

“妈的，趣来，我说的那话，你还记得不？你他妈的就是我肚子里的一只蛔虫。”说完，板牙又加了句，“胡文娜太他妈的有才了，她怎么不考中央戏剧学院啊？考到咱雁坛大学，真是他妈的浪费人才。”

“赶明儿你问问她好了，我也不知道。兴许中央戏剧学院，没有建筑系吧。”对于板牙的这种白痴问题，我只能给他一个白痴答案。

“那倒也是，我寻思着还有一种可能，中央戏剧学院，没有大海，净是人头攒动的，不大适合谈情说爱。”板牙很是一本正经地说道。

“去你的，你他妈的考大学，就是为了谈情说爱？看我回头把这话告诉胡文娜，非让她臭骂你一顿不可。”我恨恨地骂道。

“嘿，我的意思是说，谈情说爱的人多了，才会有哪来哪去存在的理由啊。胡文娜不是为了圆上一个梦想，才开的哪来哪去吗？这样一来，不就找到了她为什么来雁坛大学，不去中央戏剧学院的原因吗？”板牙很是深以为然地说道。

“靠，板牙，你这厮，我一再跟你强调，就你这小身子骨，一天吃一斤瓜子皮就够了，你不听，非要吃两斤不行。你看，现在后果严重了吧？一大清早的，就神志不清，胡言乱语的，跟我谈这么瞎扯淡的问题。”睡意全无了，我索性拿板牙开涮起来。

“你才整天地净吃瓜子皮呢，行了，别把话题扯远了，我觉得，这个剧本的结局，太悲伤了，非得改一下不行，具体怎么改，你和胡文娜商量着办吧。嗯，这也是卢小樱的意思。好了，我挂电话了。”说完，板牙“啪嗒——”一声扣掉了电话。

一群可恶的家伙，想改剧本的话，自己跟胡文娜打电话去。我恨恨地在心中骂道。

这时，电话又“嘟嘟——”地响了起来。

我忍着心中的火气，抓了过来：“喂，谁啊？”

“是我。”电话那端橙子说道。

“好了，我知道了，等会儿我和胡文娜商量一下，看看能不能把结局改一下。不过，你要知道，这是她的剧本，能不能改，我还得听她的。”我没等橙子开口，就一口气说完了，然后，“啪嗒——”一声，扣上了话筒。

隔了几秒钟，只听电话又“嘟嘟——”地响了。

我瞅了一眼，又是橙子打来的。于是，一股无名火，又腾空而起了：“喂，橙子，你有完没完？刚才我不是说了的吗？等会儿我和胡文娜商量一下，怎么改结局的事。”

“什么改结局？是剧本吗？噢，对了，我给你打这个电话，就是想跟你说一下，今天早上，我们家电脑不知怎么搞的，突然死机了。然后，刚才开机后，我发现，桌面的文件都被破坏了，包括那个剧本，怎么也打不开。我想，要不，你重新给我传一份吧。那剧本，我还没开始看呢。”橙子解释道。

“干吗要我传一份给你？你就不会找胡文娜要吗？剧本可是她写的啊。”听到橙子这么说，我更恼火了，觉得他一副存心要给我找麻烦的样子。

“噢，我刚刚一直跟胡文娜打电话，都是说电话占线。我就想到你了，于是，就给你打的这个电话。”橙子再度解释道。

“好了，我知道了，看看等会儿，我再给你传一份吧。”说着，我挂了电话。

挂断电话，我掰着指头，算了一下，从早上七点十分，猴子打来的第一个电话，然后是方片七、板牙、橙子，嗯，还差一个官书记。

我抬头看了一下表，这已经是八点二十了。

官书记的电话，该打来了吧。

嗯，就差这一个电话了。

这样想着，我不仅是睡意全无，而且，是睁大了眼睛，一动不动地瞅着桌子上的电话机，只待电话一响，我飞快抓过，然后，跟官书记说一声，好了，我等会儿就跟胡文娜打电话，把大家的意见都告诉她，让她改改结局。

终于，八点五十的时候，电话响了。

我一把抓过来：“官书记啊，你可打来电话了，你知道吗？我等你这个电话，等了半个多小时啊，我目不转睛，一动不动地瞅着电话，就为了告诉你这一句，等会儿我就给胡文娜打电话，告诉她，咱们332宿舍对她的剧本，集体都有意见，我们想把结局改一下。”我几乎是没有停顿，一口气说了下来。

电话那端竟然不做声了。

“喂，官书记，搞什么搞啊？要不，我挂电话了啊。”说着，我就要扣上话筒。

“等一下，表哥。”见我要挂电话，那端一个声音急切地喊道。

表哥？我愣了一下。

“我是洋洋啊。”

“洋洋？”我这才反应过来，原来是姨妈家的那个刚上初一的小表弟。

“怎么啦？”我问道。

“表哥，我刚刚从网上下载的《魔兽争霸》，不能玩，他们说要一个什么CD—key，去哪儿找啊？”

我愣了下，心想这么小的孩子，就开始玩魔兽了，而自己是大二上学期才接触到的。

“嗯，可能是你家机子配置不行吧，我看你还是好好玩上次我给你下的那个《抢海登陆》好了。”想到自己那个学期对这款游戏的痴迷，我编了个借口。

“才不是呢，我们班胡小小和朱一南家里的电脑，和我们家一个配置，为什么他们家能玩，我们家就不能玩？”电话那端，小表弟振振有词地说道。

“这个……”我哑口了。

“不会是表哥，你也不知道吧？”小表弟见我不说话了，问道。

“嗯。”我含糊地应了一声。

“那我去论坛发个帖子，问下他们吧。”小表弟想了想，说道。

“嗯。”

“那表哥，我挂断电话了啊。我问出答案后，在QQ上给你留言说一下吧。还有啊，表哥，你的空间播放器该换一个了，要不，我买一个，直接送给你好了。前几天，我刚用我妈给的压岁钱，充了五十个Q币呢。"

说完，小表弟挂了电话。

剩下这端，拿着话筒不知所然的我。

这个世界跑得太快了，只是一个倏忽，我们没有抓住，它就落下了我们好远。而我们只能眼睁睁地看着它离去的背影，却望尘莫及。

那个《超级玛丽》、《魂斗罗》、《坦克大战》、《冒险岛》、《赤色要塞》、《雪人兄弟》的时代一去不返了，那个《街头霸王》、《恐龙岛》、《三国志》、《双截龙》、《拳皇》、《合金弹头》、《三国战记》的时代也一去不返了。

究竟还有谁，对八神庵、草稚京、大门五郎、二阶堂红丸、特瑞、不知火舞、神乐千鹤、麻宫雅典娜这些名字，念念不忘？

又有谁还对雷霆万钧、大海无量、万剑穿心、飞龙在天、大鹏展翅、烽火燎原、天女散花这些招式，耳熟能详？

那是一个怎样的时代？

而现在呢？

这是一个风起云涌的网游时代，武侠类、玄幻类、战争类、休闲类、竞技类，即时制、回合制，还有网页游戏，打怪、任务、升级、PK、拜师、结婚、城战，然后，又出了各种的宝箱、奖券，同时，各种外挂、私服，也纷至而来。

让人眼花缭乱。

甚至，出现了一种新的职业——游戏代练。

网游世界，已然成了只要你有钱，就能独霸天下的世界，坐拥江山、美女。

在这里面，级数和装备，不是问题，时间和感情，更不是问题。

这是怎样的一个世界啊？

究竟又有多少人想过，我们的今天，是不是脱节、遗忘了某些东西？

那么，我们该如何拾起？又该从哪儿拾起？

正当我兀自愣神的时候，一阵急促的电话铃声响起了。

我这才回过神来，抓起话筒。

"趣来——"电话那端胡文娜喊道。

我怔了下。

"干吗呢？"胡文娜见我没有像往常那样应声，问了一句。

"噢，我在等官书记的电话。"我这才想起来，自己一直在等官书记打电话过来的。

"怎么啦？"胡文娜愣了一下。

"啊？我觉得他可能也对剧本结局不满意，想让你改改结局呢。"我想起那四个人的电话。

"改什么结局？刚刚夏培她们宿舍几个人给我打电话，说这个结局很好啊，她们很喜欢呢，她们宿舍的六个人都被感动得哭了。夏培说，莎士比亚为什么一直都写悲剧？因为悲剧能唤醒人心中的共鸣，触动人心中的脆弱，并念念不忘、耿耿于心很长一段时间。"

"她们真这么说的？"我愣了一下。

"那还有假？不过，我打这个电话，是想和你商量下，要不要把结局再写得悲伤点。我想啊，目前来看，这个剧本感动女生是没问题了，但是，似乎还缺少一点悲情的氛围，我想把你们332宿舍几个人也都感动呢。这样的话，现场演出的时候，才会哭声一片，每个人脸上都泪光闪闪。"

"啊？你不会还要悲情吧？"

"怎么啦？"

"从早上七点十分，我就被吵起来了，猴子、方片七、橙子、板牙好像商量好了似的，四个人挨个给我打电话。"

"嗯，你不用说了，我知道了，他们肯定觉得剧本还不够悲情，连他们都打动不了，更不要说感动现场的观众了，好，那我就再狠狠心，把男女主人公的爱情写得更凄美绝伦一些，我非让他们也哭个稀里哗啦不行。"

"喂，文娜，你这人之前是不是真做过白雪公主的后妈啊，怎么这么地冷酷无情，这么地心狠手辣啊?"

"你不知道啊，趣来，一部好的剧本，就是要折磨得里面女主人公死去活来的才好，你看着，我非得再好好虐她一场不可。好了，趣来，不跟你多说了，我去改剧本了。"

说着，"啪嗒——"一声，胡文娜挂断了电话。

37.剧本的排练

新学期，在柳梢青青中，开始了。

尽管，还是有些料峭寒意，但是，这挡不住胡文娜和夏培宿舍那群女生的满腔热情。

理所当然的，胡文娜演剧本中，那个患了先天性心脏病的女孩子，而我，则被拉去，扮演里面的男主人公。

这让我禁不住仰天长叹，苍天啊，大地啊，为什么这么悲情的故事，要发生在我身上啊?

猴子听见我的长叹，就忍不住地来气了:"你就知足吧，你看看，我作为咱332宿舍，最具潜质，最有魅力，兼最佳上镜，最快入戏的人，还只扮演了一个医生甲。"

我就撇嘴了:"人家夏培扮演你的助手，护士甲，人家还没说什么呢。"

"就是啊，人家夏培都没叫委屈，那你还叫什么?"猴子反唇相讥道。

我便只能不说话了，老老实实地来排练剧本。

这出话剧，是由胡文娜来分配安排的角色。

剧本里分为两部分，一部分是现实中，男孩和女孩的爱情，另一部分是传说中，那对相爱的恋人，以及战场上的厮杀和平安符的寄回。

角色也就因此分为两种了。一种是现实，一种是古代。

板牙和卢小樱，扮演的是女孩的父母；猴子和夏培扮演的是医生甲和护士甲，是女孩住院治疗时的主治医师和护士长；方片七和李佳一扮演的是医生乙和护士乙，负责的是男孩车祸的时候，抢救男孩；橙子被安排为撞飞男孩的那个卡车司机；而夏培宿舍的王璇、苏笑笑、于雯静、陈靓、周家扬和官书记，还有虞梦瑶、赵可欣，则为出入女孩病房的护士丙、护士丁，以及男孩被撞飞时围观的路人甲、路人乙、路人丙、路人丁。

除此之外，猴子客串曲别针传说中，每个月的月初，给女子送平安符的人；橙子则客串传说中，那个在战场上，男子昏迷时，托付送那根直的铁丝的人，就是男子战场上的战友；至于官书记，则成了最后出场的，男子的邻居，那个捧着两个紧扣在一起的平安符的老人。

同时，官书记被委任为这个话剧的执行总监和兼职导演。

而胡文娜的身份，则是这个话剧的编剧和总导演，及女主角。

而板牙、方片七、夏培、苏笑笑，因为戏份不多，则还要忙着灯光、化妆、舞台以及画外音等。

然后，紧张而又忙碌的排练开始了。

胡文娜想在3月份的第一个星期的周五晚上，在学校的礼堂里，进行这场话剧的公演。

而我们开学的时间，是2月27号。

换句话说，我们只有一个星期的时间，来进行排练。

这样一来，时间就很紧张了。

为了专心排练好这个剧本，胡文娜作出了一个决定，哪来哪去暂停营业一个星期。

刚开始大家都还有意见，后来，胡文娜坚持如此，每个人就都不说话了。

我们每个人都开始逃课了。

而官书记，这个我们332宿舍的核心、灵魂人物，上了三年半的大学，从来没有逃过一节课的人，因为肩上的责任——话剧的执行总监兼导演，也和我们一样，疯狂逃课。

是的，为了这场话剧能演好，每个人都在全心全意地付出和投入，想方设法地想把话剧演出得更加完美到位。

当然，这里面，最辛苦的，非胡文娜莫属了。

她常常是忙里忙外一整天，而只吃一顿饭，只睡五六个小时。

而每次我买的饭，通常都是原封未动的，放在那儿。

每个人都是心疼不已，觉得她这样下去的话，非得病倒不可。胡文娜却一笑置之，简单地喝口水，又开始排练起来。

在她的感染下，没有一个人喊苦叫累。

没有一个人不全力以赴，不倾力而出。

而排练的过程中，常常也会出现很多搞笑有趣的小插曲。

譬如那场我扮演的男孩被卡车撞倒的戏。

橙子特地去人家汽修厂借来了一个卡车的驾驶室。

然后，便刮着呼呼风声，向我冲撞过来了。

于是，瞬间我就被撞倒了。

身体飞了出去。

仰面朝天。

而怀中抱着那个折满了九十九枚曲别针的罐子，一动不动。

这时，猴子就大喊出声了："趣来，你姿势不对。"

"怎么啦?"官书记跑了过来。

"我看电视里，被车撞飞了，不应该是这样子的，应该是这样，嗯，就这个姿势。"猴子一边用手比划着，一边跳来跳去。

"好吧，那重来。"官书记点了下头。

朝橙子和我挥挥手后，橙子又拎着卡车的驾驶室风风火火地向我冲来了。

我按照猴子比划的样子，重新躺了一次。

"停。"猴子又大叫出声了。

"怎么了?"一干人又围了上来。

"他嘴角没有抽搐。"猴子指着我大声说道。

"为什么要嘴角抽搐?"我问道。

"你又不是木头，肯定当时要有感觉的啊。并且，电视里都是这么演的。”猴子很理直气壮的样子。

“好的，那重来。”官书记再次点头，挥手。

橙子拎着卡车头再次风风火火地撞来了。

“停!”这时，不是猴子喊停了，而是官书记。

“怎么啦?我还没开始躺下儿去呢。”我恨恨地说道。

“趣来，你怀里的曲别针罐子哪儿去了?”官书记问道。

我一转身，才发现，原来曲别针罐子被我放地上了。

橙子只能很郁闷地拎着卡车头，再来一次了。

接下来，是一阵救护车的声音，猴子、方片七、夏培、苏笑笑穿着白大褂，抬着担架，急匆匆地赶来了。

只见几个人一阵手忙脚乱，有扯着胳膊的，又拽着腿的，还有拉着衣服的，费了九牛二虎之力，还是没有把我从地上抬到担架上。

这场戏，前前后后一共排了六遍。

而我则翻来覆去地，被又拉又扯了六遍。最后，弄得我胃里翻江倒海，忍不住“哇——”的一口就吐了出来。

于是几个人再次手忙脚乱，拍打胸口的，捶击后背的，拿纸巾的，递矿泉水的。

再说下那段古代戏，当时空穿梭，回到了古代战场的时候，胡文娜成了那个为爱殉情的女子。她特意把烫发拉直了，且穿上了古罗马式的衣服。

我则在和胡文娜分别后，戴上头盔，穿上铠甲，拿起利剑和盾牌，成了战场上的一名勇士。

而两个人分别时的那场戏，我觉得是很难演的。因为，用我们宿舍的话来说，我是属于那种很乐观向上的人。而戏中那对相爱至深的恋人，则要因为国家的一场战乱而被迫分离，一个在家乡牵挂，一个在战场思念。两个人脸上每天都写满了悲伤。

所以，每次胡文娜进入了戏中，泪水盈盈的时候，而我则总是忍不住地想要笑出声来，怎么也找不到那种悲伤心情。

最后，胡文娜生气了:“趣来，你就不能专注点吗?大家都排练得这么辛苦，你就不能让我们省点心吗？”

这时，旁边的官书记补白了一句：“趣来，你想想，要是文娜离开了，你是什么样的心情，表现出来就行了。”

胡文娜也点头说：“你就想着，要是我哪一天离开你了，你会有什么样的心情？”

这话果然好用，我很快就进入了戏中。

用板牙后来的话说：“趣来，我感觉，你和胡文娜，天生就他妈的是为了这个传说而生的，演得太出色，太到位，太逼真了。”

38.盛况空前的一场演出

3月。周五晚七点。雁坛大学礼堂。

能容纳两千人的礼堂，此时，已是座无虚席。

两千双眼睛紧盯着舞台。

舞台上方是一条巨大的横幅：一场人世间的爱情绝唱——曲别针的传说。

两千双眼睛，两千个疑问。

哪来哪去为什么闭门歇业整整一个星期，不仅不卖奶茶、咖啡，甚至连全校都趋之若鹜的聚会沙龙、圆桌论坛，都取消了。

七点整。

“咣——”的一声锣响。

一身黑色晚礼服的陈靓，从幕后，带着迷人的微笑，走上前台：“亲爱的各位朋友，各位来宾，大家晚上好！欢迎大家来观看，此次由哪来哪去咖啡屋举办的话剧公演——曲别针的传说。”

言罢，陈靓退回了幕后。

雷鸣般的掌声，瞬间，响起。

掌声中，紫红色的幕布缓缓拉开。

同时，背景音乐响了起来。

是那首节奏欢快的《遇见幸福》。

人们惊讶地发现，舞台上，竟然是一个办公文具店的场景。

这是我和胡文娜的第一场戏，男孩和女孩在办公用品店的初遇。

女孩踮起脚，伸出手，想把架子上的那盒曲别针拿下来，可是，努力了几次，都是只差一点点。

旁边的男孩看到了，走过去，伸手帮女孩把曲别针拿了下来，送到女孩的手里，腼腆地笑了一下，没有说话。

女孩愣了一下，然后反应了过来："谢谢你。"

"没关系。"男孩脸上挂着笑容，然后，转过身去，拿着手中的笔记本走向收款台。

然后，男孩出了办文具品店的门。

女孩像是突然想到了什么，匆忙结账，并跑了追去。

她追上男孩，把紧紧攥住的手，伸了过去。

男孩愣了一下。

女孩摊开手："这个送给你。"

男孩笑了，从女孩手掌心中拿过那枚曲别针："谢谢你。"

女孩跑开了。

幕布又被重新拉上了。

紧接着，话剧的第二幕，登场了。

场景转换到了学校的一个自习室。

男孩关上自习室的门，背着书包走了出来。

一眼看到在走廊里，正和朋友说话的女孩。

男孩走了过去，打招呼："嗨，你好。"

女孩抬起头，眼中带着几分的讶异和惊喜："原来你也在这里?"

男孩笑了笑："好巧啊，不是吗?"

……

男孩和女孩聊了很久，最后，相互留下了电话号码。

幕布被拉上，又重新被拉开了。

话剧的第三幕，登场了。

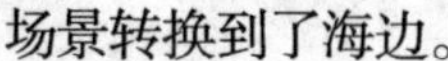

场景转换到了海边。

女孩和身边的朋友说说笑笑，不经意瞅到了男孩的背影。

女孩跑了过去，和男孩打招呼："嗨。"

男孩转过头，也说了同样的一句："嗨。"

"原来真的是你啊。"女孩说着，笑了起来。

……

舞台上，紫色的幕布，不断地被拉上、拉开。

掌声，也随之不断地响起。

场中，刚开始，还是温馨的笑声，后来，就有人忍不住地抽噎了起来，再往后，就是哭声一片了。

不仅场中的观众动情地哭了，连我们每个演出话剧的人，都忍不住地泪水盈眶。板牙，竟然是第一个哭出来的人，然后是猴子和方片七，再是橙子和官书记。

而夏培的宿舍，早就抽完了一大盒纸巾。

演出到了最后，胡文娜站在舞台上，右手捂着胸口，用带着哭腔的声音说："我会带着你的心，好好地幸福活下去。因为，我知道，在我的身体里，永远都有你的存在。"

瞬间空气凝滞了。

那一刻，我相信，现场每一个用心听完这句话的人，都已是泪流满面。

然后，只听舞台上"扑通——"一声，胡文娜倒在舞台上。

掌声瞬间响了起来。

如潮水般，经久不息。

我愣住了。她怎么突然倒了？剧本后来又加的这一幕吗？胡文娜怎么没有跟大家说？

这时，幕布被缓缓拉上了。

同时，画外音响起：

后来，人们慢慢忘记了这个故事，只记得曲别针可以用来夹书。有时候，人们会发现，把曲别针轻轻弯一下，就会变成一颗心，但是，人们不知道这是为什么，因为，他们已经忘记了这个传说。

其实，那颗心，就是对爱情的矢志不渝。

39.胡文娜病了

紫色幕布被拉上了。

陈靓走上前，向台下观众致谢。

我则是快步走向胡文娜，只见此时的她，还是一动不动地倒在地上。

“喂，文娜，醒醒。话剧结束了。”我说着，蹲下身，推了她一把。

然而，胡文娜却没有一点反应。

“不是吧，演得这么投入?”猴子也走了过来，拉了拉胡文娜的衣角。

胡文娜还是纹丝不动。

我朝身边的官书记、猴子、橙子、方片七、板牙、卢小樱几个人望了一眼，只见大家都是面面相觑。

“不好，莫非胡文娜刚才是晕倒的?”

人群中，不知谁喊了这么一句。

登时，众人方如梦初醒。

我一下子就慌了神：“文娜，文娜，你醒醒，我是趣来啊。你不要吓我，文娜，你快醒醒。”

我眼泪几乎要出来了。

“大家都别慌，”官书记往前跨了一步，“趣来，你先把文娜扶起来，然后，立刻送校医院。方片七、李佳一、板牙、卢小樱，你们几个人帮着趣来，把文娜扶一下，不要耽误时间，要速度赶到。剩下的人，猴子、橙子、赵可欣，还有夏培宿舍，和我一块，继续我们今晚演出的最

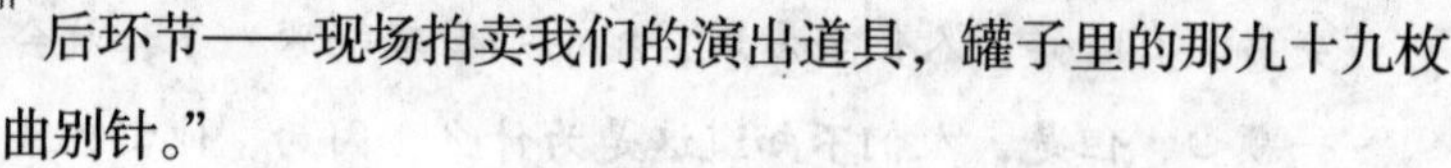

后环节——现场拍卖我们的演出道具，罐子里的那九十九枚曲别针。”

我此时已顾不上什么话剧演出了，在方片七和板牙的帮助下，背起胡文娜，就向台下跑去。

“跑错了，趣来，门在这边。”

不知谁喊了这么一句，我急忙转身，向另外一边跑去。

“趣来，你别急，可能文娜这几天，因为这个话剧，太忙碌了，连吃饭和睡觉都没有时间，现在，她只是因为疲惫而晕倒过去了。”卢小樱一边小跑着，一边说道。

方片七和板牙，则一左一右，从后面扶着胡文娜。

文娜，你一定要挺住，千万不要有事，千万千万不要，好吗？答应我，别吓我，你只是因为疲惫才晕倒的，而不是其他原因，休息一个晚上就会好过来的，对不对？明天的时候，我好好陪着你，一整天哪儿也不去，就陪你好吗？只要你现在答应我一声，说你没事，好吗？我要的不多，只有这一句，好不好？我会用这一生，来好好地疼你，宠你，爱你，你可以随意地对我耍小脾气，使小性子，可以朝我凶巴巴地瞪眼睛，噘嘴巴，我都不会有不满，有抱怨，只会欢天喜地地接受，可是，你现在醒来，跟我说一句，你没事，好不好？

泪水已经不知道，什么时候涌出来了。

泪眼模糊中，我看到了校医院的灯光，登时，就像是在黑暗的隧道中摸索潜行了许久，走得身心疲惫、快失去信心的时候，突然看到的一束光。

那，已经不仅仅能用一个欣喜若狂来形容了。

我三步并做两步地跨到了校医院的门前，用胳膊撞开门后，直接就冲了进去。

然后，直奔门诊部。

正倚着座位、闭目养神的一个约莫四十多岁的女医生，见突然有人闯进来，吓了一跳，禁不住地喊了一句：“怎么啦？”

“她刚才晕倒了。”我说着，朝背上的胡文娜努了下嘴。

只见胡文娜还是那样一动不动地趴在我的背上，双目紧闭。

这时，方片七和板牙，气喘吁吁地跟了上来，紧接着李佳一、卢小樱也上气不接下气地赶到了。

“嗯，放到那张床上，让我看一下吧。”说着，女医生指了指屋子里面的一张空床位。

于是方片七、板牙、李佳一、卢小樱几个人，七手八脚地帮着我把胡文娜扶了下来，让她平躺在了床上。

这时，又有一个年轻的医生和一个年轻的护士，闻声赶过来了。

见我、方片七、板牙、李佳一、卢小樱都还站在那儿，那个女医生又说了一句：“你们几个男生先出去吧，嗯，你们两个女生，留一个就行。”

于是，我、方片七、板牙、李佳一退了出来，只留下了卢小樱一个人。

相互望了一眼，四个人谁都没有说话，就那样愣愣地站在那儿。

焦灼不安地等着结果出来。

文娜，你还好吗？求求你，千万不要有事，好吗？你只是疲劳过度，才晕倒的，对吗？你肯定没有事的，对吗？对不起，我没有能好好照顾你，让你发生了这种事，你原谅我这一次，好吗？从明天开始，不，从现在开始，我就会好好照顾你，每天监督着你吃饭，每天晚上跟你问候一句晚安，坚决不让这样的事情，再发生第二次了。我疼你，爱你，宠你，还来不及，怎么可以失去你？你快点醒来，睁开眼睛，好吗？

不一会儿，只听“吱呀——”一声门响，女医生出来了。

我赶紧走了上去：“她怎么样了？”

“嗯，暂时没有什么大碍，我给她抽了血，等一会儿，验血报告就出来了。刚才测的血压，有点偏低。可能是因劳累而造成的，等下我看看给她开两支葡萄糖，打个点滴，补充一下营养，再休息一个晚上，应该就可以了。”

仿佛心中一块石头落了地，我舒了口气：“谢谢你，医生。”

板牙走到我身后，拍了拍我的肩膀：“趣来，文娜没有事，你也别太担心了，应该等一会儿她就醒过来了。”

方片七和李佳一也走了上来，安慰我道：“就是啊，趣来，医生都说了的，只是因为劳累过度而造成的，休息一个晚上就可以了。”

我冲着三个人，歉意而又感激地笑了一下：“给你们也添麻烦了。”

板牙瞅着我的一脸歉然，呵呵一笑：“趣来，你这么说，可就不够兄弟了啊。咱332宿舍一共六个人，绝对不能丢下哪一个，也绝对不能丢下哪一个的家属。当然，猴子除外啊，他现在还没有家属呢。”

板牙的话，惹得方片七和李佳一笑了起来。

为了表示谢意，我也略略笑了笑。

空气，似乎缓和了很多。

这时，女医生说话了：“你们几个人别这样一直站着了，那儿有长椅，可以坐一下。”说着，她指了下我们身旁的一条长椅。

“嗯，医生，请问，我可以进去看一下吗?”说着，我瞥了一眼，那扇虚掩着的房门。

然而，却是什么也看不到的。

“好吧，”女医生点了点头，“不过，你们几个，进去一个人就行了。还有，一定要安静，千万不能吵到病人。”

我点了点头，向身后的板牙、方片七、李佳一望了一眼。

然后，轻轻地迈开脚，轻轻地推开门，走了进去。

只见卢小樱正坐在床边的一张小圆凳上，床的另一侧，那个年轻的医生和护士，正忙碌着。

而胡文娜，仍然是双目紧闭。

她身上，已盖了一床白色的被子。

很像是沉睡中的样子。

见我推门进来了，卢小樱站起身：“嗯，你坐吧。”说着，她走向了旁边的另一张空床位，轻轻坐下。

我朝她勉强笑了一下，坐了下来。

“嗯，刚才抽血的时候，胡文娜嘴角动了一下。”卢小樱轻声说道。

“啊?”我扭过头，看着卢小樱。

“因为费了很大的力气，才抽出了一点血。医生问是不是，今天没怎么吃饭。我说这一个星期都没怎么吃饭，也没怎么休息。医生就点点头，不再说什么了。”

这时，那个女护士拿着吊瓶走过来了，然后，那个男医生帮着把它挂到了一根略有弯钩的T形支架上。

护士端着盛着酒精棉球、棉签、橡皮条和一圈白色胶布的托盘走了过来。

“打哪只手?”她问。

“右手吧，左手刚抽的血。”卢小樱答道。

“嗯。”护士说着，走到床位的另一侧。

一下，两下，三下……

女护士一连拍了很多下，口中禁不住抱怨了一句：“刚才抽血就费了好大的力气，现在血管又这么不好找。”

我歉意地笑了笑：“不好意思，麻烦你了。她这几天都没怎么吃饭和休息，加上一直忙碌，所以才晕倒了的。”

女护士不再说话了，拿过旁边的吊针针头，猛然一下子，扎进了胡文娜的手背。

那一下，仿佛扎在了我心上，登时，一种尖锐的刺痛，传遍全身，我忍不住打了个颤。

然而，针头进去了，却没有出现，应该出现的那股殷红的血液回流现象。

我瞪大了眼睛。

还是没有出现血液回流。

女护士无奈地摇了下头：“血管太细了，还得重新扎。”

“啊?!”我禁不住地惊叫出声。

“啊什么?又不是扎的你。”女护士听到我的惊叫，不满地看了我一眼，同时，拔出了针头。

“扎的是我才好了呢，我还宁愿扎的是我的手背。”我瞪了女护士一样，恨恨地说道。

文娜，对不起，我没有好好照顾你，让你现在受这份罪。你那么信任地就把自己交付给我了，而我呢？却让你因为劳累过度而晕倒过去。我对不起你啊，我张趣来该千刀万剐，仍罪不可恕。我没有照顾好你，而让你受苦遭罪，你知道，我是多么后悔，后悔当初不督促你按时吃饭、睡觉，又是多么希望，希望晕倒的是我，扎针的是我，受苦遭罪的是我。

泪眼模糊中，针头又一次扎进了胡文娜的手背。

我擦了下眼中的泪水，瞪圆了眼睛。

“啊?!”

又是一声惊叫。

这一次，是卢小樱发出的。

这时，板牙、方片七、李佳一，从门外拥了进来。

“怎么啦?”板牙急切地问道。

女护士斜眄了这三个人一眼：“有什么大惊小怪的？她血管不好找，扎了两次都没扎进去。”

“什么血管不好找？分明是你水平不行。”卢小樱禁不住地驳斥道。

“我水平不行？你水平好，你来扎啊。”女护士不高兴了，瞪着卢小樱，不甘示弱地说道。

“垃圾校医院，垃圾护士。”板牙见卢小樱要受欺负，禁不住地往前站了一步，大骂出口。

“觉得垃圾，你们别来啊。”女护士理直气壮地说道。

“你们别吵啦！医生刚才说了，病人需要安静。”我站起身，喊了一声。

“不用你扎了，我去找刚才那个女医生，让她来。”我用一种不可抗拒的眼神瞪着女护士，同时，用坚定不移的语气说道。

我没有敲门，推门就进了诊室，三言两语说明来意，女医生跟着我，回到了病房。

然后，从女护士手里接过托盘。

“打左手吧。”卢小樱说道。

女医生没有说什么，走到刚才我坐的位置，把胡文娜的左手从被子里抽了出来。

接着，把胡文娜的左手拳上了，扎紧了橡皮条。

开始一下一下地拍打起胡文娜的手背来。

一下，两下，三下……

我那样眼睁睁地看着，心，又瞬间提到了嗓子眼。

眼前又是一片模糊了，仿佛自己被紧绑双手，吊了起来，同时，还被剥去了上衣，赤着肩。

这时，有人拿着一条蘸了盐水的皮鞭走过来，用尽全身力气，抽了下去，一下，两下，三下，抽得我皮开肉绽，抽得我血肉模糊。

全身上下仿佛火燎一样，烫！烫！烫！

而内心，更是同样，痛！痛！痛！

文娜，对不起。请你原谅我，好吗？我也不知道，这场话剧，会以这样一个结果收场。如果，从话剧排练的第一天，我就知道的话，我一定不会让你那么辛苦，那么忙碌，我一定竭尽全力来帮你分担、承受，不让你再像现在这样病倒了，不让你再像现在这样吃苦受罪。希望你能原谅我这一次，好吗？我张趣来对天起誓，以后的日子里，我一定会好好照顾你，绝对不让你再出现这种情况了，绝对绝对不会再出现了。

“好了。”女医生说了一声。

我这才向胡文娜手背望去，只见一股暗红的血液，回流而出，并缓缓向手背流淌而去。

见状，板牙、方片七、李佳一三个人，也如释重负地舒了一口气。

女医生离开了。

女护士和那个始终没有出声说话的男医生也离开了。

瞬间，病房里又安静了下来。

“喂，你们快看，胡文娜嘴角动了。”卢小樱惊呼起来。

几个人赶紧把目光转向了胡文娜。

果然，只见胡文娜嘴角嗫嚅了两下，似乎有话想说，但是，只是那一个瞬间，又紧闭上了。

她仍然是紧闭着眼睛。

“兴许是刚刚输进去的葡萄糖起作用了，可能这一会儿，她还没多少气力，应该再等一阵。”李佳一说道。

“对了，胡文娜今天晚上也没怎么吃饭呢，我只见她啃了半个面包。板牙啊，你看看去买点水果，香蕉、苹果、橘子，有的话，都买一点回来。可能等会儿胡文娜醒来会喊饿的。”卢小樱说道。

“这大晚上的，都九点多了，人家水果摊，不早都撤了吗？”板牙嘟囔了一句。

“嗯，我记得咱们学校三餐厅旁边，有个水果摊呢。要不，小樱，你和板牙，还有趣来留下来照顾文娜，我和方片七去看下吧。李佳一说道。

“嗯。”卢小樱点点头。

于是，李佳一和方片七两个人离开了病房。

病房里，剩下了板牙、卢小樱和我，三个人陪着胡文娜。

“趣来啊，文娜这一晕倒，我感觉你就跟丢了魂似的，一直都是六神无主的样子。幸好她还只是因为劳累过度晕倒了，而不是其他原因，不然的话，真不知道，你是什么样子了。”卢小樱笑了笑，说道。

“要是你晕倒了的话，板牙说不准，比我还要坐立不安，惶恐不宁呢。”听到卢小樱那么说，我略笑了一下，说道。

同时，我掏出手机，给方片七打了个电话，嘱咐方片七买个小的暖水袋，还有再买把小的折叠水果刀回来。

“你买折叠水果刀干什么？”板牙禁不住地问道。

“傻啊你，方片七等会儿买了苹果回来的话，趣来要用它来削苹果皮啊。”卢小樱白了一眼板牙。

“噢，还有这个讲究啊。我以为买了苹果回来后，拿去冲洗一下，直接啃着吃就行了呢。”板牙嘿嘿笑着说道。

“嗯，你记住了哈，板牙，以后我要是病了的话，你也要买苹果，然后回来削给我吃。而且，不仅要削皮，还要切成小块，一块块地送到我嘴里。”卢小樱看着板牙，正色说道。

“你那么想生病吗？不如，你跟文娜换换位置，你躺床上好了。我让方片七拣最大的苹果买回来，削给你吃。”

“板牙，你真好。”卢小樱吐了下舌头。

“那当然了，最大的苹果买回来的话，削下来的皮，也肯定最大了，这才够你吃的嘛。”板牙呵呵笑着说道。

“你坏死了，板牙。”卢小樱冲着板牙的后背一阵捶打。

旁边的我，看到卢小樱和板牙的亲昵，又瞅瞅兀自一滴一滴缓慢滴落的葡萄糖水，再往胡文娜脸上望去，只见，她仍然是双目紧闭。

脸色似乎比刚才缓和多了。

不像是那么的苍白了。

文娜，下一秒钟，你就会睁开眼睛，是吗？你现在又在想什么呢？你知道的，我会一直都陪在你身边，守候着，绝对不会离开的，对不对？那“一直”是多长时间呢？一辈子，好吗？直到我呼吸停止的那一刻，我都不会离开你，好吗？

还记得，话剧里面的那个男孩吗？如果，你是那个女孩的话，我是那个男孩，我会为了你能好好地幸福活下去，义无反顾地把自己的心脏给你。因为，我知道，在你的身体里，永远都有我的存在。那样，我们就永远永远都在一起了。

是不是，上苍知道了我很孤独，所以，才特意让你来找到我，一起去写我们美丽誓言的，对吗？然后，生命里多了一个你，从此，人生中多了很多值得纪念的日子。嗯，你还记得我和你第一次见面的那个下午吗？它在我心里，深深烙了印。

不知过了多长时间，女医生推门进来了。

“喂，趣来，验血报告出来了。”板牙推了我一把。

我赶紧站起身，转过头。

“什么结果？”我忐忑不安地问道。

“噢，她的血糖有点低，白细胞有点偏高，有轻微的贫血。应该让病人好好注意一下休息，这几天就不要随便走动了，多吃一些含铁的蔬菜，比如菠菜、猪血、猪肝等。还有，我给她开了点补血的药，等会儿，你们划完价，去药房拿一下。”

说着，女医生递过来一份验血报告和一张处方单。

板牙接了过来："趣来，我去拿药吧。你和小樱在这儿照顾文娜。"

我抽了下鼻子："板牙，大恩不言谢。你去拿药吧。"

"好了，我过去了。"说着，板牙离开了。

卢小樱瞅瞅我："趣来，你真哭了？"

我长长地吐了口气，没有说话。

"唉，'男儿有泪不轻弹，只因未到伤心处'。"卢小樱说着，又是长叹一声，"'问世间情为何物，直教人生死相许'。"

这时，只听床上的胡文娜用极其微弱的声音，问了一句："什么生死相许？谁加的这句台词？"

"文娜——"我冲口而出。

"你醒了？"卢小樱也紧接着来了一句。

两个人几乎是同时扑到床边。

只见胡文娜嘴角动了动，似乎很艰难的样子，她的眼睛稍稍睁开了一条缝隙，而她则在努力尝试抬起头来。

"不要动，正在输液。"我赶紧捏住了她正打吊瓶的左手，唯恐她的手乱动。

"输液？"胡文娜愣了一下，"心脏移植手术做完了吗？"

"心脏移植手术？"我和卢小樱同时都是一愣。

"噢，你说的话剧啊？早结束了。"卢小樱反应过来了。

此时，胡文娜已经逐渐恢复了力气，"那我怎么在病房里啊？"

"噢，你忘了吗？话剧结束的时候，你晕倒了，然后一直都是不省人事，你刚刚才醒过来啊。"卢小樱说道。

"我晕倒了？噢，我想起来了。对了，那话剧怎么样了？"胡文娜眼睛睁大了。

"话剧？这个时候了，还管什么话剧，你先管下你自己吧。你现在都病倒了，还想着话剧干吗？"卢小樱见胡文娜又提到话剧，有点不高兴了，"要不是那个话剧，你也不会病倒了。早知道你会病倒的话，我才不让你来排练、公演什么话剧呢，你知道你病倒了后，大家多为你担心啊，你自己倒好，醒来了，还一直‘话剧’‘话剧’的。”

“文娜，医生刚才说了，你没事的，因为劳累过度而晕倒了，并且是有点贫血，休养一段时间，就好了。”我看卢小樱话有点重了，赶紧补充道。

“趣来，你跟我说下，那个话剧，到底怎么样了嘛?”胡文娜朝卢小樱嘟了下嘴，转过脸来看我。

“相当成功。”说完这四个字，看胡文娜眼中还是极为期待的样子，我又补充道，“你最后的那段独白，十个人听了，九个人落泪，还有的那一个，当场就因为悲伤过度，而昏厥了过去。当时，在后台，我看到的，咱们这些演员，包括官书记，都忍不住地泪水盈眶呢。而夏培她们宿舍，更是哭得昏天暗地的，苏笑笑最后配音的时候，都是带着哭腔配的音。他们都说，你的这个杀伤力，比起最新研制的催泪弹，都有过之而无不及。”

胡文娜安静地笑着，很是心满意足的样子。

“嗯，那我最后晕倒的时候，没有全场大乱吧?”胡文娜又问了一句。

“噢，你最后晕倒的那一刻，大家起初都以为你是临时加的情节呢，谁都没有在意。后来，才发现，你已是不省人事了，就手忙脚乱地把你送来校医院了。不过，我想，观众肯定看不出来，肯定觉得，最后的时候，你的那个晕倒，是刻意安排的情节，是为了将话剧推向最高潮。后来，场下的掌声，也确实证明了这一点，你的那一个晕倒，真的把全场气氛推向了最高点。可以说，你的那一个晕倒，和话剧情节、台词，配合得天衣无缝，恰到好处。”

“趣来，你怎么不说说她晕倒后，吓坏了我们多少人呢。大家都以为怎么了？每个人都坐立不安的。”卢小樱禁不住地白了我一眼。

胡文娜没有理会卢小樱，笑着说道：“趣来，照你这样说的话，即使这场话剧，是我人生的谢幕，我也知足了呢，华丽、唯美，赚人眼泪。”

40.以曲别针的名义示爱

胡文娜的点滴，在十一点多的时候，打完了。

然后，在五个人的陪护下，回了宿舍。

每个人都是千叮咛万嘱咐了她一番，让她按时地吃饭、睡觉，胡文娜自然是嗯嗯不止地答应了。

回到宿舍，官书记、猴子、橙子，又围上来，问前问后，当得知验血结果后，三个人才松了一口气。

猴子又说到现场拍卖道具的情况，那九十九枚曲别针，以十元的低价起拍，结果最高的一个，拍出了二百元的价格，还有几枚在一百多元，其他的，大多在五十元左右。

九十九枚一共拍卖出了五千七百五十元。

然后，扣除掉租赁礼堂和服装的钱，以及其他一些花销，还剩三千一百二十一元。

关于这笔钱，怎么用，在拍卖之前，就由胡文娜提出，大家一致通过了，捐献给西部贫困山区的孩子们。

然而，话剧演完了，曲别针也现场拍卖完了，事情却远远没有结束。

就在话剧演完的第二天，哪来哪去正式宣布营业。

刚开门不久，就被人群挤爆了。

让我们每个人都没有料到的是，几乎百分之九十的人，竟然是冲着曲别针来的。

每个人进门后的第一句话，都是："你们的曲别针，还有吗？"

然后，我们摇头："昨天晚上都拍卖完了。"

他们就一脸失望地离开了。

而胡文娜，因为演了这场话剧，一夜之间，成了学校尽人皆知的明星人物，竟然出现了一批忠实的铁杆粉丝，且自称为"小纳米"，在网上开辟了她们的百度贴吧和QQ群阵营。经常地，就有粉丝跑到哪来哪去找她签名，拍合影，还有粉丝隔三差五地跑来，送礼物，比如鲜花、巧克力、毛绒小玩具、手机挂坠等，还有人把胡文娜的照片做到杯子壁上、水晶相册里。

并且，还有更疯狂的小纳米，把当时胡文娜现场演出的剧照，放大了，送到哪来哪去，且一下子就送了二十多张，我们选了其中八张，挂在了哪来哪去的墙上。

一瞬间，胡文娜成了象征着矢志不渝爱情的曲别针的代言人。

那句“我会带着你的心，好好地幸福活下去。因为，我知道，在我的身体里，永远都有你的存在”，则成了小纳米之间，口口相传的经典，并且说的时候，她们总是要模仿胡文娜当时，捂着胸口，含着泪光，不胜娇弱的样子。

甚至，学校里还出现了连很多走路的时候，都捂着胸口，一副弱不禁风样子的女生。

这场曲别针飓风，不仅席卷了我们整个雁坛大学，还刮到了周围几所高校。

哪来哪去只要从早上开门，就是人流不断，常常要等上半个多小时，才会有座位。于是，很多人，就开始提前预约座位。

于是，我们开了一部电话，专门用来接听预约电话。

一个星期后，我们贴出了，哪来哪去有卖象征着矢志不渝爱情的曲别针。

登时，全校沸腾了。

当天，我们就卖断货了。

我们以为包装后，定价三十元一枚，应该会卖一段时间。

结果，一百枚曲别针，不到半个小时，就被疯狂的人群抢购一空了。有的人，甚至一下子就买了四五枚。

后来，我们又推出了，紧扣在一起的两枚曲别针，装在精美的心形盒子里。

在定价为五十还是六十的问题上，胡文娜说话了，我们的爱情不打折。

于是，我们就定价六十了，且给它起了个名字，叫“心心相扣”。

没想到，尽管定价六十，还是没止住销量持续攀高的走势。

一个周下来，我们竟卖出了两千多个曲别针。

我们不仅收回了在咖啡屋投入上的成本，还大赚了一笔。

但是，仅仅一个星期后，就在宿舍出现了，有人拎着个手提袋，挨个宿舍推销曲别针的情景，而且，售价是二十五块钱一个。

结果是，还没等到我们出面，小纳米们就群起而攻了，那人就灰溜溜地跑了。

为了防止再出现这种情况，以及避免再出现一个“三味曲别针屋”，我们在接下来售出的曲别针包装盒内都放了一张带编号的卡片，且在卡片上盖了一个方形小章，章上是“哪来哪去”这四个字。

并且，在刻章的时候，我们还稍做了点手脚，把那四个字稍变了一点。这样，即使有人再做了同样印章的话，仔细甄别，也能看出不同。

最后，我们在学校里贴出了很多海报，并且在学校的贴吧和论坛上写明了，只有哪来哪去卖出的曲别针，才是真正的象征着矢志不渝爱情的曲别针，其他一切打着爱情旗号的曲别针，都是假冒的，伪造的，不具有任何象征爱情的意义，因为这个传说，是在哪来哪去流传开的。

于是，这一下子，哪来哪去的曲别针，形象就树立了起来。

人们蜂拥而至，又鱼贯而出。

哪来哪去，不仅在雁坛大学出名了，而且，在周边几所高校，也是尽人皆知。

再往后，这几所高校的人，就有人过来找胡文娜，想要请她和我们一块，去演这场话剧。

对于他们的这个请求，我当然是毫不犹豫地就给拒绝了，因为，医生说过了，胡文娜的身体要好好休养一阵子，不能太劳累太忙碌。

而且，让我觉得有点费解的是，胡文娜的身体，自从那次晕倒了，去校医院打完点滴回来之后，调养了半个多月，不仅没有逐渐恢复，反而像是越显虚弱的样子。

刚开始的时候，说话、走路，还挺有精神和力气的，后来，却是，说上一会儿的话，就有些犯困了，走上一段的路，就有些气喘了。

我则一边怀疑是不是春天来了的原因，有些小的花粉、柳絮、粉尘等让她产生了过敏，才觉得身体不适，一边则继续每天换着花样地给她煮红枣、银耳、桂圆、莲子、当归、西洋参、阿胶这些补血物品。

41.胡文娜的无聊生活

天气渐渐变暖起来。

一个多月过去了。

胡文娜的身体，还一直都是病恹恹的，没精打采的样子。

在卢小樱的建议下，我去集市上，买回了乌鸡，又买了党参、枸杞、山药、茯苓、何首乌、杜仲等一些中药材给她炖汤喝，我们暑假里买回来的那个电饭煲，一直都是热气腾腾的。

刚开始的时候，胡文娜觉得乌鸡汤，还很有滋味，觉得很是喜欢，可是，一连喝上两个星期，她就厌倦了。问我，能不能换个口味。

于是，在方片七找来了一本煲汤食谱后，我开始给胡文娜煲老鸭汤、鲫鱼汤。

一个月之后，我才发现，胡文娜的身体没有被养好，反而是其他人的体重，呈一个上升曲线，一路看涨。

而方片七，更是整整长了六斤。

这让我觉得又可气又可笑。

于是，我就开始数落这四个人，胡文娜听到了，就不愿意了："趣来，你一次炖那么多的汤，就是三个我，也喝不了啊，不给他们分点，你让我还倒掉不成？你这人心胸怎么这么狭隘自私呢？"

我也只能嗯嗯地应着，说："知道了。"

然后，继续每天煲我的汤。

而猴子、橙子、板牙、方片七，则继续每天来蹭汤喝。

甚至，每个人专门买了一个大瓷碗，编了号，放在柜台里面。而奶茶和咖啡，他们则是很少去喝了。

于是，哪来哪去，就经常出现这么一幕，猴子、橙子、板牙、方片七几个人，一人端着一个大碗，一边啧啧有声地品着汤，一边相互交换着意见，然后，就有个人来告诉我，盐放的大了，还是小了，熬的时间长了，还是短了，让我下一次再煲汤的时候，注意着点。

时间一晃，就步入了5月。

于是，哪来哪去开始从早到晚地放那首《缘分五月》。

这天上午，我早早地给胡文娜炖完了一锅“沙参玉竹老鸭汤”，胡文娜喝完了她的那一份，然后，猴子、橙子、板牙、方片七相继过来了，也各自舀了一碗，喝完后，每人抹把嘴，又是赞不绝口一番。

然后，新的一天就又开始了。

胡文娜坐在一张凳子上，百无聊赖地剔着指甲，自从3月份以来，这差不多近两个月的时间里，用她的话来说，我们这七个人对她，每天都在实行二十四小时的监控，不许她乱跑乱逛，不许她去市区，不许她去小夜市，甚至，连去海边，都严格限制了时间，每次绝对不准超过一个小时。

于是，胡文娜没办法，只得把笔记本拎到哪来哪去，结果看了一个星期，就坚决不愿再看下去了。

我听从了方片七的建议，买回了象棋、跳棋、军棋、五子棋、飞行棋，这让胡文娜感兴趣了很长一段时间，每天缠着我们这些人，和她下棋。

最初，只消我们三两下，就把她打得个落花流水；后来，她棋艺大增，让我们抓耳挠腮一番，仍举棋不定；再后来，就是不消我们落下三五棋子，就被她杀得丢盔卸甲，落荒而逃。

胡文娜就觉得下棋，是一件很无趣的事情了。

恰好有小纳米给她送了一把很精致的小指甲钳，于是，从早到晚的，胡文娜琢磨着怎么修指甲，先把卢小樱的指甲修剪了一遍，再把李佳一、虞梦瑶、赵可欣的指甲修剪了一遍，又把夏培她们宿舍六个人的指甲都修剪了一遍。

我们就开玩笑，幸亏没有小纳米送给她一个漂亮的小挖耳勺，不然的话，她非每天扯着人家的耳朵，又掏又挖上一阵子不可。

“喂，趣来，过来一下。”胡文娜说着，朝我招了下手。

“什么事？”见胡文娜手中拨弄着那个小指甲钳，我干咽了口口水，下意识地把手缩到了身后，“你前天才给我修剪的指甲，现在还没长出来呢。”

“我不信，你过来，伸出指甲我看看。”胡文娜说着，朝我撇了下嘴。

“真的还没长出来啊，现在才长了两天，你要知道，人的指甲不像是头发，长得很慢的啊。”我身子往后撤了一下。

“哇，对啊。趣来，你真天才。我怎么没想到呢？我可以买个长长的剪刀，有事没事，看谁头发长了，就‘咔嚓’一下，那样肯定比剪指甲要好玩得多。”胡文娜很是畅快地笑起来。

“‘头可断，血可流，发型不能碰’。这话，你听过吧？方片七、板牙他们，才不会让你在他们头上，咔嚓咔嚓一通，整得跟个狗啃的似的，怎么出去见人啊？”见胡文娜笑得很是开心的样子，我唯恐她真的去买回一把长剪刀回来。

“嘀，他们会同意的。不然的话，我就把他们的大碗都没收了，告诉他们，从明天开始，想喝趣来煮的汤，必须每个人让我在他们头上‘咔嚓’一下子，一碗汤，‘咔嚓’一下子好了，一个月下来，我也能咔嚓个百儿八十下的。那样的话，肯定和我下棋的水平似的，噌噌的升上去了。嗯，说不准，我还能成为一代美发宗师呢。”

“啊？！”

“是啊，创一个哪来哪去专用头型，以后，你走大街上，瞅着谁头上顶着个哪来哪去头，你就可以过去拍拍肩膀，指指自己的头型，说，嗨，朋友，一家子的。然后，你们俩就像失散多年的兄弟似的，抱着头，号啕大哭起来。哭完了，一抹鼻子，你说，朋友，我要回去了，他们还等着我吃饭呢，然后，这人就拽着你胳膊，急什么？我还没请你吃饭呢。”

“你想象力可真够丰富的。”

“那是当然了。趣来，你觉得我这个主意怎么样啊？没收他们的大碗，不给他们每个人头上‘咔嚓’一下子，绝不给他们汤喝。”

“这个，好是好，只不过，我觉得，你自己的话，未必能说服得了他们——”我的“家属”两个字，还没出口。

胡文娜就接过我的话：“趣来，你是不是觉得我势单力薄，担心我压制不了他们几个？行，那你就给我打下手，我这边不‘咔嚓’，你那边绝对不能给他们碗。”

“我不是这个意思。”我赶紧解释道。

胡文娜眨动了下眼睛，“嗯，要不，你带我出去玩一趟吧。”

“出去玩？”我赶紧摇头，“不行啊，官书记他们说的，你现在身体还没恢复过来，不让你乱跑乱逛的，他们知道了的话，非臭骂我一顿不可。上一次，我和你去海边，我们玩了一个小时零十五分钟，回到宿舍，官书记就把我骂了个狗血喷头。况且，猴子他们不也说了吗？你现在是哪来哪去曲别针的形象代言人，身份和以前大不一样了，尊贵着呢，要走神秘路线，不要抛头露面，招摇过市的。”

“可是，那是一个月前的事了啊，那时候，还是4月初呢。现在不都到5月了嘛？我觉得我身体现在没问题了，吃得香，睡得也香，身体倍棒。再说了，猴子的话，能当真吗？连个家属都没，唉，多可怜的娃啊。”

“唉，是好可怜的娃呢，要不，你看看给拉下红线？安个家属？”

“哎，甭说，我觉得夏培和猴子蛮合得来的。”胡文娜突然眼前一亮。

“要不，你撮合一下他们俩？”我看着胡文娜脸上的兴奋，问道。

“喂，趣来，怎么又转话题了？我说我想出去玩一趟。”胡文娜发现我把话题扯远了，有点不高兴了，大声嚷道。

“你小点声，人家还要喝咖啡呢。”说着，我用眼瞄了下身后的顾客，示意道。

“趣来，我今天非要出去玩一趟。我都闷了快两个月啦。”

“区区两个月而已嘛。再忍阵子喽，你身体恢复了就可以啦，那时候，你想去哪儿玩，我都陪你，一玩就是一天，好不好?”

“不好，我今天就是想出去玩一趟，仅仅一趟而已的嘛。”

“可是，你的身体，”说着，我无奈地摇了下头，“它不允许啊。”

“我又没有什么病啊，身体不是好好的吗？蹦得也高，跳得也远。”胡文娜辩解道。

“你是没有什么病，只是身体一直都很虚弱啊。”

“这又不能怪我，我也想身体好好的嘛。你看你每天煲的那些汤，我哪天不喝？一天三餐，我哪顿缺了？每天晚上，十点半的时候，就要乖乖地去睡觉了。我也不知道为什么现在身体还这样子啊，难道贫血的话，要贫这么长时间吗?”

“我也不知道，不过，当时的那个验血报告，说的，你只是贫血啊。”

“就是啊，贫血又不是什么病，只是一种状态嘛。说不定，你现在再给我抽点血，化验一下，我早就不贫血了呢。”

“那你干吗这么虚弱？走一会儿路，就累了，说一会儿话，就困了。以前，你不是这个样子的啊。”

“哎呀，现在只是一种过渡期，就像是蝉蜕一样，从知了猴变成蝉的那个过程，它也是很虚弱的嘛。过了那个阶段，它就能在空中飞来飞去了。”

“可是你又不是知了猴啊。”

“嗯，毛毛虫变蝴蝶，肯定那个过程，身体也很虚弱的呢。”

“你也不是毛毛虫啊。”

“那你可以把我当成个知了猴或毛毛虫嘛。”

“你过完这段时间，能长出翅膀来吗?”

“我不知道，兴许能吧。”

“哇，那你就不是公主了，而是仙女啦。”

“我本来就是仙女嘛。”

“那你不在天上呆得好好的，干吗要私自下凡啊？”

“还不是为了——”胡文娜说着，转动了下眼睛，“趣来，你又给我转移话题啦。”

“我哪有啊，嗯，你还没说完呢，为什么要私自下凡啊？”

“我不说啦。”

“为什么啊？”

“我说了，你也不肯带我出去玩。”

“那倒是。”

“我私自下凡，是为了遇见一个男孩子，可以在身体不好的时候，带我出去玩，照顾得更加细心、体贴，让我觉得很开心，很快乐，很温暖，很幸福，然后，将这种的感动，珍藏在心底一辈子。”

“喂，你别以为，你这么说，我就会带你出去玩，官书记有令，你身体没恢复的时候，绝对不能让你乱跑乱逛的。”

“那我给官书记打电话，他要是说允许我出去玩的话，你就肯带我出去玩，对不对？”

“嗯。”

“好，那我给官书记打电话了。”

说着，胡文娜从身上掏出手机，就翻起电话簿。

这时，有几个人推门过来，要咖啡了。

“趣来，你去招呼一下。”胡文娜说着，朝我摆了下手，同时，把手机扣在了耳边。

于是，我开始忙碌起来。

等到我冲完咖啡，并送到了几个人面前的桌子上，端着托盘走回柜台的时候，胡文娜冲着我笑得很是开心：“我刚才给官书记打电话啦，他同意我们出去玩一趟。”

“真的？”我愣了一下。

“当然真的，我还骗你不成？”胡文娜有点生气了，“不信的话，你打过去试一下。”说着，胡文娜把手机递了过来。

“嗯。”我接了过来，就要摁拨号键。

“趣来，等一下。”胡文娜喊了一声。

“怎么啦？”我抬起头。

“那个人喊你了，好像你刚才给人家上错咖啡了吧。”胡文娜说着，朝刚才我送过去咖啡的几个人，努了下嘴。

“不是吧？”我怔了一下。

望过去的时候，果然，刚才我端过去咖啡的人中，有一个人在向我招手，示意我过去一下。

我无奈地点了下头，把手机还给了胡文娜。

然后，走了过去。

问了一句，原来那个人是想多要两张纸巾的。

于是，我转身回到柜台，又拿了两张纸巾，送了过去。

再次回到柜台的时候，胡文娜眼中闪烁着惊喜：“夏培她们宿舍等会儿就过来啦。”

“夏培宿舍？她们过来干吗啊？”我愣了愣。

“看店啊。”

“看什么店？”

“我们出去玩，肯定要有人看店的嘛，照顾客人咯。”

“谁说我们要出去玩的？”

“官书记同意了啊。”

“他真同意了？你干吗不找卢小樱、板牙、猴子他们看店？找夏培她们干吗啊？”

“噢，不是你刚才说的，要撮合一下夏培和猴子的吗？这撮合，总得找到当事人吧。”

“啊？”

“啊什么？我们准备一下，要出去玩咯。官书记都同意了的嘛。”

“官书记同意了，我还没同意啊。”

“张！趣！来！”

“喊这么大声，也没有用，我这也是为了你好。喏，胳膊给你，大腿也给你，拧吧，掐吧，只要你高兴，随便你好了。”

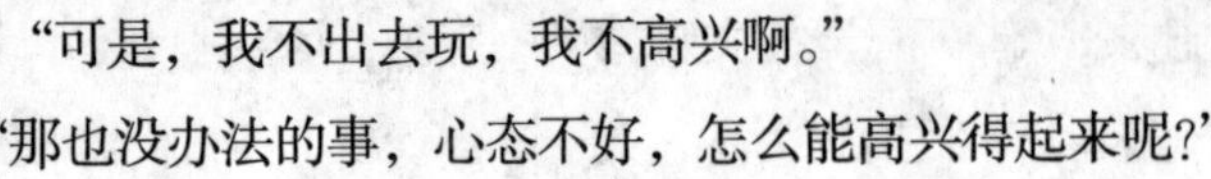

“可是，我不出去玩，我不高兴啊。”

“那也没办法的事，心态不好，怎么能高兴得起来呢？”

“啊——”

“嗯。”

胡文娜不说话了，隔了有半分钟，她开始摇我的胳膊了：“趣来，带我出去玩一次，好不好嘛？好不好嘛？就答应人家一次的嘛，就这一次噢，下次就不这样了啦。我知道趣来对文娜最好了，才不会让文娜不高兴的，对不对？所以，就答应文娜这一次，好不好嘛？”

我彻底地没辙了：“官书记真同意了？”

“是的，我保证。”

“嗯，你想去哪儿？”

“边走边想呗。”

“好吧，夏培她们什么时候到？”

“应该一两分钟后吧。”

“嗯，把柜台收拾一下，准备交班。”

“yes!”

42.游戏室的疯狂

下午三点。游戏室。

“趣来，这个跳舞毯很好玩啊，你帮着看下节拍，到时提醒我一下。”

“嗯。”

“喂，你怎么不提醒我？差一点就错过这个节拍了，还好我反应快。”

……

“趣来，这个架子鼓也很好玩啊，来，你也敲一下。”

“嗯。”

“今天没吃饭吗，你？敲的力气这么小。来，像我这样，狠狠地用力敲。”

……

“哇，这个摩托车好刺激啊，你看我开得多快啊。”

“嗯。”

“趣来，这个太惊险刺激了。不行，你也要来一次，我看看你能不能超过我。”

……

“趣来，这个卡丁车也很刺激啊。你看，弯道这么多，我都开过去啦。”

“嗯。”

“这么快就到终点了啊。看，我是第一名哦，是不是很佩服我啊？”

……

“趣来，这边还有个拉力赛车哦。我也要玩一下。”

“嗯。”

“哇，做得很逼真的哦。肯定玩起来同样的刺激。”

……

“趣来，你拿枪的姿势，好难看啊，你看我，多专业啊。”

“嗯。”

“快开枪啊，快，右边又飞来了一只鸭子，哇，两只，三只，五只，好多啊。”

……

“趣来，我这没有游戏币了，你再去买五块钱的吧。”

“嗯。”

“都‘嗯’了，还干吗站着不动啊？快点去，我还等着继续开这个飞机呢。”

……

“趣来，你看，我又投进去了一个球，我都投进去八个啦。”

“嗯。”

"难道，我就是传说中的篮球之神？十投八中。哈哈，我太厉害啦。"

……

"趣来，就这样下注是吗？"

"嗯。"

"苹果，苹果，苹果。呀，怎么跑了个西瓜？哇，不是吧？这样也能赢游戏币？"

……

"趣来，你拿着这些游戏币，我再赢点。"

"嗯。"

"茄子，茄子，茄子。啊，真是茄子？呀，又是十个游戏币。天哪，我们赚大了。"

……

这样一直从中午一点钟，我们玩到了下午三点多。

确切地说，是胡文娜在玩，我在旁边配合着她。

疯狂地跳跃，疯狂地拍打，疯狂地尖叫，还有毫不掩饰地大笑。

胡文娜把压抑了近两个月的心情，在这两个小时内，痛痛快快地宣泄了出来。

终于，跳够了跳舞毯，敲够了架子鼓，开够了赛车，也打够了鸭子，投够了篮球，也赌够了水果机、老虎机，胡文娜说道："趣来，你玩一会儿吧。"

"噢，那我去玩会儿拳皇啊。"说着，我指了指角落里的一台街机。

然后，两个人坐在了拳皇97的街机面前。

"嗯，我也帮你投个游戏币进去吗？"弯下身投币的时候，我抬头看了胡文娜一眼，只见她脸上略显几分疲倦了。

"要不，你自己玩吧。我觉得有点累了。"说完，胡文娜打了个哈欠。

"那我自己玩了？"见胡文娜说累，我问道。

"好的，你玩吧。我看着就行了。"胡文娜说着，又忍不住地打了第二个哈欠。

“嗯。”我投进去了游戏币，然后按了启动键，很快，切换到了选人的画面。

“你觉得我选哪个人物啊？你喜欢这上面哪个人？”说着，我指了下屏幕上的二十九个人物。

“你平时最喜欢哪个人物啊？”

“八神和丽安娜。”

“那就选他们吧。”

“嗯，还差一个人呢。”

“那，就她吧。”

“玛丽？”

“嗯。”

“好的，等会儿我给你用她的无限连招给你看啊。”

“很厉害吗？”

“用好的话，肯定很厉害的哦。这里面的人物，每一人用好了的话，都是非常厉害的。没有哪一个人物最厉害，也没有哪一个玩家会说自己最厉害，因为在拳皇中流传着这么一句话，永远都不会有人说，他这款游戏玩得最好，因为，总会有人比他玩得更好。这就是拳皇的魅力所在。虽然，从拳皇94开始，一直到拳皇2003，一共有十几个版本，但是，最经典的就是这款拳皇97了。”我向胡文娜介绍着。

“嗯。”

“喏，喜欢拳皇97的人，很多都很迷恋八神庵的。记得我之前有个高中同学，就是特喜欢八神庵，还特意买了一身八神庵的衣服回来，当然不是穿着去上学了，就在家里穿着走来走去，很是拉风的样子。”

“嗯，趣来，我有点困了，想靠在你肩头睡一会儿。”

“好的，给你靠就是啦。”说着，我侧了侧身子，把肩膀朝胡文娜移了一下。

“嗯。”胡文娜说着，就把头朝我肩上靠来。

这时，只听“扑通——”一声。

我急忙转身，只见胡文娜已经摔倒在了地上。

“喂，文娜，醒醒。”我急了，赶忙蹲下身，伸手拉了一把胡文娜。

而胡文娜已经没有一点知觉。

登时，心，像是瞬间被撕裂成两半。

我连忙抱起胡文娜，不顾周围其他人的目光，急急冲出了游戏室。

冲到街道上，我一招手，拦下一辆出租车：“去市医院。”

出租车司机见状，赶紧从车里钻出来，帮着我把胡文娜扶进了出租车。

然后，一踩油门，出租车向着市医院的方向，疾奔而去。

我看着怀中的胡文娜，此时，她像是安静地睡过去了一样，一点反应也没有。

整个的人，刹那间像是被抛向了高空，一种突然而来的巨大恐惧感，袭遍全身。我抱着胡文娜的手，开始不停地抖起来。

我把颤抖着的手，放在她鼻子下面，那儿只有一息很微弱的呼吸。

“文娜，你不要吓我，你赶快醒来啊。你睁眼看一下我，好吗?”我泪水一下子涌了出来。

然而，任凭我怎么呼喊，怎么推搡，胡文娜始终是一动不动地闭着眼睛。

我害怕到了极点。

像疯了一样拼命地摇着怀中的胡文娜，希望她能醒过来。

泪水，一滴，一滴，又一滴，像是瞬间，整个世界陷入了梅雨季节。

又是一个瞬间，全世界的灯，都灭了。

只剩下了滂沱大雨。只剩下了哀号遍野。

我像是个被世界抛弃的绝望孩子，除了哭，我什么也不会了。

没有一点的记忆，没有一点的回忆。

那么，我能做什么呢?

出租车在泪眼模糊中，拐进了一条小道，然后，又是几分钟的疾驰，便戛然而止。

推开车门，我抱着胡文娜跌跌撞撞地向急救室奔去。

这时，急救室已有护士看到了，忙推着担架车迎了上来。

“快放上面。”三个护士跑了过来。

也顾不上多问，接过胡文娜，将她放在担架车上，就推着担架车一溜小跑着，直冲进了急救室。

此时担架车上的胡文娜，仍然是双目紧闭。

一行人奔到急救室门前，见我紧跟着也要进去，其中有一个护士喊了一声：“你去挂号，这里，交给我们就行。”

交完挂号费，我才发现，身上还剩下不到二百块钱。

连忙掏出手机，拨通了官书记的电话。

“喂，趣来，怎么啦?”

“官书记，胡文娜又晕倒了。我现在市医院急救室，身上钱不够，你赶快带点钱过来。”

“好。我现在就去。你先别急。”

说完，官书记就挂了电话。

打完电话，我又回到了急诊室。

这时，只见一群身穿白大褂的医生，正忙碌着，有查看瞳孔的，有量血压的，有拿着听诊器测心跳的。

见我进了急诊室，其中一个医生走了过来：“病人怎么晕倒的?”

“大约二十分钟前，突然一下子就从座位上摔倒了。”

“她晕倒之前有说过什么吗?”

“她说自己有点困，想睡一下。结果，还没等她靠到我的肩膀上，她就摔倒了。”

“病人晕倒之前，有吃过什么东西，或是有过什么剧烈运动吗?”

“中午的时候，我和她吃了顿饭，只是平常的一顿午餐，然后，我们就一起去了游戏室，她玩得挺疯狂的，又跳又叫，又打又闹的。”

“那她之前，有过类似的情况吗？比如，在这之前，有没有晕倒过?”

“两个月前晕倒过一次，那时，是因为排练一个话剧，连续一个星期，没怎么吃饭、睡觉，然后，话剧演完的时候，晕倒了，当时送的校医院，做了一个验血报告，那儿的医生说，有轻微的贫血。再往后的这两个月，她身体一直都挺虚弱的，我每天都给她煲一些汤，有乌鸡汤、老鸭汤、鲫鱼汤什么的，还买了枸杞、党参、黄芪、茯苓、熟地等一些补血益气的中药材，一块炖的汤。”

“那病人之前，得过什么大病吗?”

“这个，我不知道，这一年半是没有过，之前的，我就不知道了。”

“好的，那就先这样，你去给她办个住院手续，我们给她做个详细检查，确定没什么事，就可以出院了。”

“好的。谢谢医生。”

说完，我出了急诊室，再次走向收费窗口。

紧接着，我看到官书记的身影，出现在了急救室大门处。

我赶紧跑了过去。

“趣来。”官书记一边大口喘着气，一边从身上掏出钱。

“这是一千五百块钱，我刚从卡里取的，你先拿着用，我刚才给猴子、橙子、板牙、方片七，都打了电话，他们应该也很快就过来了。钱不够，我们再想办法。你不要想太多，文娜真病了的话，我们大家一块给她治病。”

我点了点头，接过官书记递过来的一千五百块钱，喉咙间，已是哽咽得说不出话来了。

很快又有医生出来了：“现在初步来看，她身体比较正常，暂时没有什么大碍。我们需要再做一个更深入的检查，才能知道病因。”

“好的，麻烦你了，医生。”官书记向医生勉强笑了一下，以示谢意。

“对了，你住院手续办好了吗?”那医生又问了一句。

我点了下头，把手中的一张单据递了过去。

那个医生接过来，瞅了一眼单据：“住院部三楼307室。”

我和官书记相望了一眼，没有说话。

“好的，你们两个和我们一起，把病人推过去吧。”

43.兄弟情深

当护士刚给胡文娜输上吊瓶后，猴子、橙子、板牙、方片七、卢小樱，也都赶到了。

大家看到病床上的胡文娜，几个人都没有说话。

最后，还是官书记打破了沉默：“你们都不要太难受了，胡文娜应该没有什么事的。趣来，你也不要太自责了，事情既然已经发生了，我们大家就来面对吧。胡文娜要是得住院的话，我们安排下，看看谁来陪床。

“嗯，趣来，我知道你，肯定想每天都留在这儿，陪着文娜，那么我们其他几个人，大家分一下，猴子周一，橙子周二，板牙周三，方片七周四，我周五，周六和周日，大家没有事，就都过来。卢小樱和板牙一组，都安排在周三，如果李佳一、赵可欣、虞梦瑶都过来的话，就分别和方片七、橙子、我，安排在一组。这么安排，怎么样?”

“那哪来哪去怎么办？还要正常营业吗?”猴子问了一句。

“嗯，夏培她们宿舍，安排一下，在哪来哪去值班，并且，我们几个人再分一下，肯定能把哪来哪去的班值好。”

我点了下头：“官书记，谢谢你。”

“谢什么？又跟我们见外了？咱们332宿舍六个人，落下了谁都不行，落下了谁的家属也都不行。你的事，就是我们大家的事。我们都有责任和义务，来帮着承担。以后，有什么事情，需要大家的，你尽管说，千万别觉得不好意思，麻烦了大家。你要是真那样的话，趣来，你就是看不起兄弟几个。”官书记语气很坚定。

我又开始哽咽了：“你这么说，我趣来要是再跟你们说谢谢的话，那就显得我真没把你们当兄弟，太拿自个当外人了。我趣来不是忘本的人，你们今天的这些恩义，我会好好记在心里，一辈子都记在心里。我只想说一句话，大学能遇见你们这么一帮兄弟，我张趣来，没有白上。等文娜的病好了，我和你们好好喝一场，咱们不醉不归。”

“好！我们大家都等着，文娜病好的那一天，我们就在哪来哪去喝，自己买菜，大家都喝酒，也喝醉。”官书记也被感动了，眼中闪烁着泪光，情绪很是激动的样子。

“趣来，你要给我们煲个汤啊，嗯，就煲今天上午的这个‘玉竹沙参老鸭汤’吧。”猴子补了一句。

“好，猴子，文娜病好了，我给你们煲上整整一个月的汤，随便你们想喝什么，我都去学来，煲给你们喝。”

“趣来，你真他妈的够兄弟。”板牙说着，伸出了右手，手心朝下，手背朝上。

“啪——”猴子的右手拍了上去。

“啪——”方片七的右手也拍了上去。

“啪——”橙子的右手也拍了上去。

“啪——”官书记的右手也拍了上去。

我看着板牙、猴子、方片七、橙子、官书记脸上的坚毅，重重点了下头，“啪——”的一声，把手也拍了上去。

一瞬间，六个人，六只手，六颗心，紧紧地贴在了一起。

一种团结的力量，从每个人的心底，油然而生。

没有什么困难、坎坷能吓倒我们，也没有什么失败、挫折能击倒我们。

无论什么风雨，无论什么坎坷，无论什么挫折，无论什么磨难，我们都将手挽手、肩并肩地，一起来承担，一起来面对。

谁也打倒不了我们，谁也击垮不了我们。

因为，这一刻，我们有一个共同的名字，我们叫兄弟。

44.胡文娜的病情（上）

晚上七点多的时候，胡文娜才醒过来。

当她看到床边围着的大家时候，怔了足足有三四秒钟，才反应过来。

“医生说怎么了吗?”胡文娜声音很低沉。

“嗯，初步的检查结果，是暂无大碍。刚才医生进来，说等你醒过来，明天做一个详细深入的检查，才能诊断出具体的结果。”我看着胡文娜，尽量克制着自己的情绪，不让自己的眼泪流出来。

“文娜，你别担心，大家都在这儿，有什么事情，我们一块来面对，我们大家始终都会和你在一起的。”卢小樱语气坚定地说道。

“文娜，你安心地养病就行了，哪来哪去的事情，我们大家刚才商量过了，你就不用操心了。”官书记说得语气很是委婉，他没有提陪床的事情，许是怕文娜胡思乱想起来。

我感激地看了官书记一眼。

接下来，大家又七嘴八舌地跟胡文娜说了一些安慰的话，每个人说的时候，都是尽量地小心翼翼，唯恐一不小心，说错了话。

病房的空气，略带了几分凝重。

这时，不知道谁问了这么一句：“文娜，你饿不饿?”

这一问，大家才想起来，我们每个人都还没有吃晚饭。

“文娜已经醒过来了，你们也不用太担心了，要不，大家看看先去吃饭吧。我一个人在这儿陪着文娜就行。”我提议道。

方片七点了点头：“好的，你们俩就在这儿吧，我们大家先去吃饭了，等一会儿，就把饭给你们带回来。”

说完，大家相互点点头，向门外走去。

于是，病房里只剩下了我和胡文娜。

胡文娜看了我一眼，又低下了头，没有说话，只是在那儿一个劲地咬着嘴唇。

我看看胡文娜，又看看窗外，此时，窗外已是一片夜色了。

我把头又转向了病房里，一向柔和的日光灯，此时，在我看来，竟是说不出的刺眼。尤其是看到病房里，白色的床单，白色的被褥，白色的枕头，白色的墙壁，这一切白色的时候，我心中陡然生出了几分的反感。

胡文娜说话了："趣来，都是我不好，不该要小性子，让你带我出来玩的，害得大家现在都为我担心。你现在心里肯定很难受的，我也很难受，要不，你骂我两句吧。这样的话，你心里可能会好受一点，我心里的负罪感也会少一点。"

胡文娜的声音很小，但是，每一句，都仿佛一根根钢针，刺进了我那颗原本就已憔悴不堪的心。

我一下子就哭了出来："文娜，是我不好，没有好好照顾你，让你现在又晕倒住院了。应该由我承担这个责任的，要骂的话，也应该是你来骂我，你骂我吧，我都听着。"

胡文娜"哇——"的一声，也哭了出来："趣来，你别这么说，是我自己太任性了，如果我不缠着你，带我出来，就不会有这样的事情发生了。"

我一把抓过胡文娜的手，带着哭腔的声音喊道："文娜，我们两个都别再自责了。事情既然已经发生了，我们就一起来面对吧。答应我，你现在什么都不要多想，赶紧把身体养好。然后，我们一起出院回去。到时候，你想去哪儿玩，我都带你去，想玩多久，我都陪着你。"

"嗯，好的，我答应你，趣来。我一定会好好地把身体养好，我们早点出院回去。我还要回哪来哪去，喝你煲的汤呢。"胡文娜抽噎着，断断续续地说道。

"只要你愿意，我给你煲一辈子的汤喝都行。"我努力地笑了一下。

胡文娜一下子扑倒在我的身上，抱住了我，像个受尽委屈、见到亲人的孩子一样，哇哇地大哭起来。

我轻轻地拍着她的背："乖，不哭，不哭。再哭的话，脸就会有皱纹了，人就会变丑了，连小纳米也会不喜欢你了哦。”

胡文娜抽抽噎噎地问道：“小纳米不喜欢了，趣来还会喜欢吗？”

“傻瓜，当然会喜欢了，无论你变成什么样，你在趣来心中，都是世界上最漂亮的女孩子。”

我这一说，胡文娜哭得更凶了，也抱得更紧了。

不知过了多长时间，胡文娜止住了哭声，把伏在我肩膀上的头，抬了起来，哽咽着问道：“趣来，你刚才说的话，是当真的吗？”

“什么话？”我愣了一下。

“就是你说的，给我煲一辈子的汤，还有，小纳米不喜欢我了，你也会喜欢我。”胡文娜抽噎着说道。

“是的。”我重重地点了一下头。

“那我们拉钩。”说着，胡文娜把右手的小拇指，伸了出来。

“好。”我说着，也伸出了自己右手的小拇指。

两个人的小拇指，紧紧地钩在了一起。

“拉钩上吊，一百年不许变，谁抵赖，谁是小狗，并且是门牙被磕掉了，不能啃骨头的小狗。”胡文娜仰着头，像个孩子似的黠笑着。

看着她脸上的笑容，犹如料峭的寒风中，我看到了路边一朵绽放的小花，那一刻，整个世界，春暖花开了。

“我们都不哭了，做坚强的孩子，好吗？”说着，我伸手，帮胡文娜把脸上的泪水擦干。

“嗯，不过，趣来，是你先哭的噢，看你哭，我才哭的呢。”胡文娜嘟嘟嘴，“我是一个坚强的大孩子，你呢，算是一个坚强的小孩子吧，勉强及格地坚强哦。”

“可是，明明是我比你大，比你高，怎么能说你是大孩子，我是小孩子呢？不干。”看胡文娜心情好多了，我逗她道。

“噢，大点，高点，就是大孩子吗？”胡文娜噘起了嘴。

隔了一秒钟，胡文娜点了下头：“那你当大孩子吧，记得噢，大孩子要照顾小孩子的，坚决不能把小孩子丢下不管的。”

“那是肯定噢，谁叫我是大孩子的嘛。好啦，大孩子下达今天晚上第一个命令，等一会儿买来了饭，小孩子要乖乖的，全部吃下去，不许给我剩饭。”

“好吧，小孩子知道了。”

“嗯，还有，小孩子吃完饭后，今晚上要早点睡觉，不许吵闹，不许瞎想，不许耍小脾气，小性子，嗯，还有，不许心中不想着大孩子就睡着了。”

“那小孩子要是睡不着的话，大孩子会给小孩子念童话，讲故事，唱儿歌，哄小孩子睡觉吗?”

“啊?好吧，小孩子想听什么童话?”

“嗯，讲拇指姑娘?海的女儿?灰姑娘和水晶鞋?还是讲小红帽?狼和三只小猪?”

“还有木偶奇遇记和绿野仙踪呢。说吧，小孩子想听哪一个?”

“那大孩子还会讲黑猫警长、葫芦娃，还有三毛流浪记吗?”

“啊，这个啊，行，只要小孩子想听，大孩子就讲。不过，小孩子要给大孩子一点时间，让大孩子准备一下，才能讲好了。”

“那要是，小孩子听上瘾了，不困了，怎么办啊?”

“不行，小孩子必须每天晚上按时睡觉，不然的话，大孩子第二天就不讲了。”

“好吧。还有啊，要是讲小红帽，小孩子被里面的大灰狼吓到了，不敢一个人睡觉，那大孩子会不会抱着小孩子睡啊?”

“啊?好吧，不过，只能是等小孩子睡着了，大孩子就把胳膊抽出来，然后去另外一张床上睡咯。”

“为什么大孩子不能一直抱着小孩子睡啊?”

“这个，大孩子也想一直抱着小孩子睡的，只是，万一被其他人看到了呢?”

“噢，好吧，小孩子还是乖乖听话，争取每天晚上早点睡着好了。”

“这样才乖嘛。”

“嗯，大孩子抱着小孩子睡觉是什么感觉呀?”

“不知道，或许会很快就睡着了吧。”

"为什么啊?"

"因为，怀抱很温暖的哦。觉得温暖的时候，人就想睡觉了。"

"噢，知道了。"

"嗯。"

……

八点钟的时候，方片七的饭买回来了。

并且，还有人买来了牙刷、牙膏、肥皂、脸盆、毛巾、卫生纸等一些日常生活用品。

我和胡文娜吃过了饭。

几个人又简单聊了一会儿。

然后，在官书记的提议下，除了卢小樱和我留下陪床之外，其他人都回学校了。

于是，当天晚上，我们三个人又稍聊了一会儿，便各自睡觉了。

第二天，我早早地就醒来了。

稍稍洗漱了一下，卢小樱下楼买了三份早点。

因医生前一天嘱咐过了，第二天做详细的全身检查，且包括了重新验一次血。所以，胡文娜被迫只能暂时不吃早饭。

九点多的时候，有护士过来抽血了。

然后，是医院例行的查房。

一群医生、护士，呼呼啦啦进来了，然后，有人询问，有人记录。

当胡文娜被问道，之前有没有得过什么大病的时候。

胡文娜摇头："记忆中，从小到大，都没有得过什么大病，这还是第一次住院。"

然后，那群查房的人，就出去了。

再接着，有护士递过来几张单子，说是一会儿要去检查的单子。

我接过来，只见上面有脑电图、心电图、CT、B超、X透视、血常规、尿常规等。

然后，卢小樱就和我一块，搀着胡文娜，一间一间的检查室，进进出出。

这样，整整折腾了一个上午。

等我们三个回到病房时，官书记、猴子、橙子、板牙、方片七几个人，已经过来了。于是，一干人，又七手八脚地把胡文娜搀扶着，躺到床上。

官书记他们不仅带来了胡文娜、卢小樱和我，三个人的饭，而且，还给胡文娜带回了在哪来哪去煲的一份鸡汤。

汤，是虞梦瑶给煲的。

官书记特意去买了一个搪瓷内胆的保温桶，然后，盛了满满的一桶，并且，他还带来了一个挺精致的白色小瓷碗和一个精致的白色小瓷勺。

当那个小瓷勺被拿出来的时候，胡文娜禁不住一声惊呼："哇，哪儿买的？好漂亮啊。"

吃完饭后，卢小樱觉得胡文娜折腾了一个上午，挺累的了，就提议让她午休一会儿。

胡文娜嘟着嘴，很不情愿地躺回去睡觉了。

然后，我们七个人，稍稍交流了一下彼此的意见。

官书记说，他仅把胡文娜病倒住院的事，告诉了虞梦瑶，李佳一、赵可欣，还有夏培宿舍，目前都还是一概不知。

我点点头："可能用不了三五天，胡文娜就可以出院了，那就先不要告诉她们好了，免得这么多人都为她担心。"

猴子又问起上午检查的结果。

我摇了下头："要下午才能拿到报告。"

大家又沉默不语了。

这时，我看着卢小樱脸上的一脸疲倦，略笑了笑："小樱，从昨天晚上到现在，你也肯定没怎么睡好，今天上午忙着做检查，又把你折腾了一遍，现在检查都做完了，只是等报告出来。要不下午，你就回学校吧。"

官书记点了下头："要不，我让梦瑶给陪床吧。"

"还是不用麻烦了吧，官书记，晚上我一个人能陪好床的，并且，医院不是还有那么多的护士吗？你们白天过来看看，顺便中午和晚上来的时候，给我们带饭就行了。"

"趣来，你怎么又见外了?"官书记有点不高兴了。

这时，方片七拽了拽他的衣角，并朝他使了一个眼色："官书记，我觉得趣来能把文娜照顾好的，文娜又不是生了什么大病，不用太大惊小怪，劳师动众的。"

"就是啊，官书记，你就一百二十个放心好了。趣来肯定能照顾好文娜的。"橙子意味深长地笑了一下。

官书记又望了眼板牙和猴子，只见两个人也是朝他点头。

"好吧，趣来，你要好好照顾文娜。我们这些人的手机，都是二十四小时开着的，有什么事，直接打电话，随叫随到。"官书记说着，朝我点了下头。

"嗯，我会的。"我也重重地点了下头。

几个人又大致地说了一会儿话，官书记他们就又回学校上课了。

然后，病房里，只剩下了我和胡文娜。

两点钟的时候，护士过来了，替胡文娜打上了吊瓶。

打吊瓶的时候，胡文娜和我说了一会儿话，就又迷迷糊糊地睡过去了。

我则一直守在床边。

下午三点多的时候，护士又进来了，告诉我说，检查报告出来了，让我去医生办公室拿。

我瞅了一眼胡文娜，她嘴角挂着笑意，睡得很是香甜的样子。

替她掖好了被角，我站起身，向医生办公室走去。

45.胡文娜的病情（中）

犹如晴天霹雳。

我惊呆了。

报告单从手中滑落，纷纷洒洒，落了一地。

心，也瞬间滑落。

溅起大片大片的尘埃，那一刻，我真的想跌坐在一片尘埃里，永远都不再站起来。

全世界的灯，都灭了。全世界的路，都丢了。

天空中，漆黑一片。

再也不会有星星了。

我，再也找不到回家的路了。

眼泪，像是来势汹涌的洪水，瞬间，奔泻而出。

湮没了一切。

然后，四处是一片汪洋。

这一刻。

谁又能读懂谁眼里的忧伤？谁又说出谁心中的彷徨？谁还在念念叨叨着那些过往的琐碎？谁还在拉拉扯扯着那些曾经的缠绕？

究竟谁会陪谁唱一首浮华雕刻的歌？谁又能陪谁笑到青春的散场？

你曾说过，即使，整个世界抛弃了我，你也会留下来，却不想，整个世界，还没有抛弃我，你却离开了。那么，我该怎么去一个人面对，整个世界抛弃我的那一刻？

为什么？为什么？为什么？

当爱情，抽出一点点的嫩绿，我满心欢喜的时候，上天又那么粗暴地把它给掐断了。

从此，我将何去何从？

仰起头，我看见，那些从云端落下的回忆，重重地砸到了我的心坎上。晕眩。

到处是凄风苦雨，到处是残垣断壁。

到处是艾蒿，到处是藤蔓。

是不是，从此，这个世界，就不再有光明，不再有希望了？

是不是，从此，整个人生，就不再有欢笑，不再有价值了？

是不是，从这一刻起，我就失去了梦想，失去了信仰，失去了希望，失去了价值吗？

人生，将像是堕入了无底的深渊？

绝望！绝望！绝望！

谁能给我一束光？谁能给我一叶绿？

谁能给我一片鸟语花香？谁能给我一片春意盎然？

像是站在一个高高的山崖上，我看到了那一个个从天而坠的幸福，每一个都是触手可及的样子，可是，当我伸出手去抓住的时候，却仿佛遥隔了一个天涯。

……

我不记得怎么捡起的报告单，也不记得怎么回的病房。

当我回到病房的时候，官书记他们已经来了。

“趣来，你怎么出去这么久？”官书记见我推门，冲着我喊道。

“趣来，到底怎么了？”官书记看到我脸上的泪痕，忙把我往走廊里拽了一下。

“噢，”我极力笑了一下，“没什么，医生说，是很严重的贫血。”

“很严重的贫血？有多严重？”官书记愣了一下，脸上也变了颜色。

“官书记，答应我一件事，先别跟大家和文娜说，好吗？”我眼泪又不争气地往下掉了。

“嗯。”官书记点了下头，他也意识到了事情的严重。

“医生说，胡文娜的血小板，失去了造血功能。他说这是一种很罕见的病例，目前整个世界的医疗水平，都还没有研究出来治愈的方法。”

“那，你的意思，是不是胡文娜她——”

“嗯。”

官书记傻眼了。

然而，只是那么一个片刻，他紧紧抓住了我的手：“趣来，你要挺住。说过了，我们大家一起面对的。”

官书记说着，眼泪也忍不住出来了。

我们两个人都没有说话了。

沉默了有十几秒钟，官书记说话了：“趣来，我觉得这件事，你得跟文娜的父母说一下。要不，今天晚上我们就打电话，让他们过来一下吧。”

我点了点头。

“嗯，趣来，你跟医生说了吗？不要告诉文娜，她的病情。”

“说了。”

“那还好。”官书记点了下头，又像是自言自语，“我们能瞒文娜多久？”

“能瞒多久，就瞒多久吧。我怕她知道了，受不住这个打击，身体会变得更差。”

“那医生有说她还能——”官书记后面的话，没有说下去了。

“医生说，如果她能积极地配合治疗，心态也很好，还能活半年左右。如果她心态很差，自暴自弃的话，病情会恶化得很快，那就不好说了。”

官书记又沉默了。

隔了一会儿，他又说话了：“你先去洗把脸，我在这等你一下。刚才大家都看到了，要是再不回去，他们肯定要胡思乱想的。”

“嗯。”我点了下头，把手中的报告单，交给了官书记，向洗漱间冲去。

在洗漱间的镜子里，我看到自己，沧桑了很多。无论面容还是眼神。

胡乱地洗了两把脸，我回到了病房门口。看到官书记往他口袋里掖了一下，我问了句：“怎么啦？官书记。”

“待会儿大家肯定要看检查报告，我把有写着血小板检测结果的报告，收起来了。”

“嗯，谢谢你，官书记，我刚才都没有想到这一点呢。”

官书记勉强地笑了一下，我们两个人一起推门，走了进去。

这时，我看到大家的眼睛，都齐齐地望向我和官书记。

胡文娜也已经醒了，正和卢小樱聊着天。她脸上挂着微笑，应该是两个人正聊到一个开心的地方吧。

“嗯，趣来，你手里拿的那是检查报告吗？医生怎么说？”卢小樱说着，站了起来。

“报告都在这儿呢。医生说，贫血有点严重了，之前应该打针吃药的，我们当时都没有注意到。”说着，我把手中的检查报告都递给了卢小樱。

猴子、橙子、板牙、方片七听到我的话，也都朝卢小樱围过去。

他们看报告的期间，我坐在胡文娜的旁边，努力地笑了笑：“文娜，你可要配合医生好好治疗啊。可千万不能耍小性子，小脾气，就不肯打针吃药了。医生说，打几天的针，再开一些药，贫血很快就会好了，也不会再晕倒了。如果你不肯打针吃药的话，就会变得更严重了，也就没办法带你出去玩了。”

胡文娜很听话地点点头，用很小的声音告诉我：“小孩子会乖乖听大孩子的话，好了之后，大孩子要带小孩子出去玩的哦。”

“嗯。”我重重地点了下头。

“对啦，刚才，你有没有乖乖吃饭啊？”我忽然想到，现在已经是下午饭的时间了。

“还没有呢，等着你回来，一起吃啊。”胡文娜像个孩子似的仰起脸，看着我。

“好的。”我点点头。

……

晚上的时候，胡文娜睡了。

我悄悄地拿过了胡文娜的手机，和官书记走出了病房。

“趣来，我们到楼下打电话吧，在走廊里，会打扰到其他病人休息的。”

“好的，官书记。”

说话间，两个人下了楼梯。

“嗯，趣来，你想好怎么说了吗？”

“就说胡文娜生病住院了，医生说是严重的贫血，可能要住一段时间的院。她的父母接到这个电话之后，肯定会过来的。到时候，再当面跟他们说。”

"嗯，好的，你打吧。"

我翻到胡文娜手机的电话簿，找到写有"爸爸"那个称呼，拨了过去。

接通电话后，我先自我介绍了一下，然后，把跟官书记说的话，重复了一遍。果然，电话那端，胡伯父很是着急，他说明天就赶过来。我稍稍地宽慰了他几句，然后挂了电话。

46.胡文娜的病情（下）

翌日。下午一点。

官书记、猴子、橙子、板牙、方片七、卢小樱、我，正陪着胡文娜的时候，病房的门，被推开了。

进来一对神色匆匆、衣着考究的中年夫妇，约莫四十五六岁的样子。

我们几个人稍怔了一下，胡文娜已是喊叫出了声："爸——"

紧跟着，又是一声："妈——"

只见那个中年妇女，紧跑几步，扑到床边，一把抱住了正坐在床上的胡文娜，声音哽咽地说道："娜娜，我的乖女儿，你怎么把自己弄成这个样子?"

大家这才反应过来，原来是胡伯父、胡伯母赶过来了。

我们略同胡文娜的父母打了个招呼，大家就不约而同地退出了病房，把时间留给了他们一家三口。

走廊上，官书记把大家都叫在了一起，说："要不，大家先回学校吧，文娜的父母在，今天晚上暂时就不用过来了。这边，我和趣来留在病房，有什么事，我们及时通知大家。"

大家相互望了望，点点头，然后，向楼下走去。

很快，走廊上，只剩下了我和官书记。

"嗯，官书记，要不，我们下去走走吧。"我看了官书记一眼。

官书记点了下头。

两个人下了楼。

我抬头看了看天空，只见，那儿灰蒙蒙的，满是阴霾。似乎，要来一场雨的样子。

唉，我内心一声叹息。

这时，官书记递了支烟过来："趣来，抽一支吧。"

"嗯。"我点点头，接了过来。

两个人都没有说话。

只是，一个劲地抽着闷烟。

不一会儿，我们的脚下，就扔满了烟头。

"我们去洗洗脸吧，然后，回去看看文娜。"官书记说。

我不再说话，跟在官书记身后，回了住院部。

到了307病房的门口，我隔着窗户看了一眼。只见胡伯父正在窗户边，望着窗外。而胡伯母守着胡文娜，她已经又睡着了。

我轻轻地推开门。

这时，胡伯父转过身来了。见是我和官书记，略略笑了一下，走了过来。

感谢你们这段时间，对文娜的照顾。"胡伯父说得很真诚。

"没什么，我们大家都是很好的朋友。"官书记勉强笑了笑，"嗯，伯父、伯母一定都还没吃饭吧？趣来，要不，你看看陪伯父、伯母下去吃点东西?"

我看了眼官书记，又看了看胡伯父，点点头："伯父、伯母，要不，我现在陪你们下去吃点东西吧。"

胡伯父看了一眼胡伯母，只见胡伯母摇了摇头："还是你们去吃吧，我想好好陪娜娜一会儿。"

胡伯父就不再说什么了。

于是，我、官书记一块陪着胡伯父下了楼。

我们在医院附近，找了一家小餐馆，点了几样菜，胡伯父要了一瓶啤酒。给我和官书记，各自斟满了一杯。

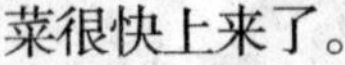

菜很快上来了。

胡伯父先举起酒杯，他望着我："你叫张趣来，是吗?"

我点了下头。

胡伯父又看着官书记："你叫官运辉，是吗?"

官书记也点了下头。

"趣来、运辉，咱们三个先干一杯，谢谢你俩这一直以来，对娜娜的照顾。"说完，胡伯父把手中的酒杯往桌子中间递了一下。

我和官书记相互望了一眼，也把手中的酒杯递过去，三只酒杯，稍稍碰了一下，然后，三个人，各自一饮而尽。

放下酒杯，胡伯父招呼我们吃菜。

我和官书记只得拿起筷子，也夹了几口菜。

胡伯父吃了几口菜，又呷了一口酒，说道："趣来，这段时间，娜娜给你添了不少麻烦。这孩子从小就挺任性的，还经常要点小脾气，谢谢你一直包容着她。"

我愣了一下，听胡伯父的语气，大概他已经知道了，我和文娜恋爱的事情。

我赶紧说道："伯父，您别这么说。文娜是一个很懂事，很体贴，又很坚强，很勇敢的女孩子。"

胡伯父笑了笑："这孩子，我养了二十多年，我还能不知道吗？趣来，你就不用袒护她了。"

我们又闲聊了几句。

接着，我把胡文娜的病情，从那次话剧排练开始，一直到在游戏室的晕倒，都详细地告诉了胡伯父。

最后，我把胡文娜病情最终的检查结果，也说了。

官书记把身上那张血小板诊断报告，也拿出来，递给了胡伯父。

胡伯父拿着那张诊断报告，半晌没有说一句话。

我的心，再次被揪住了。

"对不起，伯父，我没有照顾好胡文娜，让她因为话剧排练，劳累过度，而晕倒，后来，我不应该带她去游戏室，让她又一次晕倒了，才最终发生了今天这样的事情。我——”我哽咽着，说不出话来了。

胡伯父长叹了一声：“趣来，这不能怪你。就算没有话剧排练和游戏室的事情，娜娜也可能会发生今天这样的事情。因为，她得的是一种家族性遗传病。目前这个世界上，可以说，还没有什么办法可以治好她。”

我愣住了。

官书记也愣住了。

我们两个瞪大了眼睛，不明白胡伯父话里的意思。

胡伯父苦笑了一下：“其实，娜娜不是我的亲生女儿。是我和她妈妈，去四川的时候，捡回来的。当时，她尚在襁褓之中。而在这不久之前，娜娜的妈妈去医院检查过一次，医生说她，这一生都无法生育。于是，我们就决定收养娜娜。

“抱回去不久，娜娜就生病了，一直高烧不退。医生检查发现，这孩子患了一种罕见的家族性遗传病，基本上没有治愈的可能，只能控制病情。医生还说，可能在她一周岁左右，就会因为血小板失去造血功能，而身体变得很虚弱，导致免疫力被破坏。最后，我们花了很多的钱，去了很多的医院，去给她看病，病情才得到了控制。

“后来，她一岁的时候，在医生治疗下，她奇迹般地好了起来。当时，那个主治医师说，在她二十五岁左右，可能还会复发一次。如果再复发的话，恐怕是很难再有奇迹了。因为那个时候，她的新陈代谢和一周岁的时候相比，已经完全不同了。”

胡伯父语气透着几分的悲凉，几分的无奈。

我和官书记这才明白过来，原来事情是这样的。

但我还是不能接受这个事实。

文娜，事情不是这样的，对吗？是我没有把你照顾好，让你劳累过度，才晕倒的。都是我一个人的错，才害你今天这个样子。如果当时我细心一点，每天督促你按时吃饭，按时睡觉，你也就不会晕倒了，也就没有今天的事情了。

文娜，我爱你，如果这份爱真的一定要沉重的话，那么，所有的沉重，所有的负担，让我一个人来背来扛，好吗？只要上天肯答应我，再给我一个奇迹，让你的病好起来，我愿意为了它，付出我的所有，包括我的生命。我愿意用我的生命，来换回你，让你就像话剧里的那个女孩一样，幸福地活下去，带着我用生命给你换来的美丽祝福，幸福地活下去。

47.我们的爱

胡伯父因为公司那边临时有事，先回去了。

留下胡伯母在医院，和我一块陪着胡文娜。

小纳米们不知道从哪儿得来的消息，每天都有人来看望胡文娜，病房里堆满了鲜花、水果，还有她们送的各种各样的小礼物，和一大堆的零食。

还有个小纳米，给她折了一千零一个心形的曲别针，装了整整的一个大罐子。

另外，小纳米还给她写了很多的信和写满祝福的精美卡片。

开始的时候，胡文娜还是欢天喜地，过了两天，她就习以为常了。

因为她们送来的礼物，实在是太多了。

病房另外的几张空床位上，都堆得满满的。

胡文娜也就没有多少新鲜感了。

然后，护士进来了："这些东西不能占用床位。"

于是，周六的晚上，官书记一干人都过来了。每个人都拎着满满的一大袋，然后回去了。

结果第二天是周日，又拥进来了很多小纳米。空床位上，又被堆满了各种各样的礼物。

官书记他们只得再一次大包小包地拎了回去。

这天下午，文娜说饿了，想吃那个牛肉咖喱拌饭了。

于是，我就去汽车总站给她买饭了。

刚打包好，天就开始下雨了。

先是黄豆大的雨滴，砸下来。没过几分钟，就噼里啪啦地下大了。

我看了下天空，似乎一时半会儿，雨还停不了的样子。

于是，就拦了个出租车，直接打的回市医院。

出租车七拐八拐的，一直开到了住院部楼下。

当车子从医院大门进来的时候，隔着挡风玻璃，我突然瞅到了一个有些熟悉的身影，很像是文娜。

我愣了一下。转念一想，伯母现在正陪着她，那个人，又怎么可能是文娜呢?

于是，下了出租车，我便直奔307病房了。

推开病房门的那一刻，我怔了一下。

胡文娜的病床上，空荡荡的。

而伯母，在旁边另外一张床上睡着了。

嗯，文娜一定是去洗漱间了。

这么想着，我轻轻地走过去，把手中的饭，放到了桌上，同时，替伯母把身边的被子拉了过来，盖在了她身上。

然后，我又推开门，到了走廊上，等着胡文娜回来。

一分钟过去了，两分钟过去了，五分钟过去了，十分钟又过去了。

胡文娜还没有回来。

我嘀咕了一句："怎么回事？上个厕所还这么久？难道晕倒了?"

这么一想，我立刻着急起来。

赶紧跑到护士站，跟值班的护士说了一下这个情况，值班的护士听完之后，也赶紧跑了出去，去洗漱间看了一遍。

"没有人。"她说。

我又嘀咕了一句："她能去哪儿呢?"

蓦地，我想起，刚刚在出租车里，瞥到的那个身影。

登时，我慌了起来。

赶紧冲出楼下，冲入雨中，冲到大门口。

啊！我怔住了。

只见胡文娜正双手环抱着肩，蹲在地上，并且，脚上连鞋都没有穿。

磅礴的大雨，已经将她全身上下都打透了。

雨水，顺着她的头发，衣服，滴滴答答的，直往下流。

她蹲在那儿，就像一个无家可归、被人遗弃的孩子。

只是一个瞬间，就痛得撕心裂肺了。

泪水，不可抑制地冲了出来。

我一个箭步，跑了上去："文娜，这么大的雨，你怎么跑出来了？你知不知道，淋雨的话，会加重病情的。你不是想让身体早一点好起来，让大孩子带小孩子出去玩吗？怎么现在又不听话了？"

胡文娜没有说话，只是抬起头，看了我一眼，又把头垂下去了。

我蹲了下去，伸出一只手："来，大孩子带小孩子回去。"

胡文娜又瞅了我一眼，还是没有说话。

接下来她的动作，把我震住了。

她猛然一下子，甩开了我的手。

我猝不及防，被她甩得一个趔趄，一下子跌坐在地上。

"小孩子，你怎么了？"我问道。

胡文娜说话了，用的是一种很陌生的口吻："趣来，我问你，我到底得了什么病？"

"贫血啊。"我不解了。

胡文娜冷笑了一下："你们还想骗我骗到什么时候？"

我愣了一下："骗你？我们干吗要骗你啊？小孩子乖噢，这么大的雨，会淋感冒的，这样身体就很难好起来喔。"

胡文娜从鼻子里哼出了一丝不屑："感冒又怎么样？好不起来又怎么样？趣来，难道你觉得我还能好起来吗？"

"傻瓜，说什么傻话呢？怎么会好不起来呢。"说着，我往前挪了一下，伸出胳膊抱住了她。

然而，胡文娜奋力挣开了我的怀抱，她"噌——"的一下子，站了起来："你们都不要再骗我了，我都知道了，我得了绝症，医生说，我最多只能再活半年。”

“哪个医生说的？肯定是搞错了。不行，我找他去。”我说着，做出一副怒不可遏的样子。

“病历本上，都写得清清楚楚的，怎么可能会弄错呢？”胡文娜见我还不肯说实话，几乎愤怒了。

那一刻。

我心如死灰。

我知道，一切都已再瞒不住了。

“对不起，”我嗫嚅着，“我们不是故意瞒着你的，大家怕你受不了这个打击，才决定先不告诉你的。”

“那你们要隐瞒到什么时候？”胡文娜大声质问道，“我都这个样子了，你们还骗我，你们还有没有人性啊？”

我无言以对，只能低下了头。

“你们，你们。”胡文娜又气又急，都说不出话来了。

我看着胡文娜脸上的气急败坏，一把抱住了她，用带着哭腔的声音，哀求她：“文娜，不要再说了，好吗？”

胡文娜还想挣开我的胳膊，但是，我抱得很紧。

她就攥紧了拳头，一阵地捶打。

“文娜，雨很大，我们回去好吗？”我低声地哀求她。

“不好！”胡文娜说得很是坚决。

一阵分明彻底的痛楚，刹那，就袭遍了全身。

我晃了晃身子，将怀中的胡文娜，抱得更紧了。

“文娜，对不起。”我重复着，哽咽着，泪水混着雨水，顺着头发，顺着脸颊，源源不断地流下来。

胡文娜不再挣扎了，伏在我的肩头，失声痛哭起来。

是不是，当初的遇见，只是为了，这一刻的分离？我们遇见得太美丽了，所以就要分离得很残酷，是吗？

这一刻，上天也在哭泣，他是因为我们遇见得太美丽，而分离得太残酷，才哭泣的吗？

如果，当初遇见的那一刻，就知道了，现在要分离得很残酷，我们还要不要遇见？

要！

就算是重来一百次，一千次，一万次，我还是要遇见你。

不是因为我很有勇气，而是因为，我爱你，我想在你生命最后的日子里，能给你更多一点的幸福和温暖，让你离开的时候，不再觉得孤单和寒冷。

雨，噼里啪啦地打下来，砸在头上，肩上，衣服上。

风，呼呼猎猎地刮过来，吹动着衣袂，左右飘摇。

滂沱大雨中，两个人紧紧抱在一起。

抱得那样紧，连死亡也无法将我们拆开了。

上天，如果你真的也有怜悯之情，那么，就让这一刻，成为我们心中的永恒，好吗？我愿意在这一刻，交出我的生命，陪文娜去另一个世界。再大的风雨，再大的磨难，我们一起来面对，一起来承担。

生死契阔，与子成说。执子之手，与子偕老。

我们牵了手，却无法一起来走完。

那么，上天，你可不可以，成全我们。

让我们，尽管，生，不能同衾，但我们，死，也要同穴，好吗？

不知过了多长时间，我拍了拍胡文娜的背："文娜，我们回去了，好不好？"

胡文娜没有说话。

我抚了一下她的头发："文娜，我们走吧。"

胡文娜还是没有反应。

我怔了怔。

连忙把胡文娜拉到身前。

她的头一歪，身子一斜，整个的人一下子瘫倒在我的怀中。

我失声叫了出来："文娜——"

我一下子慌了，赶紧抱起她，疯了一样，冲进急诊室。

48.小孩子和大孩子的约定

胡文娜昏迷了一天一夜，并且一直发着高烧。

高烧退了以后，胡文娜渐渐醒过来了。

醒过来的胡文娜，不哭不闹，也不说不笑。

她的眼神，空洞而又落寞。

像蒙了尘埃一样，再也找不到一点昔日的光泽了。

护士过来替她打针，她乖乖地就伸出了胳膊，不会像以前再冲着我撒娇喊疼了。护士喂她吃药，她也不会像之前那样，冲着我吐舌头喊苦了。在护士转身离开病房的时候，她就忍不住地呕吐起来，把刚刚吃下去的药也一块吐了出来。

我们喂她吃饭的时候，她只吃一两口，就摇摇头，闭着嘴，无论我们怎么劝，她也不肯张开口了。

仅仅只是三天，她的身体，就明显地消瘦了下去，也虚弱了很多。

很多时候，她都闭着眼睛，躺在那儿，也不知道是睡着了，还是没有睡，仅仅不想搭理任何人。

我们没有办法，只好找医生给开了一些有营养的针剂，加入到吊瓶中，输液给她。

胡伯母每天的话，也很少，大多的时候，她都是在那儿一个劲地抹眼泪。

官书记他们也频频地往医院跑，夏培宿舍也都来了，小纳米们也来了。

每个人进来，再出去，心情都是非常的凝重。

这天，正好是星期六。

上午八点钟，大家就都到齐了。

官书记、猴子、橙子、板牙、方片七、卢小樱、李佳一、赵可欣、虞梦瑶，还有，夏培和苏笑笑也来了。

大家在床边围了一圈。

胡伯母见状，就先出去了。

官书记又给胡文娜带来了，虞梦瑶一大早就到哪来哪去煲的汤。

然后，我拿出了官书记之前买的那个白色小瓷碗和白色小瓷勺，盛了大半碗，坐在床边，喂胡文娜喝汤。

刚喝了两口，胡文娜就不愿再喝了，转过头去。

卢小樱见状，走了过来："文娜，你再喝两口吧。这汤很有营养的，喝了的话，你的身体会好很多的。"

李佳一也接过了话："对啊，文娜。这是梦瑶今天早上特意为你煲的，你就多喝两口吧。"

大家都七嘴八舌的，每个人都劝了几句。

胡文娜还是置若罔闻的样子，最后索性闭上了眼睛，靠着枕头，像是睡着了的样子。

登时，一种无名火，从我心头蹿了出来。

我把碗往旁边桌子上一掼，"腾——"的一下子站了起来。

"胡文娜，你够了没有？"我大声喝道。

这一喝，大家都愣了。

病房里，瞬间，空气凝滞住了。

谁也没说话。

我的眼泪，一下子就出来了："你到底要折腾到什么时候？你非得把大家都累倒了，病倒了，你才甘心，是吗？"

"趣来——"卢小樱轻声喊了我一句。

我没有搭理卢小樱，继续说："你看看胡伯母，为了你，终日以泪洗面，短短的才几天？她两鬓的头发，都白了。你再看看官书记他们，为了你，每天跑来跑去，因为担心你，大家都吃不下，睡不着，每个人都瘦了一圈。你现在安心了吗？胡文娜，你怎么能这么的残忍，这么的自私？你——"

我说不下去了，泪水大滴大滴溅落在洁白的床单上，洇染了一片。

"文娜，还记得，你第一次晕倒醒来后，说的那句话吗？你说，即使这场话剧，是我人生的谢幕，我也知足了，因为它，华丽、唯美，赚人眼泪。可是，现在，你的华丽哪儿去了？你的唯美哪儿去了？你把自己搞得这么狼狈，这么憔悴。如果，人生也要谢幕的话，为什么，不让它华丽一点，唯美一点，给自己更多一点的温暖，也给观众更多一点的温暖，好吗？”

胡文娜瘪着嘴，眼巴巴地看着我，泪水，顺着她的脸颊，悄无声息地流了下来。

隔了一会儿，她“哇——”的一声，哭了出来。

“大孩子，对不起。”

只是一个瞬间，我就痛得撕心裂肺了。

泪水，也在那一刻，更肆意妄为了。

“文娜——”

我轻轻抱住了她。

“大孩子，小孩子再也不会这样了，一定乖乖听大孩子的话，乖乖打针吃药，乖乖吃饭睡觉，不会再让妈妈哭，也不会再让大家担心。大孩子，可不可以，不生我的气？”

胡文娜紧紧地抱住了我，哭得已经说不出话来了。

旁边的官书记他们，也都在吸着鼻子，不知道是不是也哭了。

隔了一会儿，胡文娜用带着哭泣的腔调，断断续续地说：“大孩子，可不可以带小孩子回家？小孩子不想在医院中，再住下去了。小孩子不喜欢白色的床单，白色的被褥，白色的枕头，白色的墙壁。还有，小孩子不喜欢医院里每天的消毒水味道，小孩子想念家里五颜六色的墙壁，想念咖啡和奶茶的香味，想喝大孩子煲的那些汤，想看小纳米贴在墙上的那些剧照，想和大孩子一起去海边堆沙滩城堡，想和大孩子一起去海边数星星，想和大孩子一起看平安夜的雪，想和大孩子一起去游戏室里玩赛车……”

说完这些，胡文娜把头抬了起来，看着我：“大孩子带小孩子回家，好不好？”

我点了下头：“小孩子答应大孩子，好好地打针吃药，好好地吃饭睡觉，过两天，大孩子就带小孩子回家。大孩子带小孩子去堆沙滩城堡，去数星星，去看雪花，去玩赛车，天天大孩子都给小孩子煲汤喝。”

“那，大孩子要和小孩子拉钩，不许说话不算数噢。”说着，胡文娜伸出了右手的小拇指。

“嗯。”我重重点了一下头，也伸出了自己右手的小拇指。

“拉钩上吊，一百年不许变，谁抵赖，谁是小狗，并且是门牙被磕掉了，不能啃骨头的小狗。”

49.海鸥的家

在胡文娜的坚持下，我们和医生商量过了，决定带一些药回去，在家里调理。

我们就办了出院手续。

然后，官书记他们也都来帮忙了。

大家大包小包拎了很多。

哪来哪去和半个月前，没有多少的变化。

胡伯母是第一次到哪来哪去，她说哪来哪去给人的感觉，很温馨。

在胡文娜演出的剧照前，她站了很久。

脸上一直挂着祥和的笑容。

小纳米得知胡文娜出院了，又蜂拥而来。

送来了各种各样的小礼物。

还送来了一些营养品，有阿胶，有蜜枣，还有西洋参。

这让胡文娜对她们又很是感谢了一番。

我们给胡伯母找了一个招待所，原本打算让胡文娜也一同住过去，但是，胡文娜不愿意，她坚持要住在自己的宿舍。

胡文娜的病情，在我们大家的悉心照料下，身体逐渐好了起来，脸色也比之前，红润了很多。

看到这种情况，我的心，稍稍得到了几分安慰。

我想，也许，奇迹真的会再发生一次，因为我们每个人，都是那么地爱她，那么地不愿她离开。这份深情，如此的真诚，又如此的恳切，老天会被我们感动的。

胡文娜出院后，胡伯母又住了半个多月。

这半个月里，好几次，我看到胡文娜对着胡伯母，都是欲言又止的样子。然后，什么事都没有发生。

偶尔的时候，胡文娜会走神，对着一样东西，就兀自发呆起来。

要我们喊上好几声，她才能反应过来。

我以为她是想着自己的病情，便和官书记他们更谨慎了，无论言行举止，我们都要三思好久。

在这期间，胡伯父也过来了五六次，几乎每隔那么的两三天，就要坐飞机来一趟。匆匆地住上一个晚上，便要匆匆地赶回去了。

胡文娜很是心疼她的爸爸，见自己的病情也得到稳定了，于是，就在一天吃午饭的时候，对胡伯母说，让她不用担心自己，先回家照顾她的爸爸，反正学校也很快就放假了，放假的时候，她就会回去了。

胡伯母起初还有点不放心，胡文娜又说，这边有趣来和官书记他们照顾着，不会有事情的。

胡文娜又像要出院那样，再三地请求和坚持，胡伯母拗不过她，终于答应回去了。

见胡伯母要回去，我就提议说，胡伯母好不容易来一次雁坛，我们陪她去海边走走吧。

胡文娜也答应了。

于是，在胡伯母临走的前一天，我和胡文娜陪着胡伯母去了我们学校东门的海边。

6月的雁坛，已经进入了初夏。

天气有些热了。

我给胡文娜找了一把伞，让她和胡伯母合撑着。

胡伯母摆着手，说："让娜娜一个人撑好了。"

很快，我们三个人，就到了海边。

海风轻轻地吹着，海浪拍打着海岸。

湛蓝的天空，浮动着很多大朵大朵的白云。

胡文娜像是出笼的小鸟一样，撑着伞，刚到海滩，便迫不及待地脱了鞋子，赤着脚，在沙滩上跑了起来，留下一串欢快的笑声。

我和胡伯母见状，相互望了一眼，也是舒心地笑了起来。

然后，我们三个人，就一起沿着长长的海岸线，向南走去。

胡文娜见阳光不是那么强了，就收起了伞，并把它交给了我。

同时，我还帮她拎着鞋子。

胡文娜一路地蹦蹦跳跳着，且经常地弯下身，拾起脚下的一片贝壳，如获至宝的样子，跑过来，给胡伯母和我看。

“妈，你看，这贝壳还是紫色的呢，多漂亮啊。”

胡伯母点点头，胡文娜就又高兴地蹦开了，跳到我的面前：“趣来，你再帮我拿着。”

然后，我就一只手拎着太阳伞和鞋子，一只手帮她拿着贝壳。

胡伯母见状，就说了胡文娜两句，谁知，她朝我们吐吐舌头，一脸坏笑地跑远了。

走着，走着，胡文娜突然惊呼出声：“妈，趣来，你们看，那儿有海鸥。”

顺着她手指的方向，我看到在不远的海面上，几只雪白的海鸥，停在海面上，随着潮水，起起落落，时而拍打一下翅膀，或是，一展翅，飞上高空，兜一个圈子，就又落下去了。

胡文娜站住了。

看着那些海鸥，没有再说话。

我和胡伯母走了过去。

这时，胡文娜转过头，问了一句：“趣来，海鸥的家在哪儿呢？”

我一下子愣住了。

“海鸥的家？那不是大海吗？”

“怎么会是大海呢？刮风下雨的时候，怎么办？它们去哪儿避雨？

家，应该是一个温暖的地方。”

“嗯。”

“是不是，海鸥这一生，都注定了要在海上漂泊不定，无家可归?”

我无言以对了。

“趣来，你说，会不会，海鸥的父母把小海鸥生下来之后，就抛弃了它们。然后，小海鸥长大了，可是，却再也找不到回家的路了。再后来，又有小海鸥出生了，它们又再一次被自己的爸爸妈妈抛弃了。

“为什么他们要抛弃自己的孩子呢？因为没有一个可以避风遮雨的地方吗？因为，它们没有家吗？就算没有遮风挡雨的地方，只要爸爸、妈妈和孩子都在，只要心中有爱，这就是一个家啊，一个温暖的避风港。再大的风风雨雨，只要一家人都在，还怕扛不过去吗?”

我眼睛湿润了。

转过头，我看到胡伯母哭了。

胡文娜又来了一句，声音不大，像是在自言自语：“难道，海鸥这一生，就注定了要漂泊不定，四海为家?”

胡伯母再也忍不住了，她略带哭腔，用哀求的语气说：“娜娜，可以不说了吗?”

胡文娜眼泪也出来了，她目光还留在那几只随着潮起潮落，也起起落落的海鸥身上：“妈，医生说，我得的是一种家族性遗传病，你可以告诉我，我的真实身世吗?”

“娜娜，你不要我和你爸爸了吗?”胡伯母一下子慌了。

“妈，不是的。我现在有家，一个很温暖的家，一个充满了爱又很温暖的家，有你，有爸爸，还有我，我知足了。只是，一个人的时候，难免地会想一下，自己到底是从哪儿来的。我想，这些小海鸥长大了，它们也会想，自己是从哪儿来的，它们的根在哪儿。就像是趣来是临沂的，官书记是济宁的，板牙是青岛的，卢小樱是南京的。”

胡伯母愣了一下，没有说话。

胡文娜勉强笑了笑：“妈，你不说也没有关系。即使我知道了，又能怎么样呢？他们当初都已经不要我了。也许，我还应该感谢他们，没有当初的抛弃，我，又怎么会遇见你和爸爸呢？又怎么会有一个这么温暖的家呢？”

胡伯母的泪水，再次奔涌而出。

她用带着哭腔的声音，断断续续，告诉了胡文娜，她的身世。

我仰起头，闭上眼。

耳边，似乎有海鸥“扑棱棱”地扇着翅膀，然后，从海面一掠而起，飞入了广袤的天空中。

50.四川之行

7月。

天热了。

期末考试也临近了。

每个人又开始忙着备考了。

我和胡文娜坐在哪来哪去复习。

突然的，胡文娜抬起头来：“趣来，我想放假后，去趟四川。”

我怔了下：“好，我陪你去。”

胡文娜点了下头，又低下头看书了。

暑假，很快到了。

我和胡文娜买了两张去四川的车票，然后，踏上了开往四川的列车。

火车开动的那一个瞬间，我才意识到，我究竟在做什么。

但是，即使这列火车，是开在死亡的轨道上，我是在去赴一场死亡之约，我也义无反顾。因为，我要陪着胡文娜。

我一直记得，后来的时候，我们在海边的那个约定。

我说：“文娜，也许，我和你真的只能拥有过去，而无法预料未来，那么，我们好好抓住现在，好吗？给我多一点的回忆，也给你多一点的记忆，好吗？”

胡文娜点头答应了。

从那天开始，我们除了晚上各自回宿舍睡觉之外，几乎无时无刻都在一起。

从雁坛到四川，是二十八个小时的车。

本来，我想买卧铺的，但是胡文娜给拒绝了："之前上学的时候，我都是坐的汽车，然后，转站去机场，这是第一次坐火车，我想知道坐火车是什么感觉。"

我自然是拗不过她。

火车开动后，胡文娜一直都坐在靠车窗的位置，看着窗外飞驰而过的风景。觉得累的时候，她就趴桌上休息一会儿。

偶尔的，她也会靠着我的肩，把头伏在那儿。

我就伸出手，揽着她。

过了秦岭之后，隧道多了起来。

几乎有一半的路都是隧道。

胡文娜很是怕黑，就紧紧地抱住了我。

我们就那样地一直抱着。

一直抱着。

直到火车到了终点站——成都。

然后，我们买了汽车票，去了阿坝。

因为，胡伯母说，她是在去九寨沟旅游的路上捡到的胡文娜。

汽车沿着山路逶迤而行的时候，我这才体会到，什么是古人说的"蜀道难，难于上青天"。

沿途净是悬崖峭壁，有些甚至是接近九十度的直削。

而汽车很多时候，走的不是一个S形，而直接是一个V形。

在走了五六个小时的山路之后，我们下车了。不是到的终点站，而是在中途一个叫落霞的镇子。

面前是直耸入云的大山，大山上覆盖着一层绿意，山尖飘浮着朵朵白云。山脚下，零零散散地住着一些人家。

而山路的旁边，是一条奔流不息的大河。

因为我和胡文娜到的时候，刚好是中午一点多。

所以，远远望去，那些散落的房屋上，就有些炊烟袅袅的样子。

两个人沿着一条弯弯曲曲的山路，向前走去。

不时地有细小的石子，从身边的山上滚落下来，扑棱棱地掉在脚边。

我则很是紧张地一边望着头上方的大山，防止突然滚落的石块，一边看着另一侧，深不见底的河水。

两个人没有说话。

只是那样地走着。

我不时地掏出手机来看，却始终都没有信号。

一直走了有两个多小时，我们看到旁边，有条分岔的路口，有条蜿蜒而上的山路。我愣了一下。

记得胡伯母说过，她和胡伯父是在距离落霞镇有半个小时车程的地方，捡到的胡文娜。那附近，还有一条蜿蜒而上的山路。

莫非这就是当年胡伯母捡到胡文娜的地方？

胡文娜也停下了脚步。她抬头看着那条蜿蜒而上的山路，眼中，没有大喜，也没有大悲。

“应该就这儿吧。”胡文娜的语气，出奇的平淡。

我点了下头。

思绪飞到了二十多年前。

如果，真的是在这儿，捡到的胡文娜，那么，这条山路，就是当时，胡文娜的亲生父母抱着她，一狠心扔下了她的那条山路吧。当时，走在这条山路上，她的亲生父母，又会怎么想呢？他们也会作很剧烈的思想斗争吧？扔？还是不扔？他们有过争吵吗？当他们把襁褓中的胡文娜放在路边的时候，年轻的母亲还会回过头来，噙着泪花，忍不住地最后再看一眼吗？

这样想着，我又看了一眼胡文娜。

只见她脸上的悲伤，像是层层洇散的水墨画。

唉，我心中叹了一声。

不知道胡文娜找到了自己亲生父母的那一刻，又会是什么样子？是扑倒在怀里号啕大哭吗？应该不会吧。因为是胡伯父、胡伯母养育了她这二十多年，她和亲生父母之间，只是一种血缘关系。还是木木地站在那儿，一句话也不说，只是两眼无神地望着吗？或许吧。那有泪水流下来吗？嗯，应该会有吧。

又走了有半个小时，我们才看到了一户人家。低低矮矮的屋子，坐落在旁边的一块洼地里。

见那儿似乎有烟火的样子，我们走了过去。

我和胡文娜走了过去。

“有人吗？”我走近屋门，喊了一声。

这时，我听到屋里有动静。

门被推开了。

走出来一个颤颤巍巍的老太太，大约有七八十岁的样子。

她抬头看了看我和胡文娜，用含糊不清的方言问我们：“你们有事吗？”

我愣了一下，竟然不知道从哪儿说起。

胡文娜冲着老太太笑了一下：“奶奶你好，我想问一下，这个村子里的人，都住在哪儿？”

老太太摇了摇头：“我耳朵背，听不懂你们说的什么。”

“村子，人，在哪儿？”我比划了一下。

老太太点点头，她看明白了我比划的意思：“在那儿。”

说着，老太太指了指身后的大山深处。

我们走了大约有半个小时，又看到了零散的几户人家。

还是一无所获。

我们只得再往山里走去。

这样，一直到了下午五点多钟。

我抬头看了看天空。

似乎用不了多久就要天黑的样子。

我就和胡文娜商量，要不，先找个地方住下，看看第二天再继续找。

胡文娜同意了。

我们就近找了一户人家借住下来。

那是一户很朴实的农家。

一对三十多岁的夫妇，还有一个七八岁的小女孩，叫丹丹。

当胡文娜和我说明来意后，他们就很爽快地答应了下来。让胡文娜和那个叫丹丹的小女孩一起睡，他们又给我单独地收拾出了一个房间，并拿来一套刚洗了不久，还没铺过的床单、被褥。

晚上的时候，我们一起吃的饭。

丹丹的父母很是歉意地跟我们说："我们住在山上，这附近也没有卖菜的地方，就都是自己家种的菜，也没有几样，算是委屈你们了。"

说着，他们又拿出了一罐自己家腌制的小朝天椒。

我和胡文娜看着桌子上，六个菜，有三个是土豆，其中有炒土豆丝，炖土豆块，焖土豆片；另外的三个，一个油煎鸡蛋，一个是炒小油菜，一个是炒芸豆。

两个人此时饥肠辘辘了，稍微地客气了一下，便狼吞虎咽起来。

丹丹的父母看到这种情况，更是一个劲地给我们俩夹菜，唯恐我们吃不饱的样子。

那个叫丹丹的小女孩则很懂事的，给我们俩盛饭。

这让我和胡文娜两个人，心中都很是感激不尽。

吃完了饭，我们就攀聊起来。

我很惊讶，他们竟然连最近的县城都没有去过，只是去过这附近的小镇。丹丹一直都没有上学。

我问为什么不让丹丹读书。

丹丹的妈妈说，学校离这儿太远了，光是翻山越岭，就要五六个小时呢。这个村里，像丹丹这么大的孩子，大大小小的，加起来有近二十个，就都没有去读书了。

早些年的时候，这村里还有一个小学校，可是，因为年久失修，加上只有一个老师，一到六年级的课，都要由她来教。

后来，那个老师嫁人了。

就再也没有人来教课了。学校也就慢慢地荒废了。

我听得惊大了嘴。

我才知道，原来这个世界，可以有这么大的差距。

胡文娜也没有说话。

后来，那个叫丹丹的小女孩，缠着胡文娜，让她讲大山外的事情。

胡文娜跟她讲起了，火车、汽车、飞机、超市、银行、电脑、空调、电饭煲、微波炉、电冰箱、洗衣机，那个叫丹丹的小女孩，听得很是津津有味，她眼中闪烁着惊讶和向往的光芒。

后来，胡文娜拿出了自己的手机。

在给丹丹讲清楚了该如何拍照之后，丹丹拿着手机，兴奋地在屋子里跑来跑去，“咔嚓咔嚓”地拍个不停。

胡文娜笑着，看丹丹脸上的喜悦。

当天晚上，一直到了十点多，我们才各自睡去。

第二天，胡文娜八点多才起床。

九点多的时候，我们稍稍喝了点稀饭，就准备再向大山里面走去。

这时，丹丹的妈妈喊住了我们，说：“这一路，山势挺险的，要不，就让丹丹给你们带路吧，反正她在家里也没有什么事。你们晚上的时候，再一块回来就是了。这段时间，你们就先住我们家好了。”

我和胡文娜感激得都不知道说什么好了，只能是一个劲地说谢谢。

于是，丹丹就和我们一起，去帮胡文娜找她的亲生父母。

丹丹是一个闲不住嘴的小女孩，一路上问七问八，让我和胡文娜，两个人的心情都好了很多。

这样，一连找了三天，还是没有一点消息。

这附近的村子，我们都已经找遍了。

第三天晚上，吃饭的时候，丹丹的妈妈对胡文娜说：“也许，你的亲生父母，根本不住在这边，要不，你到远一点的村子去找下吧。我知道，从这儿再走五六个小时，翻过两座山，那儿有几个村子，要不明天，我让丹丹带着你们过去。丹丹的姑姑嫁到那边的一个村子去了，明天晚上要是赶不回来的话，你们和丹丹就住她姑姑家吧。”

我和胡文娜商量了一下，点头同意了。

第四天的时候，我和胡文娜，就和丹丹一起，去了丹丹姑姑的那个村子。在去之前，丹丹的妈妈，让我们拎了一袋他们自己家的土鸡蛋。我瞅着她递过来的那袋土鸡蛋，大概也就二十来个的样子。

拎着它，我们就动身了。

那是一个，人员相对来说，比较集中的村子。房子基本都挨在一块。

丹丹的姑姑也和丹丹的妈妈一样，热情好客。

稍稍说明了一下来意，丹丹的姑姑，就村前村后地帮我们询问去了。

第四天晚上，快吃晚饭的时候，丹丹的姑姑回来了，她说：“这附近的人家，都没有丢过孩子。我听这儿的老人家说，倒是十几年前，村里有一对搬走的夫妇，有过一个娃娃，出生不久后，病得厉害，就送医院去了。回来的时候，只有他们夫妇两个，娃娃没有带回来。估计是没得医了。”

我和胡文娜相对视了一眼。

胡文娜急忙问：“那知不知道，他们搬到哪儿去了？”

丹丹的姑姑，摇摇头：“这就没人知道了。”

第五天，丹丹的姑姑，带我们去了那对搬走的夫妇，之前住的地方。

那儿，已是杂草丛生了。

屋子已经年久失修得不成样子了。

隔壁的邻居出来了，是一位五六十岁的老太太。

丹丹的姑姑，和那个老太太，用方言说了一会儿话。

然后，走回来，说给我们听。

她说：“这户人家姓田，之前的那个娃娃，也是个女娃，现在还活着的话，应该也跟你们差不多大吧。”

胡文娜点了点头。

当天的下午，我们就返回了丹丹的家。

路上，胡文娜说话了：“趣来，要不，我们回去吧。”

“你不找了吗？”我问。

“不找了。”她说。

“行，那我们明天就买票回去。”我说。

51.一个人的暑假

从四川回来，胡文娜就被胡伯父、胡伯母接回了家。

这个暑假，我就一个人留在哪来哪去。

每天早上八点起床，九点开门。

中午十二点的时候，我就去买饭回来。

我才发现，原来一个人吃饭，再好吃的饭菜，也没有味道了。

于是，慢慢地，我就懒得去吃饭了，开始用电饭煲，每天中午给自己煮面。

刚开始煮的是挂面，后来，我索性从超市抱回了一箱方便面。吃完了，又去抱。

因为是暑假，来哪来哪去的人，并不是很多。

有时候，一天还卖不到十杯的奶茶和咖啡。

更多的时候，我都在那儿闲着没有事情做。

我就对着墙壁上，胡文娜的剧照发呆。

不发呆的时候，我就给胡文娜发短信。

几乎每天都要发上一百多条短信。

早上起床的时候，发短信，中午吃饭的时候，发短信，晚上睡觉之前，也发短信。

即使每天发的内容都差不多，我还是要给她发。

偶尔的时候，我们会通一次电话。

常常这一通电话，就是两三个小时，一直打到手机没有电为止。

我常常会害怕，9月份开学之后，到底还能不能再见到胡文娜。

有时候，我给她发短信，她回得晚了，我心里就恐慌起来，担心发生了什么事。

有时候，半夜里，我也会惊醒。

然后，整个的人，就再也睡不着了，就点上支烟，一直坐到天亮。

整个暑假，我每天都要抽一盒多的烟。

刚开始的时候，还不习惯抽那么多的烟。

后来的时候，不抽这么多的烟，我就不习惯了。

我不再去海边了。

身边没有了胡文娜，我哪儿都不想去。

开学前的两个周，有人陆陆续续地返校了。

哪来哪去的生意，逐渐好了起来。

苏笑笑提前返校了。

几乎每天，她都要过来帮忙。

中午的时候，她就去食堂打两份菜回来，然后，在哪来哪去煲米饭。

我觉得有点麻烦了，就跟她说："笑笑，你自己去食堂吃吧，我煮面吃就行了。"

苏笑笑则是笑一下："天天吃泡面，没有营养的，并且，煲米饭又不是很麻烦啊。"

我就不再说话了。

苏笑笑见我不说话，就会找一些话题和我说。

我也仅是出于礼貌，回应她一下，就不肯再说了。

其实，我知道苏笑笑心里是怎么想的。

只是，我的心，已经毫无保留地都给了胡文娜，再也没有一点多余的可以给她了。

52.哪来哪去的一场告别

9月6号。哪来哪去。

我正站在柜台边，有人推门进来了。

我没有抬头，像往常一样，说了一句“欢迎光临”。

这时，一个熟悉的声音响起：“给我一杯巧克力奶茶。”

我怔了怔。

“文娜——”

我惊叫出声，并赶紧冲出了柜台。

一把抱住了她。

“喂，趣来，有人看着呢。”胡文娜捶了两下我的背，想要挣开我的怀抱。

“我还以为再也见不到你了呢。”我有些哽咽地说道。

“我这不是好好地回来了吗?”胡文娜不再捶打我的后背了，而是也抱紧了我。

我抽抽噎噎起来。

“傻瓜，哭什么呢?”胡文娜的声音也有些颤抖了。

“我想你。”说完这三个字，我的眼泪，就忍不住地夺眶而出了。

“我也想你，每天每夜，每时每刻。”胡文娜吸了下鼻子，她的眼泪也出来了。

“我们再也不要分开了，好不好?”我用带着哭腔的声音问。

胡文娜没有说话。

我感觉到她的身子有点僵硬。

隔了一会儿，胡文娜用一种尽量平静的语气，低声说：“趣来，这一次回来，其实，我是为了和你告别。”

“告别?”我怀疑自己耳朵听错了。

“嗯。”胡文娜把头紧紧伏在了我的肩上。

“我不让你走，谁都不可以带走你。”我哭喊着。

“对不起，趣来，不是谁要带我走，而是我自己想走，我们迟早有一天，面临着分开，只是，现在我，提前跟你说再见罢了。”胡文娜的声音似乎平静了一点。

“不，我不让你走，我需要你留下来陪我，陪我走到我生命的尽头。”我抽噎着。

“趣来，对不起，我可能没办法陪你走那么远，只能陪你到这里了，我和爸爸妈妈已经买好了去四川的票，他们现在正在车站等着我，下午三点的车。”

“去四川？你去那儿干什么？你不是不找了吗？”

“趣来，你还记得丹丹吗？那个可爱的小女孩。走的那天，丹丹拉着我的衣角，说姐姐，不要走好吗？留下来，教我认字，好不好？这个暑假我想了很多，我决定在生命最后的时间里，做一点有意义的事情，我要去那个村子，教那些小孩子读书识字，告诉他们大山外面的世界。”

“那我陪你一起去，好吗？”

“不好，你应该好好完成你的学业，拿到毕业证，你不能辜负了你父母对你的期望。”

“我不管那些了，我就是想陪着你。”

“趣来，小孩子不任性了，大孩子也乖乖听话，好吗？”

“不好。”

“听说，得了这种病的人，在生命最后的一个月里，头发会脱落、掉光，而且皮肤也会变得很松弛，小孩子不想让大孩子看到，最后自己变丑的样子。小孩子只想把生命最美丽的一面，让大孩子记住，让大孩子以后想起来的时候，心中小孩子的样子，永远都是最漂亮的。”

“无论小孩子变得多丑，在大孩子的眼中，永远都是最漂亮的，大孩子永远都不会觉得小孩子丑。”

“大孩子不可以任性噢，小孩子都乖了，大孩子怎么可以不乖呢？”

“那小孩子答应大孩子，到了那边，一定好好照顾自己，不让大孩子担心，好吗？”

“小孩子答应大孩子。”

“好，那小孩子和大孩子拉钩。”

“嗯。”

“拉钩上吊，一百年不许变，谁抵赖，谁是小狗，并且是磕掉了门牙，不能啃骨头的小狗。”

53.离别的车站

下午两点半。雁坛火车站。候车大厅。

人来人往的候车大厅，嘈杂不堪。

空气混浊不堪。

我买了一张站台票。

和胡文娜排队站在一起。

因为是首发站，所以，提前半个小时检票。

队伍一点点地向前挪动。

我的心，也一点点地被抽离。

我知道，很快，它就会被抽空。

从此，胸腔里，只会是空荡荡的了。

我开始害怕起来。

害怕因为胡文娜从此的渐渐走远，让那些温暖的字眼，再也与我无关。

害怕那不可遏制的想念，像是藤蔓一样，缠遍全身，紧紧勒住了我的脖子，让我窒息，让我晕厥。

害怕昔日的那些美好回忆，会随着时间的推移，而渐渐模糊不清，甚至连胡文娜的样子，也渐渐模糊不清。

时间，一分一秒地从指缝滑落。

我知道，此刻，它就像细小的沙子那样，我攥得愈紧，它落得愈快，最终，我手中，将一无所有。

谁来告诉我，该如何把时间停下来?

我仿佛看到一个迷路的孩子，天快黑了，因为无助，因为害怕，因为恐慌，他坐在路边，呜呜地哭起来。

我不记得怎么把站台票交到检票员手中的了，只记得站在楼梯上，往站台下的时候，每迈出一脚，都像是赤足踩在了刀尖上，钻心的疼痛，让我几乎要昏厥过去了。

我才感觉到原来海的女儿，是那么的勇敢。

我不记得怎么走下的长长楼梯，怎么踏上的站台。

只是觉得自己木木地站在站台的地上，就像是赤着脚站在滚烫的沙漠中，心中想逃离，脚下却像生了根一样，无法挪移了。

时间，继续一分一秒地滑落。

脚下已是凋零了一地悲伤。

胡文娜和我一样，一句话也没有说。

我们就那样木木地站着。

木雕泥塑似的。

站着。

我不记得是谁先主动抱的谁。

只记得后来的后来，两个人抱得很紧很紧。

仿佛用尽了毕生的力气。

两个人都快要窒息了。

那一刻，很想很想，把我的心，嵌入她的心里，从此，两个人就再也不要分离了。

文娜，可不可以不要走?我会好好地宠你，爱你，疼你，不让你受一点的委屈，不让你受一点的伤害。所有的风风雨雨，所有的磕磕绊绊，我们都一起牵手走过。

然后，等到我们都老去了，老到我们脸上，像个核桃似的，布满了皱纹，走路都踉跄不稳了，我们彼此搀扶着，去海边散步；如果，我们遇到了，在堆沙滩城堡的恋爱中的孩子，我们脸上会挂着幸福和陶醉的笑容，给他们讲同一个爱情故事，对吗?讲那个曲别针的传说，讲那些纷至沓来的小纳米。

我会给他们讲小纳米捂着胸口，学着你说话的样子，说你那句经典台词：我会带着你的心，好好地幸福活下去。因为我知道，在我的身体里，永远都有你的存在。

当夕阳敛进最后一抹余晖的时候，当夜色开始慢慢降临的时候，不要害怕好吗？我记得火车过隧道的时候，你说你怕黑的，我也答应过，我会一直陪着你，让你紧紧拉着我的手，我永远都不会违背对你的承诺。

我还答应过你，我们两个人一起拉着手，我陪你走一段漆黑的隧道，黑暗中，只会有我们两个人，在慢慢地前行，两只手紧攥在一起，两颗心紧挨在一起，我们都不会觉得害怕，也不会觉得孤独，而是很暖很暖。

当我们走过隧道的时候，天空会飘起雪花的。你会惊讶地说，呀，今天是平安夜噢，我们去海边看雪，好不好？

我们就那样拉着手，去海边看雪了。平安夜的雪，很美很美。平安夜的海，很静很静。不会再有那么大的寒风了，也不会再有那么大的海浪了，雪花簌簌地落了一地。

我还会像上次那样，左右摇摆着，学笨笨的企鹅走路的样子，逗得你"咯咯"笑出声来，并且，这一次，由我来主动学给你看的哦。

当我们抱在一起的时候，闭上眼，我又看见了那些簌簌而落的小精灵、小天使，又看见了大朵大朵浮动的幸福，你也能看见的，对不对？

我们就那样紧紧地依偎在一起，说好了的，永远永远都不分开了。

"娜娜，该走了。"胡伯父说了一句。

"去哪儿？我们不是说好了的，永远永远都不分开了吗？"我怔住了。

胡文娜猛地推开了，旋身跑进了车厢。

就在她推开我的那一刻，我听见她用沙哑的声音说了一句："再见。"

我木木地站在那儿。

泪水大滴大滴地砸了下来，砸在脚上，很痛，很痛。

胡文娜在车厢门口，又回过头来看了我一眼。

那一刻。

全世界的花，都谢了。

全世界的草，都折了。

全世界的声音，都消失了。

整个世界，一片冰天雪地。

54.我的日记

岁月如歌，却唱不完地忧伤，岁月如河，却流不尽地寂寞，岁月如木，却长不完地悲伤，岁月如路，却走不尽地落寞。

文娜，这个日记本，我不会写很多的字，但是，每一句，都是刻写在我心上的。我不知道，还有没有机会，能让你看到，但是，我相信，你一定能感受到，对不对?

9月6日　星期一　晴

我这样眼睁睁地，看着火车，一点点，拉长在，失落中。我知道，从此，幸福，一点点，剥离。

9月7日　星期二　晴转多云

我用尽所有的悲伤，去为你唱一首挽留的歌，我以为，你会留下。最后却是，泪流下了，你没有留下。

9月8日　星期三　雨

记得你曾说过，找一个晴朗的日子，我们一起坐在海滩上，等星星出来的时候，去数夜空中那些泛泛点点的浪漫。可是，你的执意和决绝，让这个海滩上，只剩下呖呖风声，只剩下夜凉如水。

9月9日　星期四　阴

你知道吗？我站在十字路口，等待绿灯到来的时候，我是多么希望，你能够轻轻挽住我的胳膊，一起等待。

9月10日　星期五　晴

泪眼模糊里，我看到了你笑着走来，可是，当我擦干泪水，看到的，仍然是，照片中，你嘴边的那一抹甜甜的微笑。

9月11日　星期六　晴

忧伤的歌，一遍一遍地回放，像极了，那颗忧伤的心，在石碾下，一点一点地，碾平。

9月12日　星期天　晴

很想很想，找一个阳光脆落的午后，和你一起，坐在高高山上，什么也不说，只是安静地感受，风从四面八方吹来，又向四面八方吹去。

9月13日　星期一　晴

泪眼婆娑中，谁还记得那些匆匆而过的往事？谁还能想起那些匆匆而掠的背影？谁，又该是我凭栏远眺时的那一澜夜凉如水？

9月14日　星期二　晴

仰起头，是想让头上方的那朵云知道，为一个自己真爱过的人流泪，是一件很幸福的事。

9月15日　星期三　晴

是不是，我站得太高了，风吹来的细小沙子，才迷进了我的眼中，才让我看不清你的样子了？那么，我应该站多高呢？

9月16日　星期四　晴

有时候，我也不知道自己为什么忙碌，或许，就像是关在笼子里的鸟，只是为了找一个出口，而“砰砰”地四处乱撞。

9月17日　星期五　晴

如果，时光倒流，我还是会选择，回到那个路口，静静等待你的出现，哪怕，我将来会被你伤得体无完肤，伤得千疮百孔，我还是一样，无怨无悔，去和你相遇。

9月18日　星期六　多云转小雨

梦里，我看到了，我和你，曾经写在风中的誓言，你说，我们要永远在一起。可是，醒来后，我却怎么也回忆不起来，风，从哪个方向吹来。

9月19日　星期天　大雨

把你埋得那么深，不是我不愿再回忆你，而是我害怕了回忆你，我害怕那不可遏止的，泛滥的记忆，将我吞没。

9月20日　星期一　晴

如果，你没有在我心中，曾经住过一段时间，那么，我现在，又怎么会在你搬走之后，感觉心中空荡荡的呢？

9月21日　星期二　晴

以后，我只能出现在你的梦里，那么，我们在梦里拥抱的时候，请你抱紧我，好吗？

9月22日　星期三　晴

一个人就这样地走走停停，欲走还停，欲停却走，就这样张望着，眷顾着，密密匝匝的眼神中，有些不知所然的悲伤，有些莫名其妙的欢愉。

9月23日　星期四　晴

泪流满面的那一刻，我装作被风吹迷了眼睛，吹乱了心情。却不想，骗了我那双憔悴不堪的眼睛，却骗不了我那颗憔悴不堪的心。

9月24日　星期五　阴

我把苍凉，掩埋在大朵大朵的嫣红里。我以为，它们会遮住的，却不想，它还是那样倔强地竖立在那儿，像个孤独但是骄傲的王子，让我一眼就认了出来。

9月25日　星期六　阴

当谁成为谁的谁谁谁时，谁又在，为谁不再是谁的谁谁谁，泪流满面。

9月26日　星期天　晴

等到了花开，等到了月来，却不想，等不到你的一笑嫣然。

9 月 27 日　星期一　晴

我开始难过，想你的季节，天空还没有大雁飞过。

9月28日　星期二　小雨

乘青春的一叶舟，划开了时间的过往，却划不开我们的曾经。

9月29日　星期三　晴

心，像个风化千年的岩石，而我，还在等待着，岩石上开出花来。

9月30日　星期四　小雨

当这个秋天，落下第一滴冰凉时，那不是，我为你的哭泣，那是，我为自己的哭泣，我哭自己，为什么，还没有拥有记忆，就已经失去回忆。

10月1日　星期五　晴

难道，爱情只能是他们的？我只能远远地看着？脸上还要挂着不屑？谁都望到了我写在脸上的冷漠，可是，又有谁看见了我刻在心中的隐痛。

10月2日　星期六　晴

那些突如其来的伤感，让我眼前一片模糊，辨不清脚下的路，我开始难过地哭了起来，和迷了路的孩子一样，只是兀自地低声啜泣。我的哭声告诉自己，我本来就是一个孩子的，对吗？

10月3日　星期天　晴

我看见我手心里的那一道，你曾经指给我看的，我和你的爱情线，它还是那样长长的，长长在栀子花开的清香里，可是，我又去哪儿寻找，曾经，在你手心里，我指给你看的，我和你的爱情故事？

10月4日　星期一　阴

我一直都记得我对你的那些承诺，那些随着时间过往，我会一点点兑现的承诺。可是，你现在，连一个小小的兑现机会都不再给了。我不想知道，为什么，你不给这个机会，我只是想知道，是你不给自己机会，还是不给我机会。

10月5日　星期二　多云

你曾经说，云的上端，有个很干净很纯洁的世界。你说，你想和我一起去那儿。现在我找到了那条，可以到达那儿的路，可是你却，在我找到这条路之前，走丢了。

55.文娜的信

大孩子：

你好！

当大孩子看到这封信的时候，小孩子已经在另外一个世界了。

这两个月，小孩子过得很快乐，很充实。只是，每天晚上，都会想起大孩子，很晚很晚才能睡着。

想大孩子有没有乖乖地在上课，想大孩子有没有乖乖地在按时吃饭，想大孩子会不会在小孩子想大孩子的时候，大孩子也刚好想起了小孩子。

想大孩子晚上睡觉的时候，还会不会踢被子，最近天凉了，如果大孩子晚上睡觉，不小心感冒了，小孩子没有办法在身边照顾你噢。

小孩子在这边吃饭的时候，经常会想起大孩子煲的汤。

前几天，妈妈给我煲了份鸡汤，可是，不是大孩子煲的，我根本喝不下去。因为再也没有人能煲出大孩子煲的那种味道了。

这边的孩子们，个个都很听话，很可爱，我好喜欢他们。刚开始，他们一直喊我娜娜老师，后来，我说，你们喊我娜娜姐姐吧。

他们就一直都喊我娜娜姐姐了。

每天课间休息的时间，我都会给他们讲故事，那些故事，都是小孩子生病住院的时候，大孩子讲给小孩子听的。

有拇指姑娘，有海的女儿，有小红帽，有狼和三只小猪，有木偶奇遇记，有绿野仙踪，有黑猫警长，有葫芦娃，有三毛流浪记。

可是，小孩子没有办法像大孩子讲得那么生动、精彩，但孩子们都听得很开心，很津津有味。小孩子在想，如果是大孩子来讲的话，孩子们会听得更入迷哟，孩子们也一定会很喜欢你这个大哥哥的。

孩子们经常会跑到山上摘很多的水果给我，摘的最多的，是橘子。红彤彤的，很甜很好吃，和雁坛那儿买到的不一样噢。

开始的时候，小孩子还留了几个，准备以后要是能见到大孩子的话，送给大孩子吃的，可是没有想到，它们很不经放，没过几天，就烂了。小孩子心里很可惜，也只好把它们都扔掉了。

如果大孩子以后有机会来这边的话，记得去买几个这样的橘子吃，就当是小孩子给大孩子买的，好不好？

还记得丹丹吗？

她是小孩子教过的这么多孩子中，最聪明的一个噢，她的语文、算术，每一次考试测验的时候，她总是能拿到满分。

小孩子教他们背唐诗和单词，她总是第一个能背出来，并且，能默写出来的噢。

妈妈一直在这儿陪着小孩子，爸爸有事情忙，就每个星期来看一趟，并且每次都带来很多的糖果。

于是，小孩子就都分给那些孩子们了。

最乖巧，学习又最好的，就分得多一点。丹丹每一次拿的都是最多的。但她不会自己一个人就把它们全部吃掉，她总会分出六份。

小孩子就问她，为什么要分成六份呢？

丹丹说，爸爸一份，妈妈一份，丹丹一份，娜娜姐姐一份，胡妈妈一份，还有大哥哥一份。

大哥哥？第一次听到的时候，小孩子问她大哥哥是谁。

丹丹说大哥哥就是上一次和小孩子一起来的那一个。

大孩子你看，丹丹记得你哟。

嗯，小孩子前几天在院里看星星的时候，又想到了大孩子和小孩子去年暑假，去海边数星星的事情。

小孩子记得有一次，海边的风很大，大孩子就把外套脱给小孩子，而大孩子冻得直打喷嚏，小孩子现在想起来，觉得那时的自己真的好任性。

那个暑假的很多事情，小孩子都记得很刻骨铭心，大孩子陪小孩子看动画片、看电影、看电视剧，大孩子陪小孩子堆沙滩城堡，大孩子陪小孩子捉螃蟹，大孩子给小孩子煮柠檬水，大孩子每天都给小孩子买早饭，还给小孩子洗衣服。

对了，小孩子当时吵着要买锅回来，说是给大孩子做排骨米饭，结果，后来是大孩子给小孩子做的排骨米饭。大孩子给小孩子做的排骨米饭好香噢，比妈妈做的还要香呢，小孩子好想好想再吃一次。

那个暑假，小孩子每天都被大孩子宠着，小孩子却没有去关心过大孩子，经常对大孩子呼来喝去，小孩子现在想起来，觉得很对不起大孩子，希望大孩子能够原谅小孩子。如果小孩子还有暑假能和大孩子一起过的话，小孩子一定好好地照顾大孩子，每天早上帮大孩子去买早饭，给大孩子洗衣服，给大孩子煮柠檬水，给大孩子做排骨米饭。

大孩子一定忘不了那个平安夜吧，小孩子也忘不了。

对不起，小孩子食言了。其实，小孩子内心，很想和大孩子一起走完大孩子的一辈子的。小孩子会每天努力地工作赚钱，把大孩子养得很好，并且，让大孩子在家里，安心地养花花草草，嗯，小孩子还要给大孩子买几只漂亮的小兔子呢。

平安夜的雪，好美噢。是小孩子这一生见过的最美的一场雪了，小孩子可能看不到今年的雪了，但是，小孩子心中没有什么遗憾了，因为这个世界上，最美的一场雪，小孩子已经见过了，并且，是和大孩子一起看的。

还有，大孩子给小孩子学企鹅走路的样子，也是好可爱的哦。小孩子一直也都记在心里的呢。不开心的时候，想想它，就忍不住地笑出声来了。

大孩子，还记得去年3月份，送给小孩子的那个曲别针吗?

那天下午，大孩子还说了一句话，这个古老的神话，是一个关于爱情的美丽传说，传说在3月的第一个星期，如果能得到男孩子送的曲别针，那个女孩子一生都会得到这个男孩子最真诚的祝福，一生都会快乐幸福的。

大孩子，这个传说是真的。

因为小孩子这一生都得到了大孩子最真诚的祝福，一生都很快乐幸福。

人的一生，有长有短。

小孩子的一生，只是比大孩子短暂了一点点。

但是，上天很眷恋小孩子，就让小孩子遇见了大孩子。

并且，大孩子还陪着小孩子，一直走到了生命的最后。小孩子真的很知足，很幸福。

小孩子不会去抱怨什么，也不会觉得有什么遗憾了。

如果非要说有点遗憾的话，那就是小孩子欠大孩子一段路程。在大孩子的有生之年，小孩子再也无法陪大孩子一起走下去了，把大孩子孤零零的一个人，扔在那里。

大孩子，对不起。

现在，随着这封信，小孩子把曲别针还给大孩子，大孩子把它送给另外一个，大孩子觉得可以陪自己走完人生这段路程的女孩子。

大孩子不要把自己孤零零的一个人扔在这个世上，自己走这一条路，因为小孩子不想大孩子这么孤单。小孩子也不想大孩子在觉得冷的时候，没有人可以抱一下；在大孩子难过的时候，没有肩膀可以靠一下；在大孩子开心的时候，没有人可以和大孩子分享；在大孩子生病的时候，没有人可以照顾大孩子。

大孩子收回了这枚曲别针，就一定要答应小孩子，找一个好的女孩子，和她一起，带着小孩子给大孩子的祝福，好好地幸福活下去。

哪来哪去就交给大孩子了。

大孩子要好好地经营下去噢。如果说哪天大孩子累了，不想再经营了，大孩子就把哪来哪去卖掉吧。

小孩子在这里，有一个小小的请求，如果大孩子把哪来哪去卖掉的话，恳请大孩子拿出一部分的资金，给这边的孩子们，建一所小学，好吗？

小学的名字，就叫“哪来哪去小学”吧。

这个愿望，小孩子也并不是特别着急，等哪一天，大孩子有这个能力的时候，再帮小孩子实现好了。

小孩子知道这个要求，有些任性，有些过分了，毕竟小孩子再也没有权利要求大孩子为小孩子这么做了。

大孩子就当是再宠小孩子一次吧。

大孩子，还记得和小孩子一起拉过的三个钩吗？

第一个，是在医院里，大孩子说要给小孩子煲一辈子的汤。

第二个，还是在医院里，大孩子说要带小孩子回家。

第三个，是在哪来哪去，大孩子要小孩子在这边好好照顾自己。

这些，大孩子和小孩子都做到了。

如果，小孩子还能和大孩子再拉一个钩的话，小孩子会让大孩子看完这封信后，请把小孩子忘掉，重新开始生活。

小孩子

11月27日

尾　声

四个月后。

网上开始流传着一段视频，迅速蹿红了各大网站，名字叫做——曲别针的传说。

我听到这个事情，也去网上看了。

没想到竟然是胡文娜当时话剧公演时的视频。

开始有许多网友，问哪儿能买到这种象征着矢志不渝爱情的曲别针。

我和官书记他们商量了。

决定开通“哪来哪去”的网站。

于是，我们就注册了www.nalainaquqbz.com，卖曲别针，意为“哪来哪去曲别针”，并且把“哪来哪去”注册成了商标。

我们贴出了声明，只有在哪来哪去网站和哪来哪去咖啡屋买到的曲别针，才是真正的象征着矢志不渝爱情的曲别针。

我还是会常常想起胡文娜。

哪来哪去的那几张剧照，一直挂在那儿。

小纳米们，也知道了胡文娜的病。

她们把我和胡文娜的事情，也写成了一篇具有传奇色彩的故事，传到了网上去。由于“曲别针的传说”那段视频的关系，我和胡文娜的故事，也被很多人传得红红火火的。

后来，好多人都问我，这个故事是不是真的。

我就不置可否地笑笑。

他们看我不愿回答，以为是一种默认。

便也不再多问了。

镜头一：

5月份。哪来哪去。

我正坐在柜台边。

一个西装革履的中年人，推门进来了："请问这儿有个叫张趣来的吗?"

我怔了一下。

走了过去："你好，我就是，请问有什么事吗?"

那个人没有说话，给我递过来一张名片。

我接过来，只见上面写着一行字："中国动视国际传媒集团 总经理 吴为正"。

"你好，我在网上看到了你们的一段话剧视频，我们想买下这个话剧的剧本，然后，拍成电影，进行公映。不知道，你有没有这个兴趣。有的话，我们详谈一下，好吗?"

镜头二：

6月底。哪来哪去。

杨海峰和我坐在一张桌子前。

面前，是两杯热气腾腾的咖啡。

哪来哪去现在已经不再卖速溶咖啡了。

而是现场制作的那种。

杨海峰呷了一口咖啡，说："趣来，我听说了你和胡文娜的故事，我想把它写成一本书，以第一人称的口吻来写。由你来陈述经历，我负责记录整理。不知道，你有没有这个兴趣。有的话，我们详谈一下，好吗?"

镜头三：

半年后。我毕业了。

我去了一趟四川。

把剧本的稿酬拿出来，在丹丹的村子里，建了一所以"哪来哪去"命名的小学。

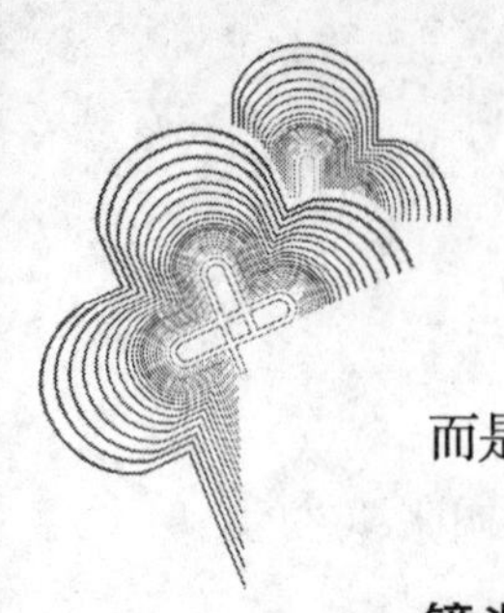

学校建成后，我又回到了哪来哪去。

我没有去找工作。

而是继续经营着哪来哪去咖啡屋和哪来哪去网站。

镜头四：

9月份。

我和苏笑笑路过新华书店的时候。

透过玻璃窗，我看见，书架的畅销书排行榜上，排行第一的那本书，赫然醒目地写着——曲别针的传说。

作者那儿写着：杨海峰　著。

这时，苏笑笑拉了拉我的衣襟，指着对面电影院，挂在外面的一幅巨大海报说：“哥，你看。”

抬起头，我看见一个男孩和一个女孩，共同捧着一个盛满了曲别针的罐子。

海报上写着一行大字：一场人世间的爱情绝唱——曲别针的传说。

镜头五：

同样3月。

经过一家音像店。

里面传出一首动人的旋律，歌词一下子就触动了我。

我走进去，问这是什么歌？

老板从架子上，拿下一张CD，说：“这是今年最畅销的专辑。听说销量达到了八十多万张呢。”

我接过来。

只见CD封面上，用大字写着：“谨以此CD，献给《曲别针的传说》中的男女主角。”

CD下面，还有一行小字：祝天下有情人终成眷属。

2009年10月25日晚11时10分

后记

大学四年生涯规划

——哪来哪支的演讲之一

各位朋友、各位来宾：

大家晚上好！

很高兴在此和大家欢聚一堂，首先，先让我们以热烈的掌声，感谢我们这次沙龙的举办方，哪来哪去咖啡屋的张趣来、胡文娜，以及此次沙龙的特邀嘉宾——许褚。

良好的沟通缘于真诚的自我介绍。我叫杨海峰，是水月流萤文化传播公司的董事长。

好了，下面开始关于大学四年生涯规划的演讲。

关于大学四年，我个人觉得，可以用这么四句话来总结：

大一，憧憬、茫然、懵懂、迷失。（理想化）

大二，徘徊、彷徨于理想和现实之间。（半理想，半现实）

大三，向现实低头。（研究生、公务员、就业、留学之间的选择）

大四，向现实弯腰。（实习、求职、工作）

接下来呢，在和大家谈到大学规划之前，先和大家分享三组数据。?

三组数据：

第一组，和大一有关。

百分之七十的大一新生想要入学生会，不管你最后有没有入。

百分之九十的大一新生想要入社团，不管你最后有没有入。

加入学生会、社团的目的是什么呢？

锻炼、学习、认识朋友。

第二组：和大学四年有关

你们看下大学周围什么店铺最多？

网吧、理发店。

百分之七十的男生，扑克、麻将、网络游戏

百分之七十的女生，做头发、买衣服、逛街购物

什么店铺最少？

书店。

分享这组数据的目的是为了什么呢？

你大学这四年时间，都花费在哪了？

第三组：和四年之后有关

今年上半年，应届毕业生就业率百分之五。

大家都听过一句话，毕业即失业。

为什么？

不是企业不需要人才，因为，对于任何一个企业来说，人才都是最宝贵的财富，是他们的核心竞争力。

有人找不到工作，就提出这样的一句话了，我在你们公司，不拿一分钱薪水，你们只要每个月管我吃住就行，我能来上班吗？

这句话，企业怎么回答？

对不起，我们要的，是能为企业创造价值的人！

我们宁肯月薪五十万，雇用一个能创造一百万利润的人，也不要每个月只是五百块钱，雇用一个什么价值也创造不了的人。

因为，即使五百元，对于企业来说，仍然是一种浪费。

企业和政府还不一样，企业的目的，就是为了盈利，而不是“不求有功，但求无过”，让你得过且过、不劳而获。

让我们再来分享两个在网络上关于大学广为流传的句子：

1、没有垃圾专业，只有垃圾学生。

2、大学里只培养两种人，人才或庸才。

这两句话什么意思呢？

他想说的，大学中，学习的主动权在于你自己！

今天你的所思所想，所作所为，直接决定了四年后，你走出校门，是什么样子，你站的位置在哪，你又将走向何方。

好了，现状如此，那我们该如何规划我们的大学四年呢？

第一，有一个清晰明确的目标。

这个目标怎么确定？

大学之后，我们普遍面临三种选择：

从商、从政、学术科研。

你要确定，你大学毕业之后，是想创业、找工作，还是考公务员、进机关单位，还是埋头做学术研究？

目标决定了你做事，有方向，有了方向，你才能有动力。

这样，给自己定下一个目标。

想要创业，你就多接触下企业、管理、营销、人事、财务方面的人，看这些方面的书，多接触一下社会，多参加一些实践活动。

如果可以，找到一个可以指点你学习进步的企业方面的优秀人物，你要相信，榜样的力量！

想要从政，你就多看点历史、法律方面的书，并时刻关心国家最新的政策、趋势，并准备考公务员。

想做学术研究呢，你就多泡在图书馆，看你感兴趣的书，多参加一些你所想要从事领域的学术讲座、论坛。

目标、方向确定了，还要有动力。

动力来自于哪儿呢？

找一个给自己坚定不移奋斗的理由，可以是为了你的父母，可以是为了你的梦想，可以是为了你的将来生活。

你要相信一句话，做事犹豫之前，问自己这么一个问题，我想要，还是我一定要？

我一定要，我就一定行！

所谓的，人无远虑，必有近忧。一定给自己一种紧迫感，让自己随时投入紧张、忙碌、充实的生活学习。

第二，时间管理。

这个社会，任何一个企业，是以个人创造的社会价值，来付你工资的。

衡量一个企业的好坏，即把这个企业总创造价值，加起来，除以人数，这就是人均价值。?

所以，你必须最大限度的提高你的做事效率。

怎么提高?

管理好你的时间。

在这里，和大家分享，一条真理和三个什么。

这条真理呢，就是二八原则。

百分之二十的过程，决定了百分之八十的结果。

百分之二十的客户，创造了百分之八十的收入。

百分之二十的事情，是你必须先做，且要做好的。

三个什么。

第一个，我要做什么? 目标。

第二个，我能做什么? 思考。

第三个，我在做什么? 行动。

这样，你做事情，就会有针对性，效率提高了很多。

第三，心态。

这里，讲的，一个是学习的心态，一个是做事的心态。

学习的心态，空杯——虚怀若谷，像海绵一样汲取水分。

做事的心态，沉稳——脚踏实地，一步一个脚印。

为什么呢?

因为，少要沉稳，老要轻狂。

这个社会普遍现状，急功近利、浮躁不安。

想想，有多少人渴望一夜暴富，一夜成名？

年轻的时候，不缺轻狂，缺少的，是为人做事的沉稳。

年老的时候呢，不缺沉稳，缺少的，是那种轻狂激进。

同样，米卢有句话，态度决定一切。

你做这件事，什么心态，直接决定了你这个过程，愉快与否，以及这件事最后结果的好坏。

第四，学会学习。

这个学习，当然不是在书本上的那些知识，那些学好了，考试考了高分，只能是说，你考试的技巧不错。

我希望的是，你把学习作为一种习惯，自发主动的去学习，去上进，并且，持续下去。

换句话说，就是持续的学习力。

你要让自己感觉到，你在成长进步，你周围的人，也要能感觉到你在成长进步。

这样的大学四年，你就是一个一直积极上进的学生，你可以把你的这大学四年，勾勒成一个自己的成长上进的曲线。

比如，大一的时候，你英语不好，才考了四五十分，很少及格。

大二呢，你进步到六十分了，并且，一直很稳定。

大三呢，你进步到七十五分了，也是非常稳定。

大四呢，你就到了九十分。

这个大学四年，这个过程，你一直都是进步的。

毕业之后，你去一个公司应聘，你就可以举这个例子，来证明，我现在能力虽然不怎么样，可是，我的学习力很好。两年之后，我一定能提高上去。

这样的话，人家公司会相信你，你是一个进步的人，学习上进心很强的人。那么，就会考虑聘用你。

第五，学会放弃。

还是那句话，一个优秀的董事长，不是看他选择去做什么，而是看他决定去放弃什么。

任何人做企业，都希望的是做强做大。

这个大，就是多元化。

从衬衫、袜子到天花板、地板砖，到互联网、房地产，都想涉入。

最后的结果呢，战线拉的太长，后续力量却跟不上，三株、秦池、五谷道场、海王星辰，社会上，这样的例子比比皆是。

同样，大学里的诱惑，也是很多。

学生会、社团、英语四六级、各种的培训、各种的证书，我希望，你们能静下心，好好想想，到底，哪些是自己想要的，哪些是自己要放弃的。

第六，学会独立的思考。

大学里时间很充裕，而给自己独立的时间更多。

不要把时间浪费在网络上，浪费在逛街上，浪费在躺在床上，瞪着天花板发呆上。时间充裕的时候，那么，你不妨到学校的湖边，一个人静静的坐一会，不妨到海边，一个人静静的在海滩上走一会。

许三多有一句话，好好活着，做有意义的事。

那么，什么事，才是有意义的呢?

这个，值得你认真的思考一下。

哪怕，你只是思考一个简单的问题，拿出了一个下午，找个安静的地方，去想。

我想，这样，比你去教室听一下午昏昏沉沉的课，收获，肯定要大得多，对吧?

所以，这是送给你的第七点，

大学，有些课，你是可以逃的。

前提是，第一，这节课，不是专业课。

第二，你能找到更有意义的事。

第八，大学里，你可以有一场恋爱，但是，不一定非得就要有，更不要大一的时候，就一定要有！

如果能遇见可遇不可求的人，这个可遇不可求，是什么意思呢？

时间、地点、人物，都刚刚正好。

那么，你可以放心大胆的去追了。

好了，我的演讲，到此结束，最后，真诚的祝福大家，这四年，有一个充实、有意义的大学生活。”

图书在版编目（CIP）数据

曲别针的传说/杨海峰著. －北京:作家出版社, 2010.9

ISBN 978－7－5063－5396－0

Ⅰ.①曲… Ⅱ.①杨… Ⅲ.①长篇小说－中国－当代 Ⅳ.①I247.5

中国版本图书馆 CIP 数据核字（2010）第 094236 号

曲别针的传说

作者：杨海峰

责任编辑：岳　阳

装帧设计：薛　怡

出版发行：作家出版社

社址：北京农展馆南里 10 号　　邮码：100125

电话传真：86－10－65930756（出版发行部）

86－10－65004079（总编室）

86－10－65015116（邮购部）

E－mail：zuojia@zuojia.net.cn

http://www.zuojia.net.cn

印刷：北京明月印务有限责任公司

成品尺寸：152×230

字数：200 千

印张：18.75

版次：2010 年 9 月第 1 版

印次：2010 年 9 月第 1 次印刷

ISBN　978－7－5063－5396－0

定价：26.00 元